大唐贵妃

杨玉环

黄汉昌 著

中国文史出版社
CHINA CULTURAL AND HISTORICAL PRESS

图书在版编目（ＣＩＰ）数据

大唐贵妃杨玉环 / 黄汉昌著 . -- 北京 : 中国文史

出版社 , 2024. 7. -- ISBN 978-7-5205-5076-5

Ⅰ . I247.5

中国国家版本馆 CIP 数据核字第 20252M23M6 号

责任编辑： 徐玉霞

出版发行：中国文史出版社

社　　址：北京市海淀区西八里庄路 69 号院　　邮　编：100142

电　　话：010-81136606 81136602 81136603（发行部）

传　　真：010-81136655

印　　装：廊坊市海涛印刷有限公司

经　　销：全国新华书店

开　　本：1/16

印　　张：17.25

字　　数：200 千字

版　　次：2025 年 5 月第 1 版

印　　次：2025 年 5 月第 1 次印刷

定　　价：59.00 元

目录

第一章　一道圣旨，五年情感东流去

一

每天清晨，杨玉环起床的第一件事便是梳妆。这是她与寿王成婚五年来，一直保持的习惯。

她对梳妆极为讲究，发髻高挑位正，首饰精美华丽，粉黛柔和俏美。走出梳妆间，显得风姿绰约，美艳华贵。

是的，她是寿王妃，就应该在寿王府艳压群芳。

她不但美貌如花，而且琴棋书画，无所不通。哪怕寿王府美女如云，只要与她站在一起，便都觉得自惭形秽。

杨玉环梳完妆后，转过身来，便看到那个熟悉的身影准时出现在梳妆门前。她顿时激情高涨，带着醉人的芳香，如水的柔情，向寿王怀中扑去。

原来，寿王每天起床读完书后，第一件事便是兴致勃勃地来到梳妆间，与爱妃相会。

寿王每当见爱妃向自己扑来，便兴奋地张开双臂，将她拥入怀中。那沁人心脾的馨香，让他热血沸腾，春潮泛滥。他们相拥着来到花园，共享"二人世界"。

这是他们最美好的时刻！

随着爱的积累，浪漫相会成为他们每天早晨的"必修课"。

今天，寿王像往日那样，出现在爱妃的梳妆间。杨玉环也像往常一样，正好梳妆完毕，兴奋地欲向寿王扑去。

可是，让她诧异的是，寿王没有像往日那样，热情地向她张开双臂，而是垂手低头，神情沮丧地站在那里，呆若木鸡。

寿王怎么啦？杨玉环不禁大吃一惊。

当杨玉环满脸惊疑地打量寿王的时候，皇上的使者从寿王身后走过来。

原来，唐玄宗的使者已经来到寿王府，他走进梳妆间，向杨玉环和寿王口传皇上圣旨：着杨玉环前往骊山离宫侍寝。

给皇上侍寝？这消息太突然了，杨玉环如堕五里雾中。她茫然地看了看寿王，好像是在问：这是怎么回事？

可惜的是，此时的寿王，仍蔫答答地站在那里。当他听到使者宣读完圣旨时，身子突然一歪，幸好侍卫及时将他扶住，他才不至摔倒。

"寿王……"杨玉环情不自禁地喊着，欲向寿王身边奔去。可是，被侍卫拦住了。

这一拦，让杨玉环明白了，就在使者宣布完圣旨的那一刻，她再也不是寿王妃了。他们五年来的恩爱，已经化为乌有……

杨玉环明白，近年来，寿王的母亲武惠妃去世，寿王遭到父王冷落……唯一让他欣慰的是，身边有爱妃杨玉环陪伴。然而，今天一纸令下，杨玉环也要离开，最后的一点慰藉也没有了，他受得了吗？

可是，皇上圣旨已下，必须遵从，否则，后果不堪设想。

想到这，杨玉环终于冷静下来了。现实无奈，寿王啊，休怪杨玉环无情！迎候她的暖轿已经停在前面，她不得不往前走去。

杨玉环依依不舍地上了暖轿，在走出寿王府的时候，她心里默默地念叨着："告别了，寿王。"出了寿王府，杨玉环对寿王的那一丝眷念，已经没有了。

美丽的杨玉环，被唐玄宗召进宫，诗人白居易的《长恨歌》，开篇便精彩地写道：

> 杨家有女初长成，养在深闺人未识。
>
> 天生丽质难自弃，一朝选在君王侧。

二

开元二十一年（733）春，关中连降大雨，严重影响粮食运输，仓储锐减，长安谷物价格上涨，民食不足。为了解决朝廷用粮，唐玄宗决定朝廷和皇族再迁东都洛阳。

洛阳是历史悠久的名城，早在西周时，便为陪都，隋唐时为东都，这里经济繁荣，物产丰富，文化发达，闻名于中原。

唐玄宗自即位以来，这是第五次巡幸洛阳，而且每次都是与粮食有关。唐玄宗知道，朝中官僚机构庞大，需要的粮食很多，加之漕运艰辛，于是在正月间，便领着文武百官、宫妃、皇子、公主，浩浩荡荡来到洛阳。

转眼，便是开元二十三年（735），唐玄宗在洛阳住了一年多。时值开元盛世，洛阳成为全国的政治中心，一派歌舞升平的景象。诗人杜甫在《忆昔二首·其二》中，回忆开元盛景时，这样写道：

> 忆昔开元全盛日，小邑犹藏万家室。
> 稻米流脂粟米白，公私仓廪俱丰实。
> 九州道路无豺虎，远行不劳吉日出。
> 齐纨鲁缟车班班，男耕女桑不相失。
> 宫中圣人奏云门，天下朋友皆胶漆。
> 百余年间未灾变，叔孙礼乐萧何律。
> ……

一晃，唐玄宗在洛阳居住近两年，到了七月，正逢唐玄宗的女儿咸宜公主大婚，咸宜公主为武惠妃所生，武惠妃深受唐玄宗宠爱，女以母贵，在唐玄宗的二十九个公主中，咸宜最受唐玄宗宠爱。

咸宜公主下嫁的是长宁公主的儿子杨洄。因长宁是唐中宗的爱女，唐皇族中有名的公主，先嫁杨慎交，生下杨洄，中年丧夫，再嫁苏彦伯。杨慎交与杨慎矜、杨慎名兄弟同是出自弘农华阴的杨氏世系，与杨玉环的叔父杨玄璬算得上同宗同族。

到了咸宜公主大婚的日子，杨玄璬意外地收到杨洄请他参加婚庆典礼的请柬。同时，杨玉环也被咸宜公主请为傧相。

杨玉环随叔父一起进宫。按照大唐仪制，公主婚典，伴娘为八人。当杨玉环来到时，那七人早已到了。这些伴娘中，有的在各种场合见过，有的根本不认识。这七位豪门之女，个个服装华丽，一身珠光宝气，唯有杨玉环淡妆素裹，清雅不俗。这七位傧相，个个身材窈窕，容貌姣好，但当杨玉环来到后，都被她绝世的美貌和动人的风姿所压倒。

咸宜公主的婚礼在皇宫中举行。她一身盛装，在八个伴娘的陪同下，走出内室，缓步向举行典礼的大殿走去。道路两旁，宫女侍立，宫女们身着艳丽的服装，一时花团锦簇，远远看去，恰似耀眼的花廊。

参加咸宜公主新婚典礼的限于新人双方的亲属、皇室成员和皇亲国戚、达官贵人和他们的命妇。杨玄璬属于第二类人，不能亲临大婚现场，因此无法看到咸宜公主。

说来也巧，杨玉环陪同咸宜公主，向婚礼大殿走去，恰好被第十八皇子李瑁看见，李瑁瞬间震惊不已，竟有这样美丽的女子！他一路跟在杨玉环身后，眼睛一直紧紧盯着她，眨也不眨，直到看不见。怅然若失之间，他内心疾呼：我要娶她！

想到这里，李瑁急忙找到母亲武惠妃，把自己遇见杨玉环的经过，诉说一遍，并向母亲哀求："杨氏玉坏，貌美如花，且气质高雅，孩儿非常倾心，请母亲成全。"

其实，武惠妃也爱美，挑选儿媳的要求是很高的，不是倾国倾城的姿色休想！寿王见母亲迟疑不决，便带着她来到婚礼大厅，将杨玉环指给母亲相看。当武惠妃看到杨玉环时，顿时暗暗惊讶，真是国色天香啊。但她知道，瑁儿的婚事，须得皇上认可。皇上非常讲究门当户对，特别是皇子，不是显贵大家族出身，是不会认可的。这姑娘是什么大家族出身？

武惠妃立即派了忠诚可靠的人，去打听杨玉环的情况。

杨玉环出生蜀地，祖上是弘农杨氏。杨家世代为官，高祖父是隋朝名臣杨汪，他出生弘农华阴，因父亲与隋文帝杨坚是同乡，便一路官运亨通，成为隋朝的上柱国。隋炀帝时，为国子监酒祭。隋末乱世中，天下群雄四起，杨汪便跟随隋朝大臣杨玄感，可惜杨玄感反隋失败，幸好有隋文帝这层关系，只是受到怀疑而被贬职。隋朝灭亡后，他又加入洛阳王世充的农民起义军，因王世充败亡，李世民对杨汪以"凶党"之罪处死。

杨玉环的祖父杨令本，做过大唐刺史，因武则天专权，杨公虽忠于李氏王朝，却累受打击，仕途不顺。从他这一代开始，杨家衰落。父亲杨玄琰，从河南来到四川，大约在开元初年，供职于蜀州七品以下的司户。司户是主管州里户口账籍的佐吏。他的两个弟弟杨玄珪、杨玄璬，官为河南府士曹参军事，均为七品以下。杨玉环是开元七年（719）农历六月初一出生，那时杨玄璬在蜀州任职。谁知在杨玉环十岁时，父亲不幸病亡，杨玉环成了孤儿。杨玄琰弟弟杨玄璬为人忠厚，见兄长英年早逝，便收养了这个可怜的侄女。

杨玉环虽是寄养在叔父杨玄璬家，但杨玄璬把她视如己出，对她的生活和教育非常用心。为了培养她的才艺，请来高士，对她精心教习歌舞、音乐等。

杨玄璬虽然官职不高，又遇家道中落，但大族遗风尚存，谈吐不俗，家中也是高朋满座。在当地，杨家也算得上是名门望族，颇有影响。

有了叔父杨玄璬的家风影响，杨玉环十四岁时，便有了大家闺秀的风范。她多才多艺，且眉清目秀，唇红齿白，已是洛阳城里有名的大美人。

虽然得知她的祖父曾在当朝做过高官，履历清白，但武惠妃为稳妥起见，又去征询忠于皇室、与杨家有来往的杨慎矜兄弟和长宁公主等多人，都说杨家世代清白，且家风古朴纯正，世系不凡。武惠妃听到这些消息，终于放下心来。

第二天，武惠妃和唐玄宗去女儿咸宜公主府邸，看望新婚的爱女时，在回宫的路上，便把寿王选妃的事告诉了唐玄宗，又把杨玉环的家世，一一向唐玄宗禀报。为了让唐玄宗加深对杨玉环的好感，她还补充两句："杨玉环不仅姿容绝世，无人能及。其家世虽非高贵，但家风清正，世代贤良。若瑁儿与之婚配，一定十分美满，不知陛下意下如何？"

唐玄宗听后，思考片刻，颇为感慨地说道："皇室宗亲婚配，重视门第出身，各代皇子均多与贵胄之家结为婚姻。既然杨家之女也是官家出身，瑁儿又极为倾慕，我看不如成全他们。"

见唐玄宗同意了瑁儿的婚事，武惠妃十分高兴。于是李瑁和杨玉环的婚事就这样定了下来，这位民间女子从此一步登天。

寿王李瑁与杨玉环从订婚至大婚，不久便完成。又于开元二十三年（735）十二月二十四日，圣旨隆重地册封杨玉环为寿王妃，使杨玉环真正地成为寿王妃。

其实，杨玉环虽然生得艳丽无比，但毕竟没有"公府门第"做后盾，要想堂而皇之地在册为寿王妃，按说是很困难的，甚至是不可能的。不过，李、杨两家关系非同一般。咸宜公主下嫁杨洄，现寿王又将杨玉环纳为寿王妃，这两门婚事都与杨姓相联系，绝非巧合。

追溯历史，唐高祖李渊是隋文帝杨坚皇后独孤伽罗的外甥，与隋朝皇室有着亲戚关系。后来隋炀帝驾崩于江都，李渊建立大唐。李杨两个大家族联姻之风，仍然盛行。唐太宗娶隋炀帝之女为妃，生子恪。齐王元吉也娶大隋宰相杨雄长子杨恭仁之女为妃，玄武门事变中，李世民杀死元吉，夺弟妃为己妃。

至唐高宗时，立武则天为皇后，李、武婚姻关系又添新枝。武氏家族与弘农杨氏亦有婚姻关系。武士彟娶杨氏，而杨氏为隋宗室杨士达之女儿，生武则天。这也说明，武则天与隋、杨有血缘关系。武氏执掌朝政时，制定"要欲我家及外室常一人为相"的政策，即武氏本家父系与杨氏舅家母系，各有一个为相。天授年间，武皇则天以本家侄子武承嗣、武攸宁相继为相，而弘农杨姓母系家族，杨恭仁之孙杨执柔，为同中书门下三品，追封杨恭仁为郑王，赠太尉。此外，因李、武缔婚，在子孙一辈为李姓与武姓构筑了婚姻关系。如武则天的女儿太平公主、孙女新都公主等，均嫁给了武姓，这就反映了李、武、杨三大家族的紧密关系，以缔婚为纽带，结成了政治上的统治集团。

三

开元二十八年（740）十月一日，唐玄宗按照惯例，行幸骊山离宫，便派使者去长安寿王府邸传旨，着杨玉环前往骊山温泉宫侍寝。

唐玄宗召杨玉环入离宫，唐人陈鸿在《长恨歌传》中曾做过说明："先是，元献皇后、武淑（惠）妃皆有宠，相次即世。宫中虽良家子千数，无可悦目者。上心忽忽不乐。时每岁十月，驾幸华清宫（天宝六载前为温泉宫），内外命妇，熠耀景从。浴日余波，赐以汤沐，春风灵液，淡荡其间。上心油然，若有所遇，顾左右前后，粉色如土。"元献皇后死于开元十七年（729），而武惠妃于开元二十五年（738）也撒手人寰后，唐玄宗失去精神寄托，忧郁寡欢，黯然神伤。真可谓"汉皇重色思倾国，御宇多年求不得"。

《长恨歌传》中还记述道："诏高力士潜搜外宫，得弘农杨玄璬女于寿邸。"诏，即唐玄宗命高力士选美，或是他提出选美。潜搜外宫，即在外宫选美。新旧《唐书》和《资治通鉴》都不提及高力士，仅作"或奏""或言"，究竟是谁不得而知。

高力士选中寿王妃，是因为他懂得皇上的心思。再说皇家选美，多是请高力士。如开元十三年（725），为忠王李亨选妃，唐玄宗向高力士下旨："诏高力士下京兆尹，亟选人间女子细长洁白者五人。"而高力士却建议，改在掖庭选："上大悦，使力士诏掖庭，令籍阅视。"结果得三人，其一即唐代宗生母。

高力士这次选美，为何要选妃杨玉环呢？首先是她容貌"绝世无双"，有口皆碑。加之"姿色冠代""姿质天挺"，即姿色仪态、风度举止，都堪称一绝，这就能填补唐玄宗的感情空白。

杨玉环所去的离宫，位于京城长安东郊四十多里的骊山脚下，这是历代皇帝都钟爱的行宫，南依骊山，北为渭水，往东便到西绣岭第一峰，峰上有烽火台。历史上"烽火戏诸侯，一笑失天下"的故事，就是在这里发生的。

骊山离宫，相传是西周末期周幽王扩建后命名。秦始皇时，又将离宫重建，改名"骊山汤"。汉武帝时，又将"骊山汤"扩建后，复名离宫。隋代帝王在这里修建过行宫别苑，而唐太宗营建离宫后，改名"汤泉宫"，亦称"温泉宫"，以资游幸。而到了唐玄宗，杨玉环被册封为贵妃后，还精心扩建，取名"华清宫"，与贵妃共享。这是后话。

据《元和郡志》载，华清宫在骊山，开元十一年初置温泉宫。天宝六年改为华清宫，又造长生殿，名为集灵台，以祀神也。

1982 年 4 月，某基建工程开挖地基时，发现唐代华清宫御汤池建筑遗址。经考古专家发掘整理，在 4600 平方米面积内发现 5 个汤池遗址，并确认它们分别是"莲花汤""海棠汤""太子汤""尚食汤"和"星辰汤"，分别为皇帝御用的和贵妃、太子、大臣所用的浴池遗址，后在这些遗址上建成唐华清宫御汤遗址博物馆。

骊山海拔 1302 米，老母殿、老君殿、烽火台、兵谏亭、石瓮寺、遇仙桥等景点星罗棋布，其中"骊山晚照"，是现在著名的"关中八景"之一。

唐玄宗李隆基特别喜欢在春秋两季临幸骊山离宫，他自即位以来，带过王皇后等人来骊山。尤其是武惠妃，每年春节后和十月初，便要临幸离宫，居住最长的时间，达三个月之久。

离宫里有温泉宫，是自然温泉。冬天，温泉宫的泉水是热的，容易形成暖气，遇上飘进来的寒气，便形成水雾，落地成"霜"，故取名"飞霜殿"。

杨玉环一行三十多名骑着马的随从，渡过浐河和灞河，一路丘陵起伏，连绵不断。他们一直向东前行，走走歇歇，终于到达骊山离宫。

在侍女的簇拥下，杨玉环穿过三重门，来到一座面向池塘的宫殿前，一群男女在两旁垂首而立，一动不动。杨玉环对他们无暇一顾，似乎未察觉到他们的存在，抬头向前看了看，只见离宫依山而建，呈阶梯状，鳞次栉比，重重叠叠，深沉庄重。离宫后面的山坡上，长满了松柏，玉环听到松林里发出呼呼的声响，这是风穿过松柏发出的松涛声。在侍女的引导下，杨玉环轻移莲步，继续向内宫走去。

自古以来，骊山离宫都是历代皇帝避寒之地。山脚下有温泉喷出，围绕喷泉四周修建离宫，所以，离宫因温泉而出名。杨玉环随着宫女，向连接宫殿的长廊走去。

途中，杨玉环稍稍停步，她听到外面的松涛声飒飒传来，又忽然听到淙淙泉水声，估计这是温泉的喷水声。温泉宫是从最下面的浴池向上，沿着山坡，层次起伏地建造的一座宏伟的殿宇。殿与殿之间由回廊上上下下地连接，有的地方还很陡，有的地方却很舒缓，有的地方甚至很平。这真是鬼斧神工，让玉环心中不由暗暗赞叹。

杨玉环被领进特意为她安排的起居室，稍稍休息后，因要去谒见皇帝唐玄宗，玉环又被带领沿着回廊走去。回廊两侧，是精心布置的小院，内有池塘、假山等装点。可惜，杨玉环此时的心情很乱，无心欣赏。

杨玉环一行在一处宅邸前停下，侍女们拥在她周围。回廊在前面不远处，弯成了一个直角。这时，在直角的一侧，走出一群人来，前面是两个侍女，后面是几个太监。杨玉环见他们深深地低着头，知道有重要人物要来，她也轻轻低下头来，以示不失礼节。

当这群人从她们身边而过时，杨玉环发现人群中有一位老者，正是皇上。老者敏锐的眼光，她太熟悉了，于是忍不住抬起头来。可是，唐玄宗已经走过去了。

在寿王府，杨玉环与唐玄宗没有任何特殊的接触。不知是因为翁媳关系，还是他贵为一国之君，拥有至高权力，杨玉环对唐玄宗既没有毕恭毕敬地迎接，也没有特别的顶礼参拜，她只是暗暗地端详公爹皇上严肃的面孔而心生敬畏。

她们又回到起居室，接着开始用膳了。硕大的盘子里，都是奢华的美味佳肴，由侍女们一盘一盘地端上来。玉环自进宫以来，一直没有开口说话。现在用膳，也只是默默地进行。用完膳后，侍女们安排杨玉环休息。她们铺好床，扶玉环上床。杨玉环确实想休息一下。她自京城出发后，一路劳乏，特别是精神过度紧张，加上睡眠不足，倍感身心疲惫。

杨玉环一觉醒来时，见一位中年宫女上前向她施礼，恭请道："即将谒见皇上，请先入浴。"

宫女们领着杨玉环来到温泉宫，中年宫女将杨玉环领到更衣间。她对这里不熟悉，一切听从宫女的安排。当身上的衣裳退至单衣时，觉得有些尴尬。宫女很快给她换上浴装，将她引到西南边的妃子池。

原来，温泉宫共有十八个浴池，但以皇上专用的御池为主，其他的浴池在御池四周分散开来。

杨玉环来到妃子池，环顾四周，见前面有个很大的白玉围墙，中年宫女告诉她，那边是皇上专用的御池。

御池的浴槽两边雕刻着鱼、龙、雁等鸟兽浮雕。浴槽中央是一张白玉床，能横卧在浴槽中洗浴。白玉床四周，有四个用白玉雕成的莲花，泉水从四朵白莲花中央喷出，落到白玉床上。

杨玉环细心地察看自己沐浴的妃子池，浴槽是用白玉石砌成的，池中央有一个红玉石雕成的石盆，周围也设有四个喷水口。杨玉环躺在红石盆里，温泉水向自己身上喷着，她感到全身特别舒畅。就像昔日寿王那柔软的手，从脚下向上滑来，看是不经意，但那轻轻的抚摸，强烈地拨动着她的每一根神经，令她十分舒爽。

这儿的泉水温度恰到好处，虽说已是冬月，却很暖和，她全身血液飞快地流动着。她把身体自然地放松，再放松，竟有飘飘然的感觉……

因温泉水里飘散着淡淡的硫磺味，她用双手将水往两边使劲地划开，似乎想赶走那股气味。但怎么能赶得走呢？她屈服了，便用双手合了起来，捧起清泉水，向身体周围洒去。因泉水太清澈了，整个身子一览无余，她双颊顿时泛起红晕。这水为什么不给自己遮羞呢？于是她将泉水用力搅动着，才将自己隐藏起来。

沐浴的时间到了，那位年长的宫女忙给她披上浴巾并扶着她出浴。沐浴完后，宫女又将杨玉环领到梳妆室。宫女们见新人杨玉环进来，顿时被她的娇姿所震撼。

她虽身姿丰满，却仪态万方；白嫩的身子，湿漉漉的，有如梨花带雨；丰润的脸颊，美如出水芙蓉；那半遮半露的肌肤，凝如羊脂，简直像天仙下凡，玉女投胎，竟让宫女们一时舍不得挪开眼。

杨玉环在宫女们的簇拥下，来到梳妆台前坐下，梳妆的宫女围了上来，开始梳妆了。

梳妆开始后，她以为还是像在寿王府，对着铜镜，不放心地看着宫女们为自己化妆，这已成为她的习惯。其实，在温泉宫，梳妆不需要她操心。那些宫女的梳妆术，不仅不需要她指点，还让她大开眼界。

梳妆完毕，接下来便是描眉。她对描眉极为讲究。晚上的眉形与白天不同，她在白天多是描蛾眉，晚上，便要将眉梢加粗。当时流行的多为鸳鸯眉、小山眉、五岳眉、三峰眉、垂珠眉、月棱眉等，但杨玉环对这些眉形都不喜欢，她因自己的脸面较为丰满，于是喜爱丰满有型的宽眉。眉尖向上虚化，正好与她丰满的脸型相配。

化完妆，杨玉环站了起来，在镜前转动着身体，从各个角度，端详良久，非常满意，于是披上衣服，迈着莲花小步，走出梳妆间。

第二章　以娇侍寝，婀娜多姿百媚生

一

唐玄宗李隆基生于垂拱元年（685），别名李三郎、唐明皇，是唐太宗的曾孙，唐高宗与武则天之孙，唐睿宗李旦的第三子。

李隆基出生时，父亲睿宗虽在位，但朝廷大权旁落，他不过是空有虚名。

当时朝廷大权已经落入武则天之手，武则天可谓女中豪杰。武则天原籍山西，唐太宗晚年，将年仅十四岁的她纳入后宫，太宗去世后，高宗先命其出家为尼，后迎入后宫。

武则天封妃后，先是借助王皇后毒杀高宗的爱妃萧妃，后又排挤王皇后和高宗身边所有的妃子，并攫取皇后之位。从此，她倚仗自己手中的大权为所欲为。在她三十三岁、高宗二十八岁时，她把王皇后囚禁寒宫，还不满意，又将其手脚砍掉，投入酒缸浸泡几天几夜后，王皇后才死去，其手段之残忍，无以复加。

显庆元年（656），即武则天封后的第二年，她擅自废立太子，逐渐夺取皇位，独揽朝纲。虽有不少大臣反对，但她毫不在意，背地里将反对者一个个逮捕入狱，并将他们斩首，血洗长安。

与这惨景相对的，则是武姓一门，个个步入高官之列，朝中所有要职，全被武姓人据之。

弘道元年（683），唐高宗逝世，武则天的第三子李显即皇帝位，为唐中宗，武则天临朝称制。

唐中宗在位不到一年，即光宅元年（684），武则天废中宗为庐陵王，将中宗之弟，武则天的第四子李旦，扶上皇帝宝座。李旦即唐睿宗，睿宗登上皇帝宝座不久，李隆基便出生了。

遗憾的是，睿宗也重蹈其兄之覆辙。武则天登上皇位，改国号周，年号天授元年（690）。此时，武则天已是六十八岁高龄。

李隆基的少年时代，正是武则天鼎盛时期。李隆基三岁时，被封为楚王。武则天入皇帝位的第二年，李隆基七岁，便恩准他扈从朝见。

一天，李隆基带侍从入朝时，在宫中遇到武氏中的一名郡王，他当面斥责李隆基的侍从，李隆基年纪虽小，却很有志气，他当场对这位郡王斥责道："你是什么人，胆敢在我家朝堂斥责本王从人，岂有此理！"

李隆基斥责武氏郡王，众人无不惊讶。谁知武则天知道这事后，反而大为喜悦。

武则天当权，对李姓家族也确实影响极深。李隆基九岁时，母亲因与婆婆武后不和而被杀，睿宗之子中有被封为亲王的，后来均贬为郡王。李隆基本是楚王，则被贬为临淄郡王，禁闭于宫内。也许是上天垂怜，他竟得到祖母的怜爱，圣历元年（698），十四岁时，武则天赐东京洛阳积善坊，大足元年（701），十七岁时，武则天又赐长安兴庆坊、历右卫郎将、尚辇奉御。

神龙元年（705），中宗排除武氏干扰，重新即位，恢复大唐国号。

是年，武则天逝世。去世前，中宗曾给武则天上谥号"则天大圣皇后"，是年，十一月，武则天去世后，上尊号"则天大圣皇帝"。

景云元年（710），中宗去世，睿宗李旦复皇帝位。唐中宗和唐睿宗对太平公主以礼相待，非常看重。在这两朝中，太平公主野心越来越大。就在睿宗执政时，自恃消灭韦皇后有功的太平公主，不断扩充势力，羽翼逐渐丰满。

是年七月十九日，星象家观测天象后，病中的睿宗醒悟，现在应该有新人出世了。

先天元年（712），唐睿宗经过再三思考后，他当着全体朝臣，果断宣布："昨日彗星出现，这是上天向朕告警，朕决定禅位于太子！"

七月二十五日，睿宗的身体稍好后，便整理好衣冠，来到勤政殿，正式向百官下诏，传位太子李隆基。

睿宗在位两年，便让位于太子李隆基，是为唐玄宗。

八月六日，李隆基正式即位，时年二十八岁。唐玄宗即位后，封其妻王氏为皇后。

唐玄宗即位的第二年，即先天二年（713）七月一日，宣布改元"开元"元年。也就是在改元的这天夜里，宰相魏知古深夜匆匆赶来要求觐见。宫中的太监高力士看到魏相神色紧张，知道有大事需向皇上禀报，于是上前接引他觐见唐玄宗。

唐玄宗见宰相深夜而至，必定有要紧之事，便挥退宫娥，穿好衣服来到正厅。

"皇上！"魏知古见到唐玄宗，抑制不住激动，伏地哭诉道，"太平公主与萧至忠、岑羲、崔湜、纪处纳等人，和大将军常元楷、李慈密谋，准备在七月四日发动兵变！"

唐玄宗听了，大吃一惊。他低头沉思，近年来，朝廷中发生的几件大事，几乎都与太平公主有关。

太平公主以睿宗为强大后盾，排除异己，安插亲信。景云二年（711）五月，跟随太平公主的僧人惠范，仗着公主的权势，强夺民产，殿中御史慕容珣弹劾他的罪行，太平公主听闻之后，向睿宗申诉，结果，将这个作恶多端的惠范判为无罪，而弹劾他的御史大夫却被宣判有罪，被贬为岐州刺史。如此等等，太平公主的行为越来越放肆。唐玄宗登上帝位后，先天二年（713）六月，太平公主与宰相窦怀贞、岑羲、萧至忠、崔湜及太子少保薛稷、雍州长史新兴王李晋、左羽林大将军常元楷、知右羽林将军事李慈、左金吾将军李钦、中书舍人李猷、鸿胪卿唐晙以及她的亲幸僧人惠范，一起密谋废掉唐玄宗，另立皇帝。尽管宰相陆象先极力反对，并与太平公主唇枪舌剑，奋力相争，太平公主不但不听陆象先劝告，却出狠招，毒死唐玄宗！她准备好毒药天麻粉，拌于食物中，然后上觐给唐玄宗。

唐玄宗得知这一消息后，非常气愤。太平公主既然准备对自己下毒手，那就休怪他不讲情面了。要清除叛逆，从现在起，至七月四日凌晨，只有两天准备的时间。

魏知古见唐玄宗沉默不语，更加着急："臣有心腹在太平公主身边，这事是千真万确的啊！"

唐玄宗在王皇后的支持下，经过一番商议，严肃地向魏知古下令："平定叛乱，一定要抢在他们之前行动。你速分头通知，明天晚上起事。"

一旁的高力士也是心急如焚，心想："时间如此紧张，需要筹划周密，才能抢在他们前面啊。"

高力士的担心很有道理。严格地说，唐玄宗向魏知古下诏时，已是第二天凌晨，时间不足两天。那么，最关键的是调兵，既要准时集结，又要保密，不能让太平公主有丝毫察觉，难度很大啊。

傍晚，在唐玄宗的调令下，龙虎将军王毛仲已将三百人马全部带至指定地点集结，整装待发。

到了三更时分，唐玄宗一声令下，全部人马开始行动。勇士们按照唐玄宗的命令，从武德门出发，冲向西边的虔化门。虔化门位于太极殿的东边，按照唐玄宗的计划，要在这里消灭公主的两员猛将——常元楷和李慈。

当平叛勇士冲到这里时，常、李二人拍马挺枪，冲了过来。因他们不知唐玄宗早有安排，没有带上卫兵，是单身而来的。

这时，王毛仲厉声大喝："常元楷和李慈两位前来面见圣上，为何还不下马？"

两人觉得也是，便毫不犹豫地下马，还未等他们站稳脚跟，王毛仲便奋马挥刀，将他们斩首。

此时，殿中少监姜皎、太仆少卿李将士从中书省冲来。将这里的太平公主死党右散骑常侍贾膺福、中书省当值的中书舍人李猷等全部活捉。

当两队人马会合在一处后，唐玄宗命郭元振保护太上皇睿宗，亲自率领薛王业、岐王范等众将直扑承天门，而高力士则带领骑兵直奔朝堂。

原来，太平公主的死党萧至忠和岑羲、窦怀贞三位宰相，正在朝堂商量政变的相关事宜。

高力士奉命领骑兵赶到这里，见朝堂大门已闭，于是命士兵用长木头撞门。

萧至忠等人正全神贯注地议事，忽然听到殿门外传来奇怪的撞击声，便知道大事不好。举目环视室内，见无路可逃，不禁叹了口气："完了！"

这时，大门被撞开，高力士已经带着人马冲进来，正好遇到岑羲和窦怀贞，于是将两位宰相斩首。

萧至忠从后门逃出后，这位年事已高的老者，知道天网恢恢，于是在一棵树上吊死了。

此时天色大亮，唐玄宗将太平公主反叛势力一举清除，但太平公主仍在逃。唐玄宗知道擒贼需先擒王，不抓到太平公主，平叛不算成功，于是发动士兵全城搜查。

太平公主见在京城难以栖身，便带着十多人逃到终南山一寺庙躲了起来，但还是被王毛仲的士兵发现，将寺庙围得水泄不通，最后被擒。唐玄宗命将其押回长安，后将她赐死于自己的住宅里。

唐玄宗清除了叛乱后，便是选用治国贤能。七月六日，正好是唐玄宗将先天年号改为"开元"后的第五天。他首先想到的是姚崇。

开元二年（714）十月十三日，唐玄宗带着高力士来到新丰（今陕西临潼东北），见山中的枫叶泛红，秋高气爽。按唐代规定，在皇上行幸驻跸该地时，周围三百里之内的刺史都应该朝见。时姚崇为陕西同州刺史，应该赴骊山觐见。他因受朝廷排挤，不敢面君，于是写了一封奏章，通过关系转交唐玄宗。

其实，唐玄宗多次提出将姚崇调京，遭到宰相张说等人反对，未能如愿。唐玄宗为了与姚崇相见，便绕过张说，集结二十万大军，举行阅兵。

可是，直到阅兵即将开始，姚崇也没有来骊山，只是给唐玄宗写了一份奏章。唐玄宗看到姚崇的奏章后，急令中官传旨，命姚崇速到骊山。

军事演习开始，唐玄宗让兵部尚书、宰相郭元振任总指挥，给事中、知礼仪事唐绍仪担任总调度。

当时，所有大臣都不知唐玄宗搞这场大演习是何用意，他们紧绷着神经。不知是这场演习准备不足，还是他们缺乏经验，在演习中偶然出现军容不整等情形。要说这也算不了什么人事，但唐玄宗非常生气，下令将郭元振抓起来，立即问斩。好在宰相刘幽求和张说等人，跪下替郭元振求情："郭元振对大唐社稷建有殊功，请皇上不要为这样的小事，斩杀功臣。"

大臣们伏地磕头不止，唐玄宗沉吟片刻后，才下令将郭元振松绑。不过死罪虽免，活罪难逃，于是将他流放到新州，即现在的广东云浮市新兴县。那里距京城有五千多里，偏僻遥远，可以说是不是死罪的死罪。

接着，唐玄宗将唐绍仪抓了起来，并将他斩首，让在场所有的人惊呆了。

第二天，即十月十五日，演习结束，可是姚崇还没来，唐玄宗带着高力士回京城。到了渭川，唐玄宗又举行了一次大规模的狩猎。所有大臣都不知皇上的用意，只有高力士知道皇上不急于回京的原因。

唐玄宗正好围住一头梅花鹿，姚崇匆匆赶到，见到唐玄宗，便滚鞍下马，因迟来连声请罪。

景云元年（710），睿宗封姚崇为相，可是第二年，便将他贬为同州刺史。现在唐玄宗要见他，准备重用。

为了让姚崇取代郭元振，唐玄宗采取了阅兵这样大的行动，可见他为了起用姚崇，可谓用心良苦。

现在，姚崇已经来到，打猎也就没有必要了。于是唐玄宗带着张说、刘幽求、姚崇和高力士返回京城。

姚崇回京，令宰相张说十分嫉妒。开始，他极力劝说唐玄宗。后来见劝说无效，他又说服御史大夫彦昭上书弹劾姚崇。唐玄宗还是没有改变主意，张说于是又说服殿中监姜皎，结果，姜皎不但没有说服唐玄宗，还差点被砍了脑袋。众臣这才知道唐玄宗起用姚崇，主意已定，再不敢多言。

唐玄宗为什么这样重用姚崇呢？其实，唐玄宗在心里早就盘算过。

自剿灭了太平公主后，唐玄宗希望大唐振兴，需要治理朝政的能手。可是，刘幽求等人是在两次政变中立功起家的，事前不过是朝邑类的地方小吏，根本不熟悉如何处理朝政大事。

张说虽在朝中任过高官，但未曾单独主持过国家大事，因此难免出现疏漏。

而姚崇则不同，他在武则天时期就担任兵部尚书，并兼任宰相。在睿宗时期，继续任宰相，他对朝政最为熟悉。可见唐玄宗看重姚崇，是经过深思熟虑的。

唐玄宗为了起用姚崇，不惜用大阅兵的办法替姚崇腾出位置，又不惜用狩猎的方式等待与他见面。

第二天，姚崇被封为同中书门下三品，这是他第三次为相。谁知姚崇上陈十条，有禁止苛政而行仁政、有禁止宦官干政、有广言纳谏等。如果皇上不允行，他便辞去宰相一职。

唐玄宗认真看过姚崇上陈的十条后，毫不犹豫地同意了，并一一照行。

按理，张说是首席宰相中书令，而姚崇只是个兵部尚书同中书门下三品，还是个兼职宰相。可是，唐玄宗却事事以姚崇的意见为主，这让张说非常不满。后张说因私自到岐王李范府中申述诚意，被姚崇告发，结果，张说被贬为相州刺史，刘幽求被流放到岭南。

自此，姚崇位居极品，大唐已然进入姚崇时代。

唐玄宗在清除太平公主的势力后，虽然巩固了皇权，但他知道国家形势不容乐观，急需治理，而治理需要人才，于是他量才任官，选拔贤能。

在这方面，李隆基眼光精准，能够根据时代需求来选拔贤才。尽管姚崇远在同川，唐玄宗却重用他，又贬去张说，按他的说法，这是为了大唐的需要不得已而为之。

的确，姚崇入相后，从帮助李隆基整饬制度入手，清除苛政、杜绝封官、整治外戚，兴利除弊、革故鼎新，他的这些举措，确实大有成效，为开元盛世奠定了基础。据《新唐书》载，姚崇在京城没有住宅，家人在郊外居住，自己寓居于罔极寺。后来，因疟疾卧床不起，不能上朝议事，唐玄宗每日派遣使者数十人，前去探病。每遇军国大事，便命黄门监源乾曜前去征求意见。后来，唐玄宗命姚崇搬迁到四方馆居住，并准允他的家属侍疾，姚崇认为四方馆存储官署文书，不宜居住，极力推辞。唐玄宗说道："设四方馆本就是为官员服务，朕安排你住进来，是为国家考虑的。"可见，李隆基离不开姚崇了。

开元三年（715）五月，黄河南北地区都发生了严重蝗灾。蝗灾的发生，对庄稼的破坏特别严重。姚崇深知，如果不能及时消灭蝗虫，将会导致重大经济损失，也会影响百姓的衣食，不利于国家稳定。

于是，他亲自指挥灭蝗，下令各郡县要全力以赴。消灭蝗虫活动，有功的给予奖励。在他的大力推动下，全国上下一齐动手灭蝗，很快，蝗灾得到了控制，没有蔓延下去。

姚崇用快、准、狠的办法，很快消灭蝗虫，稳定了民心，也稳定了大唐，为开元盛世打下了基础。

开元十四年（726），唐玄宗支持姚崇依法治国，谁知姚崇因两个儿子行为不端，让唐玄宗不悦，姚崇辞官。姚崇在罢相时，推荐了宋璟。唐玄宗经考察，看中宋璟为人耿直、讲原则，便准了姚崇的奏。

宋璟为政，直言上谏、不计私恩、严于律己，并继续实行姚崇时代好的制度。他也很重视对人才的选拔任用。他掌握朝政大权，决不徇私枉法，相反，对自己的亲属，还更加严格。最后，宋璟因工作失误，即过于守旧，而被罢相。

唐玄宗对人才的赏识，可以说是慧眼识珠。他能突破老规矩，任用那些才华横溢的人才，用人制度也非常灵活，更是采取措施激励这些具备才华的宰相，励精图治，终于开创了开元盛世。

但是，面对事业的成功，唐玄宗反而多疑。他遭遇两次皇族与大臣作乱，于是越来越忌讳大臣与亲王有过密来往，因此加倍防范，以致发展到坚持"不用功臣"。这个政策，使一些功臣晚景凄凉，就连王皇后也未能幸免。

韩休与姚崇一样，入相时先向唐玄宗提出陈条，如果不允许，这相宁可不入。

原来，朝廷缺一名宰相，即首席宰相，于是萧嵩推荐了韩休。唐玄宗对韩休很熟悉，他在东宫当太子的时候，常和他在一起讨论国家大事。后来，韩休出任虢州刺史时，不改刚直不阿的性格，为了虢州百姓的利益，宁可与宰相张说对着干，这给唐玄宗的印象很深。

唐玄宗同意韩休入相，但他性格刚直，办事常常让唐玄宗十分尴尬。

首先是万年县县尉李美玉犯事，唐玄宗处以流放岭南，韩休立刻上奏："陛下，李美玉处罚过重。"

唐玄宗听了一怔："难道朕不能处罚一个小小县尉？"

"臣并非此意。"韩休奏道，"臣觉得，李美玉所犯的只是小事，怎么处罚流放岭南？不过，皇上坚持要这样处罚，那么，就得先处罚程伯献！"

唐玄宗听了，不觉一怔："这是为什么？"

"程伯献依仗皇上宠爱，极为贪婪，不仅住宅豪华，而且车马成群，大大超越他职位标准。对这个腐败奢侈之徒，难道不应依法震慑？"

唐玄宗听了，一时无言，无奈之下，便更改了对李美玉的处罚。

不仅如此，对于喜欢宴饮玩乐的唐玄宗，朝中没有大臣敢直言进谏，韩休却敢进谏上言。

唐玄宗不但没有责怪，还大加赞赏。皇上吃请，现在有管束了，本是好事。谁知这样一来，唐玄宗很不习惯。

一次，唐玄宗于深夜在宫中设宴，酒上桌后，宴会还未开始，唐玄宗担心地问左右："这深夜突然设宴，韩休不知道吗？"

唐玄宗把宴会由白天改到深夜，为的是避开韩休的视线。可唐玄宗还是觉得不放心，宴会开始前，还要询问一番。

因为韩休无孔不入，唐玄宗已经饱尝了他的厉害。

左右见皇上如此问，忙回答说："这夜静更深，他应该不会知道。"

唐玄宗听了，这才放心。正当他举起酒杯时，太监来报："韩大人的谏书已到。"

唐玄宗顿时不知怎么办才好。

唐玄宗喜欢围猎。一天，他带着侍从，欲去禁苑行猎。走至半途，他又不放心地问左右："朕这次行猎，是高度保密的，韩休不会知道吧？"

左右觉得皇上过于担心："我们深知韩大人的厉害，都是高度保密，他怎么会知道呢？"

左右的话还未落音，太监来报："韩大人的谏书已到。"

唐玄宗知道，韩休是担心自己沉溺游乐，荒废了朝政，觉得韩休这样做是对的。因此，对他的谏言不但不怪罪，反而非常欣赏。

一次，有人向唐玄宗上言，韩休为相，陛下却瘦了许多。

唐玄宗听后，对着镜子看了看，的确瘦了。不过他说，朕虽瘦了，百姓能过上好日子就行。

唐玄宗说出这话让在场的人无不感动。

二

传说骊山离宫有三十六宫，七十二殿。杨玉环在侍女的簇拥下，从通往宝光殿的长廊里一路走来。自走出长安城后，经历了很多事，这些事常常在瞬间闪过脑际，以致现在脑子有点乱。其中脑子里出现最多的是寿王。她从十七岁嫁给寿王，如今已是二十二岁，和寿王在一起已经五年……她再不敢想了，现在即将见到皇上，这是她人生中的大事，脑子应清醒些。此时，她觉得自己虽然是为皇上侍寝，也算是搭救了寿王的性命。

她突然想到，刚才在回廊看到皇上，感到他目光锐利，确与常人不同。想到今后要侍奉他一生，竟产生了一种莫名其妙的心慌意乱和不安。他拥有至高权力，是自己命运的主宰，将来不知是福还是祸。

这时，乐曲突然高亢起来，只见高力士带着十几名宫女，来到杨玉环这里。高力士向杨玉环躬了躬身，算是对她行过礼，宣道，谒见皇上的时刻已到，请上殿。

大殿里明烛高照，亮如白昼。杨玉环的到来，使乐曲更加高昂，响彻大殿。

高力士领着杨玉环，走到皇上御座前才离去。杨玉环这才发现，自己独自站在这里，与皇上的御座只有一丈之遥，杨玉环却不敢抬头，便低着头拜见皇上。

杨玉环行完礼，唐玄宗说道："抬起头来。"

皇上的话，不敢不听。杨玉环什么也不敢想，她慢慢抬起头来，却不敢看皇上一眼。

唐玄宗看了杨玉环一会儿，眼光仍舍不得离开。杨玉环的美，让唐玄宗心情格外舒畅。

这时，宫女走过来，将杨玉环领到唐玄宗身边，与唐玄宗并排坐下来。她知道大殿里有很多大臣，每位大臣都兴致勃勃，满心欢喜。

大殿右边，整齐地站着一群乐师，左边是一群宫女，木偶似的站着，鸦雀无声。这时，乐曲完全变了，那群舞女跳起剧烈地扭动着身子的舞蹈。伴奏的乐器也是番邦的，乐曲旋律急促中又有幽怨，杨玉环从未听过。

高力士特别忙。他把杨玉环交给皇上后，指挥宫女们上酒。皇上面前的小几上，放着大大小小的酒杯，宫女们忙着往酒杯里斟酒。

杨玉环端起酒杯，乐曲声音高涨起来，她放下酒杯，乐曲声又低了下去。像这样三次端起酒杯，结果，乐曲也跟着高奏了三次转低三次。她觉得自己的一举一动与乐曲连为一体，最后一次，一口气将杯中的酒饮干。

这时，唐玄宗侧身轻声地问杨玉环："你是洛阳人吗？"

杨玉环觉得，好久没人和她说话，现在皇上在问自己，忙答道："回皇上话，玉环生长在蜀中，后迁至洛阳。"

"台上跳的蜀舞，你可知道吗？"

"启禀皇上，玉环自幼离开家乡，对家乡的音乐和舞蹈，毫无记忆。"

就在杨玉环与唐玄宗对话时，大殿的一角一阵骚动，正在跳舞的舞娘从两边分开，一队宫娥彩女，簇拥着一位妙龄女子，向唐玄宗走来。杨玉环想，后宫佳丽三千，这位一定是魁首。从她穿着的一身华贵衣服来看，也许她就是梅妃，在王皇后和武惠妃去世后，梅妃便被选进宫了。

梅妃身材与杨玉环不同，那瓜子形脸配上高挑的身材，楚楚动人。杨玉环想，天下竟有这样美丽绝伦的女人。

这时，一位宫女走来，向杨玉环宣告："梅妃娘娘驾到。"

果然是梅妃娘娘。杨玉环不由得向御座前看去，见梅妃在御座前向皇上款款拜揖，她面带微笑，好像是炫耀自己花一样的美丽，一双媚眼向皇上暗送秋波。梅妃不只如此，她将身子慢慢转了一圈，意思是让皇上把自己全身好好地看一遍。做完这些，她的目光才向杨玉环投了过来。这是杨玉环第一次看到梅妃，不觉暗暗夸道，好一个俏丽的女子，特别是她那张嘴，娇小、生动、可爱。她的小嘴为什么惹人喜爱？觉得她的嘴红涂法不同，显得古雅端庄。

这时，梅妃轻轻启动红唇："哟，久闻一位眼流红泪，汗香如玉的美人，出生时还臂戴玉环，有沉鱼落雁之美，早就想见识见识，今天总算大开眼界了。"她那莺莺细语，如珠落玉盘，悦耳动听。

听了梅妃这席话，杨玉环不觉暗暗一惊。自己出生时，臂戴玉环的事，本来是最亲密的乡邻之间谈论的话题，梅妃是怎么得知的呢？她虽不知此事是真是假，但在小时候，确实听家里的老人说过此事。再说汗如香玉，也并非没有根据，原出入寿王府的市井诗人，为了赞美杨玉环的美貌，写过一首戏词送给寿王，其中有"泪如红水滴，汗似香玉流"两句。按说，寿王也好，她玉环本人也好，都不愿把它传出去，可是，梅妃是怎么知道的呢？特别让杨玉环难以接受的是，梅妃刚才的语气，明明有奚落之意。

梅妃说着，站了起来。杨玉环以为是向自己走来，也站了起来。然而，梅妃却来到唐玄宗另一侧坐下。

梅妃的到来，使酒宴更加热闹。宫女们不停地上菜斟酒。唐玄宗也许知道梅妃刚才伤了玉环，便将端上来的新菜，逐一介绍给玉环听，还为她夹菜。

梅妃看到后，也觉得别扭，便起身告辞，唐玄宗当即应允，她带着侍女们退出大殿。

梅妃在时，乐曲不高不扬。现在梅妃一走，乐曲又像先前一样，当杨玉环端起酒杯时，乐曲就高奏起来，而且声音更加热烈，直到酒宴结束。

杨玉环向皇上深施一礼，起身离席，在宫女的陪同下，走出大殿，顿觉一阵袭人的寒气。好在宫女们都提着灯笼，因有些昏暗，她便缓步前行。

杨玉环来到寝宫，见里面摆满花盆、绣帐烛台等用具，多是包金嵌玉，古色古香。

唐玄宗由高力士服侍，洗漱完毕，换完睡衣后，便坐在靠椅上，高力士送上一壶茶来。

宫女将杨玉环擦洗完身子，换好衣服，准备送到里间。但玉环觉得酒气上涌，四肢倦怠，为了清醒清醒，她披上衣服，来到侧门口，见门前是汉白玉回廊，还配上红色和绿色的石台，与通往大殿的回廊大不相同。

"请您回房。"宫女以礼催促着。杨玉环只好让宫女关上门，由宫女们扶着来到里间。正好唐玄宗喝完茶。高力士将皇上扶上龙床，悄然退下了。

杨玉环走进寝宫，因有位宫女提着灯笼，虽然很暗，但她还是看到了宽大的龙床。她知道将要发生什么，心里高度紧张。

她来到床前，不敢抬头，正在她迷茫时，没想到一只大手，利索地将她挽进锦被。

这一刻，她似乎在云里雾里，但敏感的嗅觉告诉自己在一个老男人怀中。

不用问，这个男人肯定是皇上。

唐玄宗拥着这个可心的尤物，极度亢奋。现在，杨玉环感到眼前的皇上，肌肤上有很多皱褶，完全不像刚才身着皇服那样伟岸，与普通老人毫无差别。

她不禁一惊，这是皇上吗？

不知怎的，她又想到寿王。和寿王在一起，两颗年轻的心在碰撞，情感在交融中产生强烈的共鸣。

而和皇上在一起，他们没有感情碰撞，没有语言交流。

与寿王在一起，她无拘无束。

与皇上在一起，她只有服从。

不知睡了多久，忽然听到唐玄宗惊呼道："高力士何在？"

唐玄宗的喊声，惊醒玉环。因寝宫内灯火全部熄灭，寝宫内一片黑暗。

"高公公，高公公！"唐玄宗的叫喊声撕心裂肺，一定是做了可怕的噩梦。杨玉环吓得缩成一团。窗外的寒风吹过寝宫前的石廊，发出凄厉的声音。风过去后，又听到宫殿周围的松涛呼呼低吼，像遥远的海啸，一波一波地袭来。

"高公公何在？"

"高力士何在？"

唐玄宗不停地高喊着。

皇上不停地惊喊着，杨玉环忙握着皇上的手问道："皇上，是受惊了吗？"

唐玄宗听见说话声，像是一惊，将身子使劲地蜷缩着，在黑暗中隐约见到一个人影，于是问道："你是什么人？"

"皇上，是贱婢杨玉环。"

"啊，是玉环哪！"唐玄宗四处打量着寝宫说，"好像有人潜入寝宫，切不可大意。"

皇上的话，使杨玉环不觉一惊，有人潜入寝宫？她忙坐起来，害怕地观察寝宫四周，悉心静听，感觉寝宫越来越黑，好像有许多利刃，正对着床上。

她也非常害怕。

"宣高公公！"唐玄宗接着惊叫起来。

皇上呼喊高力士，可杨玉环不知高公公在哪里，也不知道怎么去宣。

这时，外面有了灯光射进寝宫，不一会儿，寝宫内忽然灯光大亮，整整齐齐地走进来一队宫女。宫女们点上蜡烛，室内顿时明亮起来，五光十色的豪华陈设，立刻呈现在人们眼前。

"今晚可是高公公值夜班？"唐玄宗问那些宫女。

"回皇上话，今是高公公当值。"宫女们小心地回答。

"快快将他宣来！"

宫女们听到皇上吩咐，提着灯笼鱼贯而出。

寝宫里又只剩下皇上和玉环，她仍在惊恐中。她怎么也没想到，眼前的皇上就是刚刚爱抚过自己的君王，那时是那样温柔。现在，这个拥有至高权力的当今君王，神经似乎有些错乱，让她非常害怕，自己睡了多久？皇上怎么突然惊呼高公公？难道真的发生过什么可疑的事？

她看着烛光中的皇上，觉得没有刚才在御座上那样高大，其实他是个懦弱的人，已被一种莫名其妙的幻觉吓得心惊胆战。

"熄灯！"唐玄宗见室内亮了许多，便叫道，"不要暴露。"

杨玉环听到皇上的吩咐，忙吹灭蜡烛，寝宫又被黑暗笼罩。

这时，宫门那边传来脚步声，雪亮的灯光下，是高力士进来，他忙伏地拜见："高力士遵旨来到。"

高力士知道，自武惠妃去世后，皇上夜里经常出现这样的幻觉。

"你是高力士？"

"是的，皇上不必害怕，高力士在此，皇上一切平安。"

"你可听到一种异常的声音？"

高力士仔细听了听，说："是风声，皇上。"

"朕觉得不是。"

"是的，皇上。请您看着奴才的脸，有老奴在此，皇上身边不会有异常。"

唐玄宗听了高力士的这番话，心情平静了许多。大家总算松了一口气。谁知这时，唐玄宗又问高力士："你真的没有听到一种声音。"

"皇上放心，这是风声。"

"不，是人的声音。高力士，这里像是藏着可疑的人。"

高力士听后，下意识地在寝宫四周打量一遍，哪有人呢？他走近皇上，小心地说："不可能的。"

"不，此事非同小可。"

杨玉环听到皇上的话，便在床上欠身四顾，宫女们立即提过灯来，寝宫里灯光雪亮，哪里有人。

"是风声。"高力士诚恳地安慰唐玄宗。

听说高力士长皇上一岁，但从灯光下的脸面来看，他似乎长皇上十岁。他有着宦官特有的脸型，高高的鼻梁，架在"沟壑纵横"的脸上，两只眼睛饱含敦厚的微笑。他接着劝道："请皇上赶快休息吧。"

　　唐玄宗很听高力士的话，再没有说什么，便睡了下来。高力士带着宫女退下。

　　然而，杨玉环的心情却久久不能平静。今天发生的事情，一件件地在她脑子里闪过。她觉得皇上是个十分软弱的人，但他拥有最高的权力，是天，是地，是命运的象征。凶起来比黄河怒涛还要狂暴，人莫敢近；而在梦魇中，又是那样孤独软弱，惶惶不安。

　　她感觉皇上老了。

三

　　唐玄宗拥着杨玉环，一直睡到第二天未时。

　　在离宫用过早膳后，陆续不断地有大臣从京城赶来，有要事向唐玄宗禀报，但都被高力士一一挡了回去："皇上忙着呢。"

　　"皇上什么时候才有时间啊。大臣们急啊。"他们懊丧地说道，"我们已经等了一天。"

　　虽然日上三竿，唐玄宗和侍寝的玉环睡得特别香。为此，白居易在《长恨歌》中这样写道：

> 云鬓花颜金步摇，芙蓉帐暖度春宵。
> 春宵苦短日高起，从此君王不早朝。

　　直到下午，唐玄宗醒来，神采奕奕地走出寝宫，高喊道："高力士何在？"

高力士听见皇上呼喊，立即来到唐玄宗面前："奴才在。"

"晚上设宴，朕要好好为杨玉环接风！"

"是，皇上。"

傍晚，离宫灯火通明，唐玄宗为杨玉环举办的接风宴将要开始，乐师们奏起轻快的小曲，如小河流水，似黄鹂啁啾，大殿里充满欢乐。

唐玄宗坐在御座上，杨玉环身着华丽新装，坐在皇上一侧，美若天仙。朝中大臣在大厅两边而坐，太监们在大臣间穿来穿去，忙着给他们送酒。

高力士向大臣高呼："大宴开始。"音乐高奏，大臣们一起举杯："吾皇万岁万万岁！恭贺皇上新纳美人。"

唐玄宗举起酒杯："免礼免礼。"

喝完酒，唐玄宗见杨玉环丰盈的双颊、美丽的笑容，如同绽放的洛阳牡丹，雍容艳丽；一双亮闪闪的眼睛，如同两潭秋水，顿时心情大悦。正好，宫女给玉环斟好酒，玉环拿起酒杯，向皇上敬酒。她将酒杯高高举过头顶，也许是有些累，身子不禁一歪。幸好唐玄宗将她扶住，顿时感到清香四溢，恰似酒未醉人却先醉。

唐玄宗坐下后，将手中酒杯举起，高兴地向大臣们说道："今天，朕为美人杨玉环接风，各位爱卿同饮一杯。"

大臣们敬过酒后，唐玄宗高兴地说："朕安排一曲新舞，给你助兴。"

唐玄宗说完，大殿内顿时音乐高奏，梨园的舞女跳起了《霓裳羽衣舞》。

跳起《霓裳羽衣舞》后，大厅里热闹非凡。唐玄宗拿着酒杯，突然木讷地喊叫起来。高力士第一个听到皇上的喊声，连忙来到唐玄宗身边："皇上，怎么了？"

"朕总算告别了孤独啊。"

原来，唐玄宗想起了身边无人陪伴的日子，长长地叹了一声。

近年来，唐玄宗一想到孤独，哪怕在酒宴上，或在太极殿接待外国使节的隆重时刻，便会产生幻觉。今天哪怕两旁的百官如众星捧月般地坐在他周围，身边还有美女杨玉环，舞女们正在轻歌曼舞，兴奋之余，他突然想到了王皇后和武惠妃，唐玄宗青年时代做临淄郡王时，娶的王氏妃子，是唐玄宗名副其实的糟糠之妻，后来即皇帝位，封为皇后。因其兄被罪而废为庶民，含冤而死。这些原来的人和物，远远地离开了自己，唐玄宗才知道自己对她们有着深深的爱。她们都走了，孤独让唐玄宗觉得自己像掉进了一个漆黑的洞穴，里面潮湿阴冷，又找不到出口，没有一丝光线射进来，让他强烈地感觉到拂晓前难以忍耐的黑暗。

唐玄宗是在武惠妃去世后才产生这样的幻觉的。每当在这个时候，他都感到心灵深处有一种需求，强烈地呼喊着。他觉得这个世界上，只有两件事没做，那就是杀戮和荒淫，而实际上他将这两件事都做了，作为一代天子，只能举行一次封禅仪式。所谓封禅，是受命于天的帝王，在泰山祭天，这叫作"封"，在泰山下的小丘梁父祭地，这就是"禅"。这种仪式是古代沿袭下来的。一般来说，天下易姓而出现太平的时候，就要隆重地举行一次这种仪式，以谢诸神庇护之功。

开元十三年（725）十一月，唐玄宗回到长安后，在泰山隆重地举行封禅大典。为了保持灵山的清净，他舍辇骑马登上泰山，前来参加封禅仪式，除了文武大臣外，还有众多外国使臣。因为封禅时，他作为地面上的最高统治者，要与天神对语，与地神交谈，与神仙会见，再没有比这更荣耀的事情了。封禅之后，唐玄宗觉得再没有什么事值得做了，人做任何事情，与封禅相比，都是渺小的。

不过，这是后话。

现在，杨玉环见皇上精神不定，忙高高地举起酒杯，向唐玄宗敬酒："请皇上饮下这杯！"

唐玄宗见杨玉环的手，白皙光滑，粉嫩柔软，不禁愣了一下，攥着爱不释手。

杨玉环今年二十二岁，见皇上当着大臣们的面，紧紧攥住自己的手，感到不好意思，忙娇滴滴地收回手。

杨玉环未经许可，突然收回手，唐玄宗不但没有动怒，反而非常开心地将酒杯举了起来："喝酒！"

"喝酒。"

"喝酒！"全体大臣开心地将酒一口饮下。

第三章　金蝉脱壳，美女回京成道士

一

唐玄宗带着杨玉环，在骊山住了十八天。这是唐玄宗近年来，在秋季行幸骊山，住得最久的一次。

不过这也难怪，他身边有了新人杨玉环，在骊山的日子，过得有滋有味。即使是再过十八天，也觉得日子过得特别快。

唐玄宗告别骊山，将杨玉环带回长安。可长安不比骊山，作为皇上，大唐的一国之主，事事都得有个规矩。那么，杨玉环应该怎么安置为妥？

这事，让唐玄宗犯难了。因为满朝大臣，都知道她是寿王的妃子，自己的儿媳，总不能就这样不明不白地留在身边吧？

再说，她现在虽说已经来到身边，但是名不正言不顺。那么，公爹和儿媳这条鸿沟怎么能平安逾越呢？这就是他要解决的问题。

按照习俗，公爹和儿媳这个特殊关系，是最敏感的。唐玄宗想让人们忘记杨玉环是他的儿媳很难。

实在想不出办法，只有将她舍去，唐玄宗却实在舍不得。

在骊山的这些天，唐玄宗对这位小女子非常满意。好不容易有了这样称心如意的女人，他怎么舍得分开呢？

如何安排杨玉环，确实让唐玄宗一时束手无策，心里充满了惆怅。

高力士见皇上从骊山回来后，满脸忧虑，情绪低落，知道是什么原因，但他不敢多言。常言道，伴君如伴虎，有些话半句都不能多说。

何况，他也没有什么好主意，更不便多言。

可是他又一想，皇上对自己恩重如山，应该帮一帮。何况自己是皇上的身边人，也得有个准备，如果皇上问自己，怎么回答？于是他绞尽脑汁，还是想不出一个妥善的方法。

果然，回长安怎么安排杨玉环，唐玄宗征求高力士的意见了。

皇上动问，高力士憋了好长时间没说出一句。好在他经验丰富，从正面回答不了，便采取侧面迂回的办法："皇上，这事不能太急，得慢慢来。"

唐玄宗觉得，算是白问他了。慢慢来，怎么慢？

问题得不到妥善解决，唐玄宗便感到不安。他和杨玉环本是儿媳的关系，这个关系太敏感了。没有一个好的办法，大臣们怎么接受得了？

晚上，唐玄宗沮丧地向杨玉环说："看来，我们得分开啊。"

杨玉环听说要和皇上分开，顿时急了，当着唐玄宗的面哭了起来。

杨玉环的哭声也是娇滴滴的。那张娇嫩的脸上，挂满晶莹的泪珠，如同梨花带雨。唐玄宗慌了手脚，将她紧紧搂在怀中，脸贴着脸，心挨着心，好似一对难分难舍的鸳鸯。

正当唐玄宗被杨玉环弄得六神无主的时候，唐玄宗的妹妹金仙公主和玉真公主带着唐玄宗的女儿万安公主来到兴庆宫，她们有事情与皇兄商量。

这两个妹妹，唐玄宗都很喜欢。她们的到来，竟使唐玄宗忘了忧愁，高兴地命宫女快快送茶。

公主们来到兴庆宫，打破了这里的寂静。唐玄宗高兴地问她们，有何要事，需要相商。

原来，她们正筹备过年，特来征求皇兄的意见。

唐玄宗觉得她们安排得甚好，便连连称是，末了还风趣地说："你们的这些安排，朕照办就是。"

金仙公主说，还有一件大事。

唐玄宗笑道："在你嘴里说出来的，都是大事。是何大事说吧。"

玉真公主却认真地说："开年便是母亲的忌日，不知皇兄如何打算？"

金仙公主也在一旁催着，姐妹俩说个不停。

原来，金仙公主和玉真公主，与唐玄宗是一母所生，万安公主晚一辈，但也催父皇："皇奶奶的忌日安排，是不是大事哟？"

原来，大年初二，是唐玄宗母亲窦太后的忌日，如何安排，必须筹划好，可不能大意。

他们兄妹每次在一起，聊起事来总是非常开心。这次谈完了这两件事后，谈到了杨玉环。唐玄宗心里有事，对妹妹们从不隐瞒，于是把安排杨玉环的难处，讲给妹妹们听。

玉真公主听了一笑："嘿，我以为是多大的事，原来是这个。"唐玄宗说："这事不好办啊。"

玉真公主说："陛下，这有何难？不如用个'金蝉脱壳'计！"

"金蝉脱壳？"唐玄宗听了非常惊讶，"怎么个脱壳法？"

玉真公主说："如果陛下不在意的话，何不让杨玉环在我那儿住一阵子？"

一旁的金仙公主更直接："陛下可知高宗是怎么娶武后的？"

两姐妹一语道破天机，唐玄宗这才明白。可谓一语惊醒梦中人！

原来，玉真公主是出家的道士，唐玄宗已经明白了两个妹妹的意思。

春节一过，唐玄宗对杨玉环便有了安排，让她出家当道士。可是，唐玄宗亲自向杨玉环讲这事，不好开口。于是让高力士去向她讲。高力士传达了皇上的安排，杨玉环总是不说话，高力士磨破了嘴皮子，杨玉环总算同意了。

正月初二，是唐玄宗的母亲窦太后的忌日，全朝官员都要参加祭祀活动。趁祭拜活动之机，唐玄宗当着全朝大臣宣布，杨玉环为了给太后"荐福"，正式出家为女道士，并下了一道敕令：

圣人用心，方悟真宰。妇女勤道，自昔罕闻。寿王瑁妃杨氏，素以端懿，作缤藩国；虽居荣者，每在精修。属太后忌辰，永怀追福，以兹求度，雅志难违。用敦宏道之风，特遂由衷之情，宜度为女道士。

这道诏令一下，解决了唐玄宗的两个忧患：一是正式向全朝上下宣布，杨玉环已出家为道士，赐道号"太真"。

所谓"太真"，原是道教修炼的用语，南朝道教首领陶弘景说："仙方名金为太真。"以"太真"为号，体现了道教精神。联系到"金仙"公主和"玉真"公主的道号，杨玉环号"太真"，是煞费苦心才想出来的。

唐玄宗给杨玉环取这个道号，一是表明她与玉真公主同辈，暗示为一家人。二是正式宣布，杨玉环原来的夫妻关系已经没有了。三是也正式宣布杨玉环道号"太真"，有了这个身份，长安便有了她的位置。

这也为唐玄宗将来纳杨玉环入后宫铺平了道路。

这样一来，只有一个人伤心，那就是寿王李瑁。他知道爱妃出家后，在家里伤心落泪。他原本是大有希望成为太子的，现在不但没有成为太子，连王妃也没有了，让他在人们面前难以抬头。

杨玉环顺利地出了家，理应头戴黄冠，居于道观。但唐玄宗为了自己的需要，在大明宫里，特地为她修了一座道观，取名太真道观。

唐代内宫，是不能修道观的，如玉真公主的玉真道观，设置于大明宫外。唐玄宗将杨玉环的太真道观，置于大明宫内。

为了合法，他将太真观改名为太真宫。太真宫与唐玄宗居处之间修了一条暗道，唐玄宗来去极为方便，可见他用心良苦。

杨玉环看着自己身上的道袍，却有苦难言。本来非常爱美的她，看着这深灰色的粗布衣裳，大惑不解。皇上不是叫自己来侍寝的吗？怎么从骊山回城后，便让自己出家当道士呢？

这些问题，让聪明的杨玉环无比惆怅。但她相信皇上，他不会害自己的。让我出家，一定是有原因的！

唐玄宗之所以让杨玉环当上道教的女道士，说明杨玉环了却了世间姻缘，实际上也是宣布了杨玉环已经与丈夫和离。如果从深层次来看，其中也有必然因素。原来，唐玄宗也笃信道教。道教尊老子为教祖，开山鼻祖是张道陵，他的道教思想，多植根于古代宗教思想。道教除了涉及民间信仰风俗外，还广涉学术、天文、医学等古代学科，并把儒教、佛教的思想包罗其中。

特别是道教宣扬长生不老，不仅蒙蔽了不少平民百姓，就连秦始皇、汉武帝等一代大帝，也深信不疑。而唐玄宗也想求长生不老，道教因此才被他接受。

其实，在唐高祖和唐太宗时，道教被禁止入宫。直到武后时，道教才堂而皇之地出入禁宫。睿宗也许是受到武后的影响，对道教十分虔诚。唐玄宗之所以信奉道教，是想寻求长生不老之药。除了这个，再就是性格使然，因行杀戮和沉溺女色等邪恶之事，以虔诚道教来为自己心理解脱。

唐玄宗热心于从道士那里聆听道教的教义，因他从小就被灌输了那种以德治世的儒家学说，但毕竟神仙之术比儒家学说更有魅力，同样的话百听不厌。尽管他在理智上明白，成仙得道之说是无稽之谈。但他内心深处，觉得应有所肯定。所以，服了长生不老的仙药，便可永生的说法，他什么时候都听着新鲜。

夜里，唐玄宗和玉环同榻，杨玉环盯着唐玄宗的脸说："有生便有死，这是世上无情的规律。"杨玉环似乎还意犹未尽，"我们如此良辰美景，总是有限的。如能永远这样下去，那是多么美好啊。"

杨玉环当着皇上，把人生最强的欲望，即永生的欲望，一层层地剥开。唐玄宗也似乎明白，自己虽贵为帝王，但生命也是有限的。他非常珍惜现在的每一个幸福时刻，于是紧紧抱住杨玉环。

在这充满对生死探求的寝宫里，他们二人尽情享受人世间生的欢乐，他们时而信誓旦旦，时而含情脉脉，不知疲倦。

从此，唐玄宗到太真宫与杨玉环相会，两个人相爱相亲，耳鬓厮磨。

白天，皇上穿着一身龙袍，拥有最高的权力，没有哪个不顺从，其实那是"非我"。

而晚上的唐玄宗，在杨玉环这里，没有那身黄袍。与杨玉环在一起，展现男人兽性的一面，这才是"真我"。

于是，杨玉环认为自己和皇上便是男人和女人的关系，这是平等的，只有在这时候，她与皇上的感情才更贴近、更真实、更亲切。

这个时候的皇上，只属于她一个人，她什么也不要，只要能拥有一个真实的皇上，便知足了。

唐玄宗与杨玉环每每缠绵至夜深人静，第二天，唐玄宗睡到日上中天，早朝的事，已付九天云外。

唐玄宗做完母亲忌日，便又带着玉环到骊山住了八天。这正是春寒料峭的季节，可在温泉宫里，却比宫外暖和得多，他们睡到日上三竿。

二

唐玄宗与杨玉环在离宫过得十分愉快，过去的一切烦恼，现在都已经抛之脑后，即使是以前常挂在心头的武惠妃，也被忘得一干二净。

唐玄宗与武惠妃成亲后，武氏像是一只快乐的小小鸟，快乐地四处飞着。婚后的日子非常甜蜜。她的少女心和虚荣心得到最好的释放，觉得自己像暖房中名贵的花朵，让皇上爱不释手。

其实，武惠妃也是选美入宫的。那是在开元年间不久，唐玄宗命高力士在宫中选美，才将武惠妃选入后宫。

那时的高力士，喜欢在皇上面前表现自己，对选美特别卖力。

他在后宫几十年，没有不熟悉的地方，选美对他来说，是轻车熟路的事。他很快便发现了这位姓武的姑娘。别看她刚刚十四岁，不仅年轻美貌，而且温柔可爱。当高力士将武氏献给皇上时，果然，唐玄宗满面春风，非常满意，即命充入后宫。

其实，武惠妃是武则天的侄孙女，恒定王武攸止的独生女儿，芳名武艳。虽说她只有十四岁，但出落得如花似玉，娇艳动人。

因受武则天的牵连，武艳为宫中的"罪人"之女，身份是奴婢。

特别是武则天死后，宫中凡是"武"姓，一时成为朝中最忌讳的姓氏。怎么能将她选进后宫呢？

可是，武姑娘的"国色天姿"，深深打动了唐玄宗。她入选后宫后，因生性和善单纯深受唐玄宗宠爱，这位盛世明君唐玄宗，将她"戴罪提拔"，封为才人。这样一来，王皇后及所有妃嫔，也因她受宠而独守空房。

唐玄宗特别宠爱武才人，没多久便将她封为武惠妃。

这下可好，一个罪人之女，一下成为唐玄宗皇上的宠妃，可以说是一步登天。

武惠妃受宠，高力士也非常高兴，觉得自己这辈子最满意的事，是替皇上选美。武惠妃得到皇上的宠爱，就是自己最好的杰作。

后来，武惠妃所生的第一个孩子，是个男孩，唐玄宗极为钟爱，并将孩子取名李一，可惜不幸夭折，但唐玄宗仍追封为夏王。

第二个孩子，取名李敏，同样是幼年夭折，唐玄宗追封为怀王。

她的第三个孩子是个女儿，唐玄宗对她宝贝得不得了，可惜没过多久也去世了。

武惠妃接连失去三个孩子，她和唐玄宗格外悲痛。宰相张九龄特意上书劝解：小公主是仙子下凡，陛下当节哀。

唐玄宗忍住悲痛，再次让武惠妃怀孕。十个月后，她为皇上生下第十八子，一个男孩终于呱呱坠地，取名李珺。这次，唐玄宗生怕这个可爱的孩子再次夭折，于是将其送出宫外，交给大哥大嫂宁王李宪和夫人宁氏抚育。开元二十三年（735）封寿王，领益州大都督、剑南节度使。从这以后，武惠妃又生下儿子李琦，女儿咸宜公主、太华公主，全都健康长大。

武惠妃年轻时，相貌也像杨玉环般出众。虽然多次生儿育女，但是至今仍保持着雅致的风仪。她很会打扮，从不浓妆，也十分注意自己的体态，稍有丰腴，却风韵不减当年。

转眼，武惠妃已三十多岁了，还是四个孩子的母亲，然而，唐玄宗依然深爱武惠妃。他为什么爱得这样深呢？这令人百思不得其解。有的猜测是武惠妃的人品影响了唐玄宗，也有的猜测是武惠妃的魅力所致。就在人们纷纷猜测之际，宫中又石破天惊地传出：唐玄宗欲立武氏为皇后。

这让全朝大臣无不震惊！

于是，大臣纷纷上书，武氏与大唐不共戴天，怎么可以将武姓册立为国母皇后？难道天下除了武惠妃，再没有第二个女人吗？

经大臣们这么一闹，封后的事不了了之。

武惠妃见自己当不了皇后，权力欲膨胀的她，开始谋划废掉太子李瑛，让儿子李珺为太子。

这样一来，朝廷议论纷纷，劝道："皇上已经有太子了，怎么能再立武惠妃之子李琩为太子呢？如果是这样，那么现在的太子怎么办？大唐怎么办？"

朝廷的议论虽激烈，但武惠妃为儿子李琩立太子的事，仍不罢休。

为了达到目的，武惠妃便去找皇上宠爱的太监袁思艺。

袁思艺慷慨应允。袁思艺告诉武惠妃，要想将寿王立为太子，须朝中有人替你说话。于是袁思艺又推荐了李林甫。

武惠妃见袁思艺推荐这个人，心中不解，李林甫不过是吏部侍郎，立太子这样大的事，他能帮得上忙吗？

没想到袁思艺说："只要李大人入相就不难办了。"

武惠妃想，李林甫官级太低，入相难啊。

正在武惠妃束手无策的时候，袁思艺告诉她，机会来了。

恰好在这时，宰相萧嵩提出辞职，三天后，唐玄宗下诏，免去萧嵩中书令首席宰相之职，任右丞相。免去韩休宰相之职，京兆尹裴耀卿接替了韩休的职务。又令在家居丧的张九龄回京，任中书侍郎，同中书平章事，与此二人做过渡。

现在，正是朝廷班子大调整，宰相还缺一名，袁思艺高兴地告诉武惠妃，必须趁这个机会，推出李林甫。

于是，武惠妃晚上依偎在唐玄宗怀里时，极力向唐玄宗推荐李林甫为相。

韩休与萧嵩不和，却对李林甫非常好，便推荐李林甫，认为他有宰相之才。因有韩休推荐，加之武惠妃暗中相助，唐玄宗欲将李林甫授予黄门侍郎。

对李林甫任相位，唐玄宗不放心，便征求张九龄的意见。

谁知张九龄毫不犹豫地直言："宰相才高任重，身系国家安危，李林甫不能入相。"

虽有张九龄的严词拒绝，但有韩休推荐，又有武惠妃出面说情，李林甫离入相只有一步之遥。

终于，他时来运转了。开元二十三年（735）一月二十八日，唐玄宗下诏，张九龄为中书令首席宰相，李林甫为礼部尚书同中书门下三品，也算是宰相，但在张九龄之下。

开元二十四年（736）秋，唐玄宗在东都洛阳。一天晚上，洛阳宫中出现了"怪"事。唐玄宗本来很迷信，担心会发生不测，不愿意再住下去，打算回长安。第二天便召集三位宰相，商议想回长安的事。张九龄和裴耀卿极力劝说："沿途的农民正忙于收获，陛下最好在农闲时再回长安吧。"

待张九龄和裴耀卿向唐玄宗告别时，李林甫却故意整理鞋带，留在后面，唐玄宗问："是脚痛难行吗？"

李林甫忙说："臣有话禀报。"

唐玄宗说："讲。"

见皇上允许，李林甫便走近前来："洛阳、长安都是陛下的宫，愿意什么时候走，就什么时候走，何必要选时间？至于踏坏农民的庄稼，减免沿途各县的租和税便行了。"

唐玄宗听后，觉得这话正合心意，于是下令西还。

一天，唐玄宗带着几位近臣，在御花园赏花，他指着鱼池中的鱼，向身边的张九龄，大发感慨："你看池中的鱼，虽然只在池中游动，也活泼可爱。"

一旁的李林甫，谄笑着说："鱼儿之所以快乐，是因为沐浴的是皇上的恩波。"

唐玄宗听了，心中觉得很滋润。

谁知张九龄却说："盆池中的鱼，只是皇上游赏的风景而已，没有更多的用途。"

唐玄宗听了张九龄的话，非常扫兴，但大臣们却赞美他的忠直。

不久，唐玄宗因凉州都督牛仙客开源节流，积累了一些资财，想将他擢升为尚书。张九龄认为他文化不高，不宜提拔，唐玄宗很不高兴。李林甫却向唐玄宗上言："牛仙客虽文化低了点，但才能出众，陛下慧眼识英才，提拔他有何不可？"

唐玄宗听了，非常高兴，便听从了李林甫的意见，命高力士拿白羽扇赏赐牛仙客。张九龄知道这事，觉得情况不妙。

果然，在十一月，张九龄、裴耀卿罢相，李林甫接替张九龄宰相职位，牛仙客顶替李林甫原来的职位。

新任宰相的李林甫，为报武惠妃的大恩，曾多次向唐玄宗建议，立寿王李瑁为太子，可是唐玄宗始终没有答应。

这下，武惠妃非常着急，甚至到了歇斯底里的地步，于是闹出了让唐玄宗日杀三子的严重后果。后来称之为"三庶王事件"。

事情是这样的。开元二十五年（737）四月的一天，杨洄被岳母武惠妃派人请来。杨洄走进厅来，便被武惠妃责怪一番："你对寿王的事，没有一点主意，简直是个废物！"

武惠妃也许是认定这样一个死理，太子不从这个位置上退出来，儿子李瑁成为太子，就不会有希望。

可这太子怎么退出来？只有想办法让他走人！

面对岳母的发难，杨洄非常冷静。他和颜悦色地解释："这样的事，匆忙之间难以下手，太子、光王和鄂王，他们为人忠厚，学习认真，又没有一点过错，如果匆忙行事，会惹出事来。"

"我可等不及了，"武惠妃见女婿胆小怕事，气得暴跳如雷，"你要让我等到哪一年才能实现？难道要我死了后才能实现？我一定要看到寿王登基。"

杨洄无奈，三天后，只好以驸马的名义，上奏朝廷："太子瑛、鄂王瑶、光王琚和太子妃与驸马薛锈暗中勾结谋反。"

杨洄此话一出，在场的大臣，皆为震惊。因张九龄被贬，太子瑛失去保护。而当政的是李林甫，正好是武惠妃一派，看来，太子瑛这下难逃一劫。

在朝议这件事时，李林甫力挺杨洄，上禀杨洄所奏一案，确属事实，并要求严惩。

第二天，唐玄宗下了一道敕令，将三王贬为庶民，薛锈流放。

没过多久，唐玄宗又追下一道敕令，庶人瑛、瑶、琚在城东驿站赐死，薛锈赐死于蓝田。

全朝皆知，太子瑛是冤枉的。

这下，武惠妃高兴了，对女婿赞不绝口。但儿子寿王何时才能成为太子，她又给李林甫施加压力。

李林甫极力向唐玄宗推荐李琩，唐玄宗却没有一句话。作为皇上，此时他想得很多。想到李瑛母亲失宠，李瑛受到的伤害。而李琩的母亲武惠妃，上奏太子瑛，说他心怀怨恨，是有可能的。但他明白，说他们谋反，是诬蔑陷害。想到这里，他觉得自己老了，心里很不好受。如果现在立李琄为太子，那就会出现一连串的事情来。如当初欲立武惠妃为皇后一样，惹得满朝群情激愤。

所以，李林甫请求皇上，将李琄立为太子时，唐玄宗没心情理会。

"三庶人事件"，朝廷舆论强烈，这对武惠妃的刺激太大了，她似乎做贼心虚，总是感到有人在戳她的脊梁骨，使她的精神崩溃，几乎像是疯子。宫女们看见她时常跪在地上，口中喃喃地求饶："饶了我吧，饶了我吧。"

这样一来，在场的人都不知所措。

她觉得自己是恶魔，让这三位王子无辜受害。时间长了，以致神经错乱，疯疯癫癫，直至毙命。而大臣们认为，这是"三庶人"找她索命了。

武惠妃死后，唐玄宗的确悲痛了一阵子，还追认她为"贞顺皇后"。可是，人死如灯灭，他这样做是给天下人看的。

第四章 爱妃争宠，元宵灯海暗相怼

一

杨玉环召幸入宫的第二年，即开元二十九年（741）正月初，唐玄宗又带着杨玉环驾幸骊山温泉宫。

这是杨玉环第二次来到骊山，对离宫熟悉了些。为了好好欣赏离宫外的风景，她带着两个宫女，走出温泉宫。

两个宫女在前引路，往温泉宫南侧而来。不一会儿，看见前面高坡上有一个好大的院落，便兴致勃勃地走了过来。

这所院落是依平缓的山坡建成的，分成高低几段。最高处是一座庭院，里面有一座宫殿，周围绿树成荫，杨玉环便沿着中间的小径而上。

"站住！"正当她们兴致勃勃往前走时，突然听到一声吆喝，不禁一惊。

杨玉环随着吆喝声看去，见高坡上的庭院前，站着的竟是梅妃！她昂首而立。身旁两名侍女，双手叉腰，气势汹汹地向她们高喊着。

这是她第二次见到梅妃，第一次相遇，是在去年被召幸时的酒宴上，梅妃当时盛气凌人，没有把自己放在眼里，当时的情景至今还未忘记，也许会终生难忘。这次在这庭院邂逅，确实让杨玉环意外。

这时，梅妃带着身边两名侍女向坡下走来，杨玉环见到梅妃走过来，忙闪身路旁，准备给梅妃让路。谁知梅妃也停住脚步，她的一位侍女走过来，板着面孔问："娘娘是想驾临上面的庭院吗？"

玉环的宫女说："是。"

"去庭院可以，但不可入梅林。"

杨玉环听说上面还有梅林，上坡的兴趣更大了。她让宫女问："为何不可？"

梅妃的侍女答道："梅林是梅娘娘作诗的地方，任何人不可擅进。此事皇上下过制敕，望一体遵照，不得有违。"

杨玉环命宫女答应遵召，便站在一边，好给梅妃让路，带着宫女往上走去。经过梅妃时，没有停下脚步，只是向她点头致意，便从梅妃面前走过。

梅妃以为杨玉环让路时，会等自己走过去才动步，没想到杨玉环没理这个茬，一直向上而去，梅妃不禁粉面生嗔："哟，倒是挺厉害的呀。"

梅妃江采苹，是福建莆田珍珠村人，出生于开元元年（713），父亲江仲逊，是一位饱读诗书，又极富情趣的秀才，且精通医道，悬壶济世，是当地一位颇有名望的儒医。

江家家境富足，只生有江采苹一女，但并不因为她是个女孩、断了江家香火而不悦，反而倍加珍爱，视为掌上明珠。早在江采苹初解人事时便十分爱梅，父亲不惜重金，到处寻找各种梅树，种满了自家的房前屋后。

江采苹喜欢梅花，每到隆冬时节，满院的梅花竞相开放。点点梅花，暗香浮动，冷艳袭人，让小小的江采苹，显出超凡脱俗般的高雅。

也许是受到书香门第的熏陶，江采苹自小就读书识字，再加上父亲的悉心教育，她吟诵诗文，颇具文采。对此，江仲逊曾向友人夸口道："吾女聪慧，才智不虚男孩。"

当高力士来到莆田时，他独具慧眼，将这朵娇艳的"梅花"，选入后宫。不久，唐玄宗便将她封为梅妃。

杨玉环听到身后梅妃的话，像是胜利者一样，得意地回头看了看梅妃，向她"哼"了一声。

杨玉环的那声"哼"，梅妃听得清楚，于是鄙夷地回敬道："噫，不就是侍寝杨太真！"

梅妃的一句"太真"，伤着了杨玉环的痛处。是的，自己只是侍寝，只是出家的太真，没名没分……想到这里，气不打一处来，加快了脚步，仍然走上来。

"肥婆！"梅妃又骂了一声。

这正好骂到了杨玉环的痛处，气得她直跺脚，不知怎样回去。好一会儿，杨玉环才叹了口气，毫无办法，一气之下走进了梅林。

这片梅林很大，梅枝上黄白相间的花蕊和花蕾，冷艳清新，暗香阵阵，沁人肺腑。看到这么多梅花，杨玉环忘记了刚才的生气，兴致勃勃地满地里看梅花，并命宫女采摘了一些梅枝，带回房间，插在花瓶里。

晚上，唐玄宗来到寝宫，见梅瓶里插着几枝梅花，取出一枝，放在鼻上闻了闻："太真，原来你也爱梅花呀。"

唐玄宗的那一句"太真"，杨玉环听后，想起梅妃的讥笑，心里很不高兴，没有搭理唐玄宗。

唐玄宗这才发现杨玉环不愉快，一时有些摸不着头脑。她怎么了？

杨玉环知道，向皇上使脸色，要适可而止，于是嘟着嘴说："奴婢去过梅林。"

唐玄宗不知道杨玉环为什么心烦，正在诧异中，听她说去过梅林，便笑道："你喜欢梅林？"

唐玄宗的问话，让杨玉环想到梅林的美景，便答道："喜欢。"唐玄宗高兴地说："如你喜欢，朕将梅林赐给你。"

杨玉环听后，不觉一怔。"是赐给一半？"她吃惊地问道。

唐玄宗答道："朕将整个梅林都送给你。"

"这样的话，梅妃娘娘肯答应吗？"

"休要管她，这是朕赐给你的。"

杨玉环一听，觉得很舒坦，心里的那点不快顿时烟消云散。那个梅妃不是仗着有庭院，趾高气扬吗？如果皇上把庭院给我，那就看你哭去吧。于是向唐玄宗说道："奴婢不仅爱梅林，也喜欢那幢殿宇。"

"你喜欢的话，朕也赐给你。"

杨玉环听后，特别高兴。她真想亲眼看到，梅妃懊丧地从殿里走出来。于是问："那梅妃呢？"

"只要你喜欢，管她做什么？"

"皇上，梅林和宫殿全给我，梅妃怎么办？"

唐玄宗大度地一笑："朕可以将她送回长安，到大明宫去住呀。"

"听说梅妃娘娘在大明宫中，也有一所漂亮的宅邸。"

"你想要的话，朕也赐给你，令梅妃搬往别处。"

杨玉环突然想到梅妃身边的那个侍女，于是说："听说梅妃的侍女都很聪明伶俐。"

唐玄宗听后，笑着说："你也可以挑选一些伶俐的嘛，朕一并赐给你。"

"奴婢还想要一样东西。"

"啊？"唐玄宗以一种莫名其妙的眼神，看了看杨玉环。

"奴婢谢谢皇上好意，奴婢什么也不要，只要陛下欣赏梅妃娘娘的那颗心！"

"玉环你莫不是要梅妃的性命吧？你想要的话，也不是不能给！"

"奴婢要梅妃的性命何用，是求皇上宠爱梅妃娘娘的心。"

杨玉环觉得，皇上许诺自己的那些话，其实是在袒护梅妃。因为，梅妃并无过错，凭什么将她的一切心爱物件送给我呢？

"杨太真，怎么不说话？"唐玄宗见玉环好半天没出声，于是问道。

杨玉环说："梅妃是皇上的心头肉，我怎么会要她的那些宝贝呢？我是说着玩的。"

正月十五快到了，唐玄宗带着杨玉环回到长安过元宵节。远远地，就看到长安皇城宫殿呈现在眼前。

长安闻名的是大内、大明、兴庆三个宫殿，洛阳也有大内、上阳两座宫殿，和长安一样。

后宫有三千粉黛。最近，宫中佳人们喜欢戴胡帽、着男装、骑马出行。没过多久，这些时新穿着，又流行在大街小巷，很快在京城盛行起来。

杨玉环根本不把后宫的宫女放在眼里，对她们的衣着打扮也没有兴趣。在她看来，这些女人，不过是老皇帝心情烦躁时，满足一时的欲求而已。在她看来，梅妃倒非等闲之人。

唐玄宗清楚，梅妃与玉环，是两个截然不同的类型。杨玉环身材小巧，体态丰盈，而梅妃身材苗条，亭亭玉立。杨玉环从来没有用文字寄托自己的情感，梅妃则精于以诗抒怀。杨玉环颇好音律，喜弄乐器，能歌善舞。梅妃不仅擅长书画，也极爱梅花。两位美人爱好虽各有不同，好在唐玄宗对付女人颇有办法，让她们各有自己独立的天地。

元宵节是正月十五为正日，前后各加上一日，在这三天三夜，家家户户张灯结彩，每条大街都灯火辉煌，非常热闹。

元宵节始于何年，传说很多。在隋代，隋炀帝有一句"灯树千光照，花焰七枝开"的五言诗，说明在隋朝时期，元宵节就非常热闹。但到了唐代，更为盛行，家家户户，无论是平民还是皇室贵族，在睿宗先天元年（712），正月十四、十五和十六，连续三天，在安福门前，搭起二十余丈的巨型灯，点燃彩灯，远远看去，璀璨夺目。到了唐玄宗时期，更是花样翻新。无论是京城还是乡下，都会欢庆元宵节。而长安城最为豪华热闹。大街小巷，都是人潮涌动，火树银花，通宵达旦。全国上下共庆，就连深闺的小姐少妇，也能出门观灯，毫无拘束地尽兴玩耍。

杨玉环也喜欢观花灯。十五的晚上，她带上两名宫女，出了太真宫，来到京城的大街上，游玩观灯。

自从进入太真宫后，她很少出门。唐代，后宫的妃嫔等平常是不能随意出宫的，只有在正月十五，她们才可以出宫观灯游玩。

有这个例制，也有这样热闹的场景，杨玉环自然不会放过。不过，她喜欢简装便行。主仆三人来到大街上，戴上面罩。这是唐代女子上街闹元宵的习俗。

她们在大街上无拘无束，不分尊卑，肆意玩耍。或观灯猜谜；或看戏、看杂耍；或在小吃摊上，买点时令特色小吃，十分快活。

大街上的人特别多，杨玉环和两个宫女，随着人流的涌动，不断往前走。无意中，她们发现了高力士。高力士高大的身躯，与平日在宫中见到的瘦弱无力的模样，完全不同。他带着几名随从，穿着便装，也是挤在人流中。

杨玉环戴着面罩，她不担心被人发现，便大胆地观察高力士的一举一动，他也许要到灯市热闹的地方，可毕竟人太多只能随人流移动。

杨玉环不想打扰高力士，好不容易挤出人群，来到一个小吃摊前，有位宫女高声惊叫起来："梅妃，梅妃娘娘！"

梅妃？这对杨玉环来说，又是一个意外："梅妃也来观灯了？"

杨玉环随着宫女指的方向看去，梅妃果然就在前面不远处！

梅妃和两位宫女，说说笑笑地走着，这时也发现了小吃摊边的杨玉环等人，鄙薄地大声说道："杨太真也来观灯啊。"

太真，杨玉环觉得，她那话最为恶毒。她往梅妃那边看了看，不知用什么话回敬梅妃，泪水不禁流了出来。

这些日子，她本来就为被软禁在太真宫深感不安。皇上虽然说过，这只是权宜之计，可是什么时候才能名正言顺地走出太真宫啊。自己本来是给皇上侍寝的，现在却变成太真道士，时常被人讥笑，刚才梅妃的话，几乎让她心里滴血，特别难受。她觉得不能这样等下去了，应该马上找皇上理论。可是，皇帝又是个耳软心活的人，万一有人在皇上面前进谗言，他会毫无分寸地轻信。如果这样，自己进入后宫，就难上加难了。该怎么让皇上把自己光明正大地迎进宫去呢？

二

自元宵节与梅妃相遇后，杨玉环与唐玄宗虽然相处时间不长，却越来越不喜欢这个太真称号，可唐玄宗却总是太真、太真叫着，玉环听起来觉得特别刺耳，于是问："陛下真的愿意让玉环将太真继续做下去吗？"

"太真不好吗？叫起太真来多好听啊。"

"陛下要让奴婢一辈子住在太真宫？"

"哪里，哪里，这只是权宜之计，朕不是早就跟你说过了吗？"

"可陛下要公平啊，梅妃是妃子，我是太真。"

说到这里，玉环哭了起来，而且哭得很伤心。她把泪脸贴在唐玄宗胸前，不一会儿泪水濡湿了唐玄宗胸前的衣服。

"些许小事，何须这样？"

"陛下说是小事，可对玉环来说，却是终生大事，请陛下替玉环想想。"

唐玄宗见玉环紧紧抱着自己，于是将玉环的手按在自己胸前，笑着说："怎么会呢，朕这里装的全是你啊。"

"怎么不会？"玉环用她那葱根似的手指，在唐玄宗的胸前比画着，"陛下这儿装的是突厥，这儿装的是契丹，瞧，那儿是吐蕃，旁边是南诏……哪里还有奴婢的位置呢？可庶民百姓，男人不装这些事，只把自己心爱的女人，全部装在心中，我连庶民百姓都不如啊。"

"朕虽担忧吐蕃，可心里装的全是你啊。"

实际上，这些年来，除吐蕃外，其他少数民族对大唐虽有侵扰，但危害不大。开元二十七年（739）三月，吐蕃大举进攻河西（甘肃武灵）一带，百姓惨遭蹂躏。开元二十八年（740）十月，二十九年（741）六月，吐蕃两次掠夺边境，所以，吐蕃的问题，一直压在唐玄宗心头，迟早都要解决。

听了唐玄宗的话，杨玉环不禁笑了起来："好啊，难得皇上心中，只有吐蕃和奴婢，让奴婢喜不自胜。"

唐玄宗见玉环有了笑容，高兴地说道："太真可以理解朕吧？"

理解？杨玉环看了看皇上，觉得一个堂堂大唐帝国皇帝，竟为吐蕃入侵而终日坐卧不安。再说，大唐有的是良将，皇上派兵清剿有何难？皇上刚才的话，不过是应付自己的。想到这些，杨玉环心中的委屈，不知怎样向皇上讲。

杨玉环好不容易找了个空闲时间，禀报道："奴婢有话向皇上禀报。"可是，皇上白天很忙，只好说："晚上去太真宫再说吧。"

晚上，皇上来到太真宫："不知太真有何话要向朕讲？"

面见皇上，杨玉环好半天开不了口，提起太真宫的那些事，她老是不好意思讲。过了一会儿，只好回答说："玉环昨夜所奏之事，现在记不起来了。"

她觉得，如果向皇上提起这些事，岂不被人看成纵欲贪欢？何况自己不愿做道姑的事，皇上已经知道了。

这些日子，看到杨玉环满面愁容，唐玄宗十分怜爱，可又不知怎样安慰。晚上皇上来到太真宫，看到皇上疲惫不堪，又特别心疼，杨玉环命宫女送来参汤，小心地喂给躺着的唐玄宗喝下。一口口的参汤，让唐玄宗觉得特别舒服。此时，他眼中的太真，不仅美丽，还特别会疼人。

杨玉环的心情近来有些不爽，唐玄宗想起他的《霓裳羽衣曲》，至今还没有找到理想的舞者，虽然之前宫内有舞女舞过，唐玄宗却不甚满意，今天突然想到杨玉环正好可以。特别是杨玉环不仅爱好音乐和舞蹈，也有音乐的天赋。唐玄宗让她来排练《霓裳羽衣舞》，杨玉环别提有多高兴了。

这几天，杨玉环日夜与宫人赶排《霓裳羽衣舞》。经过夜以继日地努力，终于排练好了一场大型歌舞《霓裳羽衣舞》。

唐玄宗连续和杨玉环在梨园排舞，耽误早朝。时间久了，就连玉真公主也觉得奇怪，问道："皇上，今天没有早朝？"

唐玄宗轻描淡写地说："朝中大事，会有人处理。"

既然是这样，她便放心了。

可惜玉真公主不知道，这正是唐玄宗想要的生活。

但他毕竟是一朝天子，有很多国家大事，需要他来处理。就说目前最要紧的三件事吧：一是朝中的事很多，他觉得很烦，想让宰相李林甫去做，但又有些不放心，至今还未定下来；二是还没有储君，政体还不健全，所以一直缠在心里，不知如何是好；还有一项最重要的事，即边疆的战火，近来难以熄灭。这些都是大事，他明知马虎不得，但又舍不得杨玉环。这让他陷入两难之中。

杨玉环是极为聪明的女子，她与唐玄宗相处这么长时间，知道皇上压力大，烦心事多。为了减轻皇上的烦恼和压力，当皇上来到太真宫时，就想方设法地让皇上高兴。

这样一来，唐玄宗几乎成了双面人。他来到太真宫，与杨玉环耳鬓厮磨，情意绵长，就兴致勃勃，精神焕发。

当他走进大明宫，却精神不振，满面烦忧，连腰也佝偻了许多，看上去老态龙钟。

开元二十九年（741）九月，京城长安降了一场大雪，铺天盖地，实为罕见。十月十九日，唐玄宗带着杨玉环来到骊山。

这是唐玄宗第三次带着杨玉环到离宫，这时的杨玉环还是一身道士打扮，因她姿聪明，善歌舞，通音律，清雅脱俗，正合唐玄宗的意。

离宫是属于他们的天地，唐玄宗与杨玉环形影不离，一起泡温泉，一起听音乐，二人恩爱有加。可是，当唐玄宗喊杨玉环太真时，她却觉得憋屈，不理唐玄宗。唐玄宗像是做错了事一样，向杨玉环保证，再不这样喊了。

可是，唐玄宗这样喊惯了，刚做了保证，开口又是"太真"。杨玉环气得哭了起来，唐玄宗却摸不着头脑："你这是怎么啦？"

杨玉环伤心地说："皇上，奴婢有一句话，不知当讲不当讲？"

唐玄宗"呵呵"一笑，将杨玉环拥在怀中："如果想讲，便只管讲，有何不可？"

"不知奴婢这个'太真'，还要做多久？"

唐玄宗好像没有听见她的话，仍是一动不动地躺着。

唐玄宗没有回答，杨玉环感到委屈，又不便表现出来。再看皇上，他像睡着了似的，好像什么事儿都没有发生过。

其实，唐玄宗心里压力很大，就在他来骊山的时候，传来吐蕃攻占甘肃石堡城的消息。

杨玉环满怀希望地把心里话告诉了皇上，没想到皇上毫不在意，于是泪水又流了出来。

怎么不让她伤心呢？皇上不是说喜欢自己吗？解决这件小事，对于皇上来说，有那么难吗？

早晨起床，新的一天开始，一切是那样安静、温馨、甜蜜。

可是，当杨玉环看到自己还是一身道袍，原本舒畅的心情，又蒙上了阴影。她每天都在苦恼：什么时候能脱下这身灰衣服？

这次他们从骊山回来，杨玉环赌着气，很少对唐玄宗主动说话。这对唐玄宗来说正好，他要琢磨吐蕃入侵的事。

到了晚上，唐玄宗按时来到太真宫，杨玉环心里有事，见皇上来到身边，忍不住在皇上面前使点小性子，赌气转开了。

谁知，唐玄宗喜欢女人耍点小性子，看到娇妻发嗲，他反而觉得是一种享受。

唐玄宗知道美人生气了，得好好哄哄，于是张开嘴便喊："太真，怎么了？"

又是"太真"，杨玉环委屈得抽泣起来。

这次，唐玄宗知道玉环为什么伤心，便笑着说："叫太真不好吗？好多美女想当太真，朕还不愿意呢。"

见皇上这么说，杨玉环一下激动起来："太真？这有哪点好？整天上功课，打坐，无聊至极。再说，难道我这辈子就是太真吗？"

唐玄宗仍是笑问道："太真，这是修身养性，又怎么不好？"

"好，好，"杨玉环偏过脑袋问，"你为什么不把梅妃叫太真？"

杨玉环提到梅妃，让唐玄宗暗暗一怔。

其实，梅妃也有一肚子委屈呢。

为了避开这个敏感话题，唐玄宗忙捧起杨玉环的脸，见她满脸泪水，十分心痛，于是掏出手绢替她擦拭。

谁知杨玉环怨气未了，躲开了唐玄宗。

这下，唐玄宗激情喷发了，顾不了那么多，将她拥在怀中，继续为她擦拭。

杨玉环闹过后，终于乖了，一动不动，唐玄宗便细心地给她擦脸上的泪水，可怎么也不擦干。

的确，杨玉环自从进太真宫后，看到身上灰色的道袍，心里本来就结了疙瘩，再遇上不开心的事，便禁不住泪眼婆娑。

唐玄宗看到杨玉环的嫩脸上挂有泪水，像哄孩子似的，好声地安慰着："不就是个名吗？为这点小事，何必这样伤感？"

杨玉环眼含泪花说："陛下说是小事，可对我杨玉环来说，便是大事了。"

杨玉环的泪水，终于感动了唐玄宗。开元二十九年（741）十一月，唐玄宗带着杨玉环从骊山回长安，再没有称她太真，而是改称她"娘子"。也没有让她进太真宫，而是带到了兴庆宫。

杨玉环再也不必一身道士打扮，完全可以穿上妃嫔们的衣服。而后"恩礼如惠妃"，即杨玉环实际上顶替了惠妃的位置。而唐玄宗心中只有杨玉环。事实上，杨玉坏确实成为唐玄宗生活中极为满意的爱侣。

三

翌年正月，唐玄宗下诏改元，将年号由"开元"改为"天宝"，即天宝元年（742）。

改元后，在新年的贺宴上，大臣们热情给唐玄宗议上尊号。

据《新唐书》，开元二十七年二月初七，群臣给唐玄宗敬献尊号：开元圣文神武皇帝。唐玄宗乐意接受，并大赦天下，免除本年赋税，赐予文武官员官阶爵位。

现在，群臣给皇上唐玄宗制定尊号，不仅仅表明其功德，还要把这段时间发生的祥瑞灵征大事，加以追述。

按照唐玄宗原有尊号，经过反复推敲，将唐玄宗尊号议为：开元天宝圣文神武皇帝。

唐玄宗仔细看过，非常满意。

从尊号来看，开头是"开元""天宝"两个年号，其中藏有深刻的寓意。

开元之年，唐玄宗年虽近三十，但他消灭了叛乱，起用了颇有治国才能的宰相，不仅坐稳了江山，稳定了大唐，使"开元"年实现盛世，他也被誉为一代圣君，理应得到百官尊重。

对尊号中的两个年号，唐玄宗还有一个重要的本意。开元初年，他得了十分满意的武惠妃，精神饱满，开创了一代盛世。

而在天宝年之始，唐玄宗得到了杨玉环，在他眼里，她可与"物华天宝"画等号。他常说："朕得到杨贵妃，如得至宝也。"即是上天赐给他的宝物，即"天宝"也。言下之意，天宝贵年也将是盛世的继续。

唐玄宗对自己取得的政绩颇为骄傲，所以，群臣议定的尊号，他欣然接受。

杨玉环改为"娘子"后，到了二月，唐玄宗下旨，朝中大臣名一律更改。有了这样的改名风潮，杨玉环的"太真"改为"娘子"，就不会引起人们的关注。

她在新的称呼中，度过了第一个新春佳节，心情十分愉快。

二月十五是花朝节，这个节日，虽是则天帝时期盛行的，但唐玄宗喜爱花朝节，于是便继承下来。

在节日的头一天，高力士便指派宫女采摘百花，送给御膳房。御膳房不敢怠慢，连夜将花捣成花泥，和好面后制成花糕。

到了十五这一天，唐玄宗在兴庆宫中设宴，凡三品以上官员都要参加，以示节日的庆贺。

大臣们坐好后，乐曲响起，唐玄宗与杨玉环携手，款步走进大殿，他们在皇上的金椅上坐好，群臣向唐玄宗行君臣之礼，诚心祝贺。唐玄宗和玉环一一还礼。

大臣们向唐玄宗行完礼后，又祝贺杨玉环为娘子。

杨玉环站起身来，一一接受。

酒宴开始，舞台上，梨园舞女跳起了胡舞助兴，十分热闹。特别让杨玉环兴奋的是，唐玄宗今天安排她跳《霓裳羽衣舞》。

演出开始，仙乐高奏，杨玉环带着宫女载歌载舞，一个个如仙女下凡，群臣的眼睛都看直了。

这是杨玉环第一次在全体大臣面前跳《霓裳羽衣舞》，那丰盈的身姿，跳起舞来，灵活多变，别有一番风情，赛过了妙龄的少女，让唐玄宗感觉特别好。

全体大臣从未见过这样优美的《霓裳羽衣舞》，全场响起激动的喝彩声，铺天盖地。

唐玄宗一时兴起，走上舞台，特地为杨玉环击起羯鼓。一时间羯鼓咚咚，彩裙飘飘，让人眼花缭乱。正如白居易所作的《霓裳羽衣歌（和微之）》中描写的《霓裳羽衣舞歌》服饰、乐器、伴奏和具体表演：

> 虹裳霞帔步摇冠，钿璎累累佩珊珊。
>
> 娉婷似不任罗绮，顾听乐悬行复止。
>
> 磬箫筝笛递相搀，击擫弹吹声逦迤。
>
> 散序六奏未动衣，阳台宿云慵不飞。

接着诗人用精妙的比喻，赞赏《霓裳羽衣舞》音乐流动之美：

> 飘然转旋回雪轻，嫣然纵送游龙惊。
>
> 小垂手后柳无力，斜曳裾时云欲生。
>
> 烟蛾敛略不胜态，风袖低昂如有情。
>
> 上元点鬟招萼绿，王母挥袂别飞琼。

《霓裳羽衣舞》是唐代大型舞蹈，从音乐上讲，也是宫廷大曲，多在唐玄宗与杨玉环宴饮时演出，而且多由梨园弟子助演。因此，朝外人很少观看过，所以当时写《霓裳羽衣舞》的诗并不多。但到了唐中期，《霓裳羽衣舞》不知怎么传于社会，写《霓裳羽衣舞》的诗就有很多了。如知名的诗人刘禹锡、白居易、王建、杜牧、温庭筠、曹唐和鲍溶等。

唐玄宗亲自击起羯鼓，这可不是一般的待遇。于是杨玉环跳得更加欢快，在她的身体灵活转动时，长裙随风飘飞，如同花丛中的彩蝶，展翅凤凰，让大臣们目不暇接。

李龟年见皇上击鼓，整个乐队情绪高涨，乐曲婉转流畅，或如高山流水，余音回绕；或如小溪叮咚，珠落玉盘。起伏跌宕，无不赏心悦目。

乐曲和舞蹈渐入佳境，且高潮不断，也使整个宴会热闹非凡。特别是今天参加宴会的大臣们，原只知道杨玉环美丽无比，今天一曲《霓裳羽衣舞》，又知道她的舞跳得这样精彩，让他们大开眼界，情不自禁地为之喝彩。

自杨玉环在花朝节演出后，《霓裳羽衣舞》从此在宫廷备受青睐，朝廷每遇大型宴会，便要演出《霓裳羽衣舞》。优美的音乐舞蹈，使大臣们无不倍加赞赏。

自从花朝节后，全朝官员重新认识了杨玉环。现在，她常与唐玄宗一起演奏《霓裳羽衣舞》，大宴小宴不断。诗人白居易在《长恨歌》中写道：

承欢侍宴无闲暇，春从春游夜专夜。
后宫佳丽三千人，三千宠爱在一身。

第五章　娘子求诗，李白神笔闹芳心

一

天宝元年（742）秋，唐玄宗下诏，召大诗人李白进京。素有远大抱负的李白，立志要"申管晏之谈，谋帝王之术。奋其智能，愿为辅弼，使寰区大定，海县清一"（《代寿山答孟少府移文书》）。时李白四十二岁，得到唐玄宗召他入京，异常兴奋，满以为实现自己理想的时机到了，立即回到南陵家中，与儿女告别，并写下一首激情洋溢的七言古诗：

> 白酒新熟山中归，黄鸡啄黍秋正肥。
>
> 呼童烹鸡酌白酒，儿女嬉笑牵人衣。
>
> 高歌取醉欲自慰，起舞落日争光辉。
>
> 游说万乘苦不早，著鞭跨马涉远道。
>
> 会稽愚妇轻买臣，余亦辞家西入秦。
>
> 仰天大笑出门去，我辈岂是蓬蒿人。

李白仰面朝天大笑，特别自信：像我这样的人，哪能长期在乡野村间，虚度时光？如今我辞家远去长安，也许会平步青云。诗中可见李白出门时豪放高亢的心情。

李白从安陆取道襄阳，一路高歌，穿南阳，经商洛，至京城长安共一千五百余里，他晓行夜宿，走了二十八天，京城长安在望了。

李白在此行之前，曾到过成都、渝州、江夏、金陵、扬州等大都市，不过，这些都市与京城长安相比，还是逊色不少。

李白从长安南门入城，见大街宽敞热闹，两旁的店铺装饰华丽人来人往，繁荣异常，不免感叹，京城到底是京城啊。

李白被唐玄宗征召，听说是贺知章多次向唐玄宗推荐。李白安顿下来后，便首先去向贺知章道谢。

贺知章，字季真，武则天证圣元年（695）乙未科状元。少时就以诗文知名。被授予国子四门博士，太常博士。后历任礼部侍郎、秘内监、太子宾客等职。

李白与贺知章见面后，贺知章却说，自己虽然举荐过他，但这并不是关键。真正出力的人，应该是吴筠。

吴筠原是山东儒生，自幼虽聪明好学，但与科考无缘。后来隐居嵩山，拜潘时正为师，尽得真传。他对道教始祖老子的《道德经》颇有独到见解，还分别写了道教中的老子、庄子、列子等道家人物。唐玄宗对道教有些兴趣，不但亲自为《道德真经》作注，把《老子》列为科考内容，并将吴筠召入翰林，参与朝政。因他是唐玄宗的宠臣，贺知章觉得，他的举荐肯定比自己的举荐要有用。

李白见贺知章这样说，觉得应该好好地感谢吴筠。

不过，还有的说，李白被皇上征召，是玉真公主向唐玄宗推荐的。那时，刚好武惠妃殁了，唐玄宗无心理政，没把这事放在心上。他现在有了娘子玉环，心情开朗起来，这才想起玉真公主的推荐。让唐玄宗高兴的是，他用的人都是布衣，李白正好符合他的要求。

遗憾的是，玉真公主帮忙的事李白并不知道。

李白在招贤馆住了一个多月，唐玄宗命高力士去招贤馆口传旨意，命李白为翰林院待诏。

翰林院早在唐太宗时便设立了。在这里任职的有学士、伎术、卜祝等各色人物。唐太宗贞观时，魏徵、岑文本等名臣，曾任过待诏。唐高宗时，上官仪也曾任过待诏。唐玄宗时，张说、张九龄也曾在这里任过这一职务。后来，唐玄宗将翰林待诏改为翰林供奉，与集贤院学士并列。开元二十六年（738年），唐玄宗又将翰林供奉改为翰林学士。从曾在这里任过职的大臣来看，均为一代名臣。唐玄宗安排李白为翰林学士，可见待遇不低，说明唐玄宗对他非常器重。

李白作为翰林学士，他的职责是为皇上唐玄宗起草诏诰之类的公文，平常还根据唐玄宗所需，做顾问之类的事宜。好在他的这份差事，时间要求并不那么严格，闲散惯了的他，只要有空闲时间，便喜欢到闹市上玩耍。他特别喜欢饮酒，常常在闹市里喝得烂醉如泥，而他每在烂醉中所写的诗，美妙绝伦。

天宝五年（746），大诗人杜甫回到京城长安，曾对李白放荡不羁的生活，写了《饮中八仙歌》诗：

李白斗酒诗百篇，长安市上酒家眠。

天子呼来不上船，自称臣是酒中仙。

当李白住进翰林院，已经一个多月，终于等到唐玄宗召见，他非常激动。想到自己为了这一天，苦苦等了好多年，如今终于如愿。

今天，李白起得很早，收拾完毕，便在家里等待皇上的使臣。

李白等了一会儿，门外传来呼声："皇上口谕，传翰林院学士李白入宫！"

李白起身谢过内侍，一同前往大明宫。

大明宫是长安城三大宫殿群中规模最大、最宏伟壮丽的宫殿建筑，分为"前朝"和"内庭"。"前朝"以朝会为主，"内庭"以居住和宴游为主。

大明宫位于长安外郭东城春明门内，唐玄宗为藩王时，曾将这里作为府邸。唐玄宗登基后，又进行大规模扩建，唐玄宗与杨玉环也在这里居住过。

李白走进大明宫，见唐玄宗躺在缀满彩珠的龙床上。他早就听说过，大明宫有一乘七宝床，缀满珠宝玉石，光彩夺目。李白心想，这一定是那七宝床了。

李白进殿后，正要上前行礼拜见，没想到唐玄宗躺在床上，已经看到了他，便向他招手。

李白见皇上招手，不敢怠慢，忙来到唐玄宗床前，伏地行礼："翰林学士李白叩见皇上。"

唐玄宗见李白身长八尺，挺拔俊俏，不仅眉清目秀，且神采奕奕，英气逼人，不禁为之一振，夸道："好一个李白！"于是连连向李白摇手示意，"起来吧。"

一旁的高力士，见唐玄宗甚爱李白，忙上前将他扶起。

唐玄宗早就听说过大诗人李白，今日一见，果然气度不凡，十分快慰，便给李白赐座。

李白谢过皇上后坐下。唐玄宗忍不住又打量李白，高兴地夸道："早就听说过蜀人李白，乃当世奇才。朕今日一见，果然名不虚传！"

李白见皇上夸奖，忙起身感谢。

唐玄宗正在与李白谈话时，内侍送来早点。唐玄宗正要用早膳，见一旁李白，高兴地要与李白一同用早膳。

与皇上共用早膳？李白听了，一时不知所措。

这时，宫女将盛好的八宝羹呈上来，李白才想到，自己没食早膳，肚子的确饿了。看到八宝羹，真的想吃，可又觉得怎么能和皇上共餐呢？

唐玄宗见李白有些拘泥，便笑道："无须拘礼，与朕一起用膳吧。"

李白见皇上和蔼可亲，便坐在桌前，吃了一口，顿感满口生香。

第一次被皇上召见，而皇上却这样盛情，李白顿时觉得皇上仁慈宽怀，恩重如山。

李白素怀安邦治国之志，今日见皇上体察臣民，心里的顾虑烟消云散。餐后，他激动地拿出准备好的《宣唐鸿猷》，双手呈给唐玄宗："此文为小臣有感于当今天下，为国强民富，结合读书体会而作，请陛下指正。"

唐玄宗从高力士手中接过文章，随手浏览了一遍，高兴地说："爱卿不仅会写诗，也有治国之雄心，虽是布衣，心系国家兴衰，朕甚欣慰。"

李白受到唐玄宗召见后，心里稍为安慰。一晃到了春节。这一年新春，全朝上下，正忙着科举考试。然而，这正好让李白空了下来，整天闲着。

转眼便到了阳春三月，正是赏花时节。兴庆宫内沉香亭边，梨花盛开，亭下的小溪边，一排绿柳随风飘动。

看这绿柳扶风的美景，倍觉浓浓的盎然春意，唐玄宗便携娘子玉环，来到沉香亭欣赏梨花。

高力士办事心细，在皇上和娘子来到之前，便安排李龟年，带来舞娘歌伎，以歌伴舞，为皇上娘子赏花助兴。

听了几曲，娘子玉环觉得，都是些老曲子，有些乏味，脸上少了光彩。唐玄宗见状，便问其原因。杨玉环嘟着樱桃小嘴说："陛下，奴婢觉得，梨花虽美，但缺乏赏花好氛围。"

唐玄宗听了，心想，高力士不早就安排李龟年他们来奏曲吗？于是叫来高力士，问："李龟年何在？"

高力士忙回复皇上："李龟年他们正在奏乐啊。"

一旁的杨玉环听到高力士的回复，不高兴地说："都是些老曲，不知唱了多少次，新春应当有新曲啊。"

杨玉环的话让唐玄宗恍然大悟，说："娘子说的是。如此美景，怎能没有新曲？如果能召一些文豪前来，将此情此景写成美文，岂不乐乎？"

高力士听完唐玄宗的话，也颇有兴趣："朝中的文豪很多，不知皇上喜欢哪一位。"

这时，杨玉环突然想起大诗人李白，他身长八尺，颜容俊美，深得皇上喜欢，于是高兴地向唐玄宗建议："陛下去年征召的那位诗人李白，听说他诗文天下第一，何不召来一试？"

唐玄宗也喜欢李白，见娘子提起，立即同意，命高力士速速将李白召到沉香亭。

高力士不敢怠慢，便派人速去请大诗人李白。

可是，此时的李白，在一位亲王家，喝得烂醉如泥。内侍们找到亲王家，看到李白醉成这个样子，哪还能行走？但皇上御旨不可违，不能走就抬走。见此情景，亲王派了一乘轿子，将李白抬到沉香亭。

李白下轿，身子还是软绵绵的，歪歪斜斜，难以站立。他知道皇上召见，自己醉得不成体统，忙伏地请罪："臣不知陛下有召，已经醉酒，请陛下恕罪！"

唐玄宗大度地说："朕未提前告之，不会责罚。"

李白见皇上宽恕，忙伏地谢恩："感谢皇上仁慈。"

唐玄宗点头笑了笑，说："听说你精通音律，那么，朕命你以宫中行乐为题，写十首五言律诗来。"

李白马上回答："请陛下稍候。"他转过身来，高声地大喊一声，"笔墨！"

　　唐玄宗令两个小太监扶起李白，忙替李白研墨，又命几位宫女抬来屏风，摆设在唐玄宗与李白之间，目的是不让李白过分紧张。

　　李白蘸好墨，略作思考，唰唰唰，笔走龙蛇，一口气写完《宫中行乐词》八首。不仅那几位宫女见李白飞笔写诗，惊得张开的嘴忘了合上。就是见识多广的高力士，也是惊得灵魂出窍，半天没有动弹一下，呆若木鸡。他看到李白写起诗来，一挥而就，文不加点，大为感慨："奇才呀奇才！就是朝中张说、苏颋、张九龄等著名才子，也难与李白相比啊。"他将诗呈给唐玄宗，唐玄宗接过诗来观看，忍不住连声称赞："没想到这个李白能写出如此韵律佳作，真是奇才！"

　　杨玉环见李白这样快便能献诗，对他倾慕之至。她特别喜欢李白的两道卧蚕眉、一双明澈的大眼睛，而且眼角略向上翘，释放着迷人的男人魅力。杨玉环喜欢风流倜傥、学识渊博的男子，特别是像李白这样风情万种的男士，无不令她销魂。于是，杨玉环将李白的诗欣赏良久，才交给李龟年谱曲，不一会儿，便开始唱起新曲来，新歌新曲，满场的气氛非常活跃。

二

　　转眼，到了丹桂飘香的金秋，唐玄宗又带着娘子杨玉环，行幸骊山离宫。

　　唐玄宗每年上两次骊山，巡幸离宫。第一次是在春节后，第二次是在十月初。

今年十月一日，唐玄宗便带着杨玉环上骊山，还是像以前一样，极尽奢华。

唐玄宗和娘子来到骊山离宫，少不了沐浴"温泉宫"。当温泉水从身上滑过，杨玉环便感到十分惬意。

唐玄宗这次来离宫，还带上了李白。不过，唐玄宗事先并没有告诉李白，出发前才告知。

随行的仪仗队规模较大，前有伞、扇和各色彩旗。在车辇马队后，还有禁军和随行的官员。好在这次随行的官员中有贺知章，于是李白和他一道。

李白初来骊山，贺知章沿途留心，凡是李白不知道的，便一一讲给他听。

唐玄宗携杨玉环由百官簇拥着，来到骊山离宫。李白没想到自己住的是偏殿。

偏殿里多是梨园子弟们住的地方。当他收拾好来到偏殿后，李龟年看到他，便远远打招呼："太白兄，不，应该称李翰林。"两人热情寒暄。

其实，李龟年在偏殿见到李白，就知道，唐玄宗安排李白来这里，一定与演出相关，但这事他不便明说。

大家安排好后，李龟年便让乐队和梨园的歌伎，做好了准备。

晚上举行夜宴，杨玉环环视大殿，没有看到李白，于是小声向唐玄宗说："皇上，怎不见李白？"

唐玄宗说道："他和李龟年在一起。"

杨玉环说道："他是翰林学士，也是大臣，应该与大臣们一起饮宴啊。"

唐玄宗觉得娘子说的是，便命李白出来饮宴。

杨玉环见皇上采纳了自己的建议，十分高兴，说道："今天开场，请恩准先让歌伎演唱李白的《宫中行乐词》。"

原来，那天唐玄宗将李白写好的《宫中行乐词》，带回宫修改后，交给李龟年，要他尽快谱成曲。现在，唐玄宗和娘子要来先听听。

申时一过，高力士便让李龟年，开始演出《宫中行乐词》乐曲。

接着，从侧门走出一位身材娇小的年轻女子，亮起她那优美的嗓子，唱起李白写的《宫中行乐词》。声音清脆婉转，十分动听。

美好的乐曲，余音绕梁，让唐玄宗和娘子，沉醉在音乐声中。

李白听后，非常吃惊，他没有想到，自己速速写就的游记诗，配上曲后，还这样动听。

到了酉时，晚宴开始。

美妙的歌声，使宴会大厅一片寂静，人们沉醉在歌声中，忘了饮酒。当演唱完毕，整个大厅响起爆炸般的喝彩声。

娘子玉环也被歌声感染，柔声地向唐玄宗说："奴婢今天想跳《霓裳羽衣舞》全曲。"

唐玄宗听了，不禁一怔："娘子这样跳很辛苦的啊。"

"为皇上献舞，奴婢何惧辛苦？"

唐玄宗对《霓裳羽衣舞》非常熟悉。当听娘子说要跳全曲，确实感到惊讶。

《霓裳羽衣舞》的创作灵感来自唐玄宗的梦境，一日梦中，唐玄宗感觉飘飘于长空，悠然来到天境，见眼前的古银树，枝繁叶茂，高如伞盖，如同西天境，他听到优美的乐曲，悠扬婉转，或如小桥流水，或如滔天激浪，其旋律变幻莫测。看到仙女们在这美妙的乐曲中，跳着优美的舞蹈，优美绝伦。顿时深深地被吸引住了。正当他痴迷于歌舞中时，可惜从梦中醒了过来。于是起床拿过笔墨，边回忆梦中的情景，边记了下来，编成乐舞。其乐、舞、服饰和旋律，都让他有身临其美妙梦境的艺术感受，令他陶醉不已。

《霓裳羽衣舞》全曲共三十六段，分"散序"（六段）、"中序"（十八段）和"曲破"（十二段）三部分，融歌、舞、乐为一体，表现的是中国道教的神仙故事。

在全曲的三十六段中，其散板，由磬、箫、筝、笛等乐器独奏或轮奏。

序曲不舞不歌。中序也称拍序或歌头，为慢板抒情乐段，中间也有由慢转快的几次变化，按乐曲节拍边歌边舞，灵活多样。

最后一部分的曲破，又名舞遍，是全曲高潮，以舞蹈为主，有繁音急节特点，乐音悠扬，速度从散板到慢板，再逐渐加快到急拍，结束时转慢，舞而不歌。白居易称赞道："千歌万舞不可数，就中最爱霓裳舞。"

《霓裳羽衣舞》，杨玉环不知跳了多少遍，但每次跳后，都有新的感觉。她喜欢这种感觉，妙不可言。她在舞中，深入体会其中奥妙。通过这种感受，对舞中的细节精心推敲，不断完善、精练，将自己融入舞中，与舞、曲、乐和服装融为一体。而唐玄宗也参与其中，他将乐器、灯光不断地调整，增强《霓裳羽衣舞》的感染力，让杨玉环的《霓裳羽衣舞》更为热烈、激情四射。

这两天，杨玉环又将第三部分"曲破"第十二段，增加了两名伴舞，使乐典结构更加完整，布局更加完美，还将领舞增加了两次跳跃，使结尾大气磅礴。这段修改后，皇上还没看，今天是想让皇上，当着大臣们的面好好看看。

唐玄宗知道，《霓裳羽衣舞》全曲较长，如果跳完全曲，一定很累。当看到杨玉环起身去换舞衣时，他忍不住嘱咐了几声。

唐玄宗是个有着音乐才能的皇帝，尤其是有了知音杨玉环后，更是琴瑟和鸣，如鱼得水。

杨玉环年轻貌美，娇艳妖冶，才艺出众，有时还胆大放纵，言行中透着几分野性，这给唐玄宗的生活带来了活力。

东海子曾以无字碑荆棘丛中的那只白狐，向唐玄宗提醒："白狐入陵，社稷泞。"

可他一笑了之。

李泌也曾向他警告过："此舞貌似温柔，实则凶险，将酿干戈大祸！"

他听了毫不在意。

其实，他心里明白，《霓裳羽衣舞》是自己和娘子精心培育出来的，有着极深的感情，不论怎么否定杨玉环，都动摇不了他对杨玉环的爱。

当杨玉环跳完《霓裳羽衣舞》全曲后，唐玄宗见她香汗淋漓，心疼极了，唐玄宗赶忙来到舞池，就地而坐，将娘子玉环紧紧抱在怀中。

他想让娘子在自己怀中，休息一会儿。

杨玉环被皇上紧紧抱住，特别感动。她一动不动地依偎在唐玄宗怀里，觉得特别温馨、幸福，恨不得时间停止，让皇上永远就这样抱着自己。

是的，躺在皇上的怀中，这是杨玉环最美的享受。今天，她跳完《霓裳羽衣舞》已经大汗淋漓。现在，依偎在皇上的怀中，如同徜徉在温柔的梦乡，再累，她也是高兴的。

唐玄宗和娘子相亲相爱，搂在一起，大臣们坐在那里都看呆了，不敢动弹，更不敢离开。

乐工们被他们的真情实意所感动，尽情地演奏着，整个大厅的人们，被皇上和娘子的爱情所感动。

三

唐玄宗十月行幸温泉，十一月返京。他这次没有让梅妃随驾。

十二月，海盗吴金光作乱，海边的德州狼烟又起。警报很快传到长安，唐玄宗整天忙于缉盗。

而杨玉环对海盗非常好奇。她从未看过海，也不知海盗是如何行盗的，更不知何为狼烟，十分好奇。

转眼便是春暖花开，沉香亭里各色的牡丹竞相开放，朵朵雍容艳丽，美不胜收。

这天，唐玄宗带着杨玉环，由高力士等人陪同，来到沉香亭下观赏牡丹。是日，阳光和煦，徐徐春风送来益然春意，唐玄宗和杨玉环携手来到沉香亭下，见几株深红色的牡丹被周围的牡丹簇拥着，朵朵丰满，颜色鲜艳，更觉得其雍容俏丽，婀娜多姿。在他眼里，这些美丽绝伦的牡丹，与娘子玉环一样雍容华贵，光彩夺目。此时，唐玄宗雅兴大增，于是命人从梨园中挑选最优秀的歌伎，由李龟年率领，来沉香亭赏花听歌，好好地快乐一番。

李龟年接到唐玄宗的口谕，哪敢怠慢，忙到梨园，挑选好人等来到沉香亭。

李龟年是非常有名的乐师，他不仅善唱，还善谱曲和打击乐羯鼓等，所作的《渭州曲》《荔枝香》等乐曲，名噪一时，因此他是梨园的领班。

按照先前的演出习惯，李龟年知道皇上喜欢哪几个曲子，由哪位歌伎来演唱，用什么乐器伴奏，李龟年把这些全熟记心中。唐玄宗也是音乐名家，也写过曲、编过舞，还会琵琶、横笛、羯鼓等器乐，李龟演出的曲目，都是唐玄宗精心修改过的，非常好听。

是的，唐玄宗喜爱音乐歌舞，也富有音乐才华，不仅写了《小破阵乐》《秋风高》等百余首乐曲，还制定了《色俱腾》《乞婆娑》《曜日光》等九十二首羯鼓曲名。登基以后，在皇宫里设教坊，"梨园"就是专门培养演员的地方。因他有音乐天分，乐感也很灵敏，经常亲自坐镇，在梨园弟子们合奏时，有时稍微出现点差错，他都能立即觉察，并给予纠正。

李龟年带着他的梨园班，匆匆来到沉香亭，迅速调好丝弦，安排好乐手，决定由自己亲自为皇上和娘子歌唱。于是他拿起檀板，走到唐玄宗和娘子玉环面前，敲起檀板，准备开唱。

"慢！"唐玄宗将乐曲叫停。李龟年哪敢违背皇上的旨意，快出喉咙的那口气，不管憋得多深，也要吞下去，等候皇上的旨令。

唐玄宗见李龟年停下来后，问："今天准备唱哪一首歌？"

李龟年不敢怠慢，忙将自己准备的歌曲向皇上一一禀报。

唐玄宗一听，不甚满意："怎么还是那些老歌？"

李龟年见皇上不满意，一下紧张起来，不知怎么向皇上禀报为好："这……"

"有没有新歌？"唐玄宗又问，"近来怎么没有作曲？"

李龟年无奈地说："不是小人懒惰，没有好词，小人难以谱曲啊。"

唐玄宗听后，觉得也是，于是转身向娘子玉环投过询问的目光，好像是无可奈何地问："没有新曲，你看怎么办？"

杨玉环读懂了皇上投过来的目光，她倏地想到了李白。她十分喜爱李白的诗，特别是那带有浪漫色彩的诗句。于是上前向唐玄宗奏道："何不命李白来作几首词？"

唐玄宗听了娘子玉环的话，茅塞顿开，于是火速派人去请李白。

幸好，李白今天没有喝醉，接到皇上的指令，很快就来到沉香亭。这里，他不是初来，对这里的风光早已领略过。但是，这里的牡丹，是往日没有见到的，看着鲜艳华贵的牡丹，领略娘子玉环的高雅气质，顿时诗兴大发。于是高声地说："笔墨！"

这时，一旁高力士已命人侍候好笔墨，谁知李白虽未醉，但酒后发躁，他坐了下来，跷起脚来说："高将军给我脱掉靴子。"

高力士没想到这个李白，直呼自己为他脱靴，一时不知所措。他知道皇上和娘子正急着要李白的诗，倘若有所耽误，那还了得？无奈之下，高力士顾不得多想，只得委屈着点，上前去给李白脱下靴子。

按说，高力士权力很大，文武百官没有一个不巴结他的，他还从来没有受过这样的侮辱，他本来很愤怒，但在皇上面前，不敢表露，只好隐忍着。

李白脚上没了靴子，更觉得畅快，于是上前摊开纸，将笔蘸满墨汁，那笔一落在纸上，简直像是把刷子，唰唰唰，如行云流水一般。眨眼工夫，三首词便写完，呈给皇上唐玄宗。

唐玄宗见李白写诗无须思考，一挥而就，甚感惊奇。当把诗接过一览，只见三首歌词非常优美：

> 云想衣裳花想容，春风拂槛露华浓。
> 若非群玉山头见，会向瑶台月下逢。

> 一枝红艳露凝香，云雨巫山枉断肠。

借问汉宫谁得似，可怜飞燕倚新妆。

名花倾国两相欢，长得君王带笑看。
解释春风无限恨，沉香亭北倚阑干。

这三首歌词的手法较新，他借名花牡丹雍容华贵、鲜艳夺目、美丽动人的特征，暗喻杨玉环。在唐玄宗看来，娘子杨玉环确实有如牡丹一样，美得动人心弦。

唐玄宗本来也是写诗行家，也被李白诗的比喻之贴切、手法之新颖所折服，而且读起来朗朗上口。于是便让李龟年当场作曲，当场演唱。

艺术是相通的。那李龟年看了歌词，见句句上心，于是像李白写词一样，他拿起笔，摊开纸，一挥而就，曲谱告成。

按说，这谱曲没有比这快的了，可唐玄宗和娘子玉环还是觉得太慢。忍不住又催了一句。

李龟年很快谱好曲，让梨园弟子调好了丝弦，当李龟年檀板响起时，丝弦齐鸣，李龟年优美的歌喉，随着乐曲唱了起来。李白听后感慨万分，不禁和着曲调也哼唱起来……

李龟年唱起新歌，沉香亭一片寂静，那歌声清澈悦耳，如同天籁，在沉香亭畔飞扬，在牡丹园中回旋。唐玄宗听后心情愉悦。也许是因李白的词意，或许是因李龟年的歌喉悠扬动听，感动了所有人，就是伴奏的，也是个个投入，整场表演达到了最高境界。

杨玉环听后非常激动。此时，她手中拿着玻璃七宝盏，仔细聆听李龟年的歌声。这是在歌颂自己吗？这个李大学士啊！她越听越高兴，那颗激动的心像是被蜂蜜浸过一样滋润。

唐玄宗一时兴起，也拿起一支玉笛，为李龟年伴奏。当然，唐玄宗吹笛是为了娘子玉环。

杨玉环见皇上为自己吹笛，激动万分。

沉香亭赏花后，杨玉环还是那样亢奋，李龟年那高亢婉转的歌声，还在耳边回响，精美绝伦的深红色牡丹，还浮现在眼前，想至极美处，忍不住"扑哧"一声笑了出来。

当她笑过后，又想到那个俊男李白来。这个李学士，还真的是个天才，提笔便写，真是奇才啊。

她喜欢古代美女赵飞燕，一个民间女子，凭着美丽，成为汉成帝刘骜的皇后。李白这样比喻，是暗示自己，将来也要成为皇后？

想到这里，她不禁哼唱起来。

这时，高力士走了过来，在杨玉环身旁站住，他本是有事来向娘子杨玉环禀报的，但听到娘子玉环的歌声特别动听，于是兴奋地问："不知娘子欣赏的什么？"

杨玉环笑吟吟地说："李白在沉香亭作的新诗啊。"

"看来，娘子喜欢这三首诗？"

"这个李白，还真是一个天才，他的诗写得真好！"

高力士听了杨玉环这样说，想到李白当着皇上要自己替他脱靴的事来，出气的机会到了。于是他当着玉环娘子面故作惊讶，说："没想到娘子竟这样喜欢这三首词，喜欢李白！"

"怎么了？"

"奴才原以为娘子会对李白恨之入骨呢！"

杨玉环一听，非常惊讶："何出此言？"

高力士故作不经意地说："李白在这首词中，把娘子比作赵飞燕！"

"赵飞燕是汉成帝的皇后，这有什么不妥吗？"

高力士暗暗打量着杨玉环，装着一副漫不经心的模样，说："娘子试想，赵飞燕长期与人私通，后被废为庶人……"

赵飞燕因美貌而贵为皇后，自己也算是美貌，将来说不定也会成为皇后。再不济，册封贵妃，还是有可能的。本来，杨玉环听了李白为她所作诗词，正沉浸在无限幸福之中。这下，经高力士这么一说，杨玉环就以为是李白别有用心。她顿时气愤至极，不禁骂了一声："李白这个东西，竟敢这样侮辱人！"

原本唐玄宗也非常喜爱李白的这三首诗，准备赐他一个官职。没想到娘子玉环坚决反对，他只好作罢。

过了一个多月后，即天宝三载（744）的夏秋之交，唐玄宗给李白"赐金还乡"了。他来长安三年，实际只有两个整年。不过，这是后话。

李白走出大明宫的那一刻，杨玉环看着他那高大而俊俏的背影，不禁浅浅地一笑，她觉得李白的背影比不了皇上唐玄宗的伟岸，他写诗比不了皇上唐玄宗写曲。皇上笔下的乐曲是那么神奇，能把自己融入其中，李白的诗能做得到吗？

李白自以为有怀治世之才，当初被皇上召令进京，能为唐玄宗辅弼，一路上高兴地大唱"仰天大笑出门去，我辈岂是蓬蒿人"，没想到三年后，他的梦想彻底破碎。但他也有不少收获，有了这样的经历，他对社会和朝廷有了深刻认识。当他走出长安城后，再也没有返回朝廷，而是直接去山东当道士去了。

第六章　总管献媚，册封贵妃巧铺路

一

自上次跳完《霓裳羽衣舞》后，唐玄宗被杨玉环的才艺所折服，对她更加宠爱。

杨玉环虽被唐玄宗称为娘子，但她享受的却是皇后一样的待遇。不久，她将要封为贵妃的舆论，在全朝上下流传开来。

册封贵妃，杨玉环何尝不盼望这一天？她觉得，自己进宫，又受皇上宠爱，朝中不乏暗流涌动，暗中阻拦者有之。如果皇上真将自己册封为贵妃，她担心有人暗中使绊。

她想到高力士的话："如果封妃，周围要有人庇护。"

那么，身边有谁能庇护自己？她认真地把自己家族想了一遍。父亲虽有兄弟三人，可惜都做的是小官。父亲只养自己一个，便早早去世，多亏叔叔把自己养大。所以，她的亲人中，并无可用之人。

可是，高力士说，贵妃虽然位高权重，但周围得有至亲做护卫，形成一道屏障。

让她沮丧的是，朝廷中她没有亲人，谁能出面替她说话？她陷入沉思中。

她突然想到，高力士向自己说的那些话，难道他能为自己找到护卫自己的人？

这位老宦官，从他那双讳莫如深的眼睛，便感觉阅历丰富，所以，他的那些话，一定是有来头的。

那么，怎样向高公公请教呢？杨玉环苦思良久，觉得难以启齿。

当今，朝野上下，高力士的门路甚广，没有他办不成的事。特别是皇上身边的太监很多，没有人能超过他与皇上的关系。

最让杨玉环佩服的是，他从不讨好皇上，而且敢说皇上不愿意听的话。凭这一点，连宰相一级的大臣，也望尘莫及。

想到这些，杨玉环觉得，高力士并非等闲之人！朝廷上下，不少官员都巴结他。哪怕是一品大员，也对他尊敬有加。

开始时，她觉得这老公公十分奸猾，可皇上喜欢，所以对他既不得罪，也不奉承。

现在，自己要册封，因有求于他，对他的态度，也有所改变。

高力士（684—762），有"中国巾帼英雄第一人"之称的岭南著名军政领袖——冼夫人的第六代孙。祖籍潘州（今广东省高州市），曾祖冯盎，祖父冯智玳，母亲麦氏，父为冯君衡，曾任潘州刺史。他幼年时入宫，由高延福收为养子，遂改名高力士。长寿二年（693），因岭南流人谋反案，年幼被阉割。与同类金刚二人，于圣历元年（698），被岭南讨击使李千里进奉入宫。武则天见他聪慧机敏，年幼仪美，让他在身边供奉。

后因犯小过，被鞭打赶出。因养父高延福出自武三思家，高力士于是往来于武三思宅邸。一年后，武则天复召其入宫，安排到属司宫台，为官府供给粮食。高力士身长七尺，办事谨慎细密，善传诏令，授官宫闱丞，即三品，进府仪同三司。

一天，高力士随着皇上到后宫，向杨玉环喊了一声"贵妃娘娘"。杨玉环顿时吓得胆战心惊。因有皇上在场，又不敢多说。谁知，皇上没有斥责高公公，杨玉环这才平静下来。

按说，自己与高公公来往不多，他怎么会喊自己"贵妃娘娘"？而且还当着皇上的面，这让杨玉环大惑不解。其实，她何尝不想成为贵妃，就是不敢在皇上面前提起。没想到高公公，当着皇上面说出来了。

其实，她表面惊慌，内心却特别兴奋。

过了两天，杨玉环正好得到一盒好茶。没想到高力士来到兴庆宫，娘子玉环见到高公公，非常高兴，她早就盼他来，今天终于来到，于是命令宫女泡上好茶，热情地请他品茶。

高力士品了一口，眼睛笑成一条缝，连说"好茶"。

以前，杨玉环总是觉得，高公公满脸皱巴巴、阴森森的，像枯荷叶，有些害怕。

可是今日，她似乎感觉高力士的"枯荷叶"，不那么碍眼了，甚至觉得他是好人，对他热情之至。

高力士品着茶，认真地说："高力士有一个想法，特来禀报贵妃娘娘。"

又是一个"贵妃娘娘"！杨玉环听后，特别顺心。近来，高力士口口声声称她"贵妃娘娘"，有时还当着皇上的面喊，杨玉环心想，册封贵妃，也许有些希望了，但这要感谢高公公为自己造舆论啊。

杨玉环见高公公有事要讲，忙说："请高公公赐教。"

高力士说："贵妃娘娘册封后，应该有一个强大的家族来支撑……"

强大的家族？杨玉环心想，自己哪来强大的家族？

其实，高力士察觉杨玉环听后很诧异，他像没有发觉似的，不慌不忙地继续往下说："贵妃娘娘入选寿王妃时，所报父亲姓名为杨玄璬。玄琰公养有一子，即贵妃娘娘的兄弟杨鉴公子。娘娘册封时，身边的人越多越好，但最得力的，还是亲兄弟。"

自进宫后，杨玉环早已感觉到，后宫是个难以立足的地方。她听说过武惠妃的事，也听说过王皇后的事。皇后和惠妃，她们在朝中无人说话，皇后的兄长王守一，唐玄宗欲将他赐死，后来虽得以宽恕，但流放偏远之地，也是苟延残喘，自缢而亡。

再说武惠妃，本来不谙政事，为了给儿子封太子铺路，只好亲自出面，结果也悲惨而死。

刚才，高公公向自己讲叔父一家，其实也不是至亲，因他健在，她才把叔父填为父亲。这与册封贵妃能有什么帮助？

高力士见"贵妃娘娘"在一旁有些不安，知道她对自己的话，还没有完全理解。如果她理解了自己的安排，心情就不一样了。于是清了清嗓子，继续说道："娘娘，高力士以为，娘娘在册封之际，有一事很关键。"

高力士说到这里，有意把话顿住，他想看看杨玉环是什么反应。

高力士心眼多，别看他讲话时装作漫不经心，实际他时刻关注着娘子的神情。

此时，杨玉环想不了那么多，只想听高力士的安排。

高力士见娘娘很客气，便接着说："您在上报自己身世时，再报自己是杨玄璬的养女。"

杨玉环听了这话，不觉一怔："我已经报了是他的女儿啊。"

"原先，娘娘被召为寿王妃时，称自己是杨玄璬的生女，现在看来，这样有些欠妥。因为，玄琰公只有杨鉴一位公子。也就是说，贵妃娘娘只有一位弟弟。高力士认为，娘娘的兄妹应该多一些。"

高力士的这番话，让杨玉环暗暗吃惊。没想到自己家里的事，高公公早已一清二楚，更使杨玉环如在五里雾中。

高力士不急不忙，慢慢地说着："娘娘册封贵妃后，手足同胞，才是最放心的依靠。"

这话杨玉环明白，心里很感谢这位老宦官。

高力士继续说："如果娘娘这次册封贵妃，再报自己是他的养女，这样可证明，杨玄璬有两位同名的千金，一位是生女，一位是养女。"

杨玉环一听，觉得奇怪："生女和养女，是同一个姓名，这样行吗？"她好奇地问。

"怎么不行？有户籍可查呀。"

"按说，我亲生父亲是杨玄琰，如果报是杨玄璬的女儿，人家会相信吗？"

"户籍上的事，时间久了，便成为事实，娘娘不必担忧。"

高力士的话，杨玉环听后，不觉倒抽一口凉气。她没有想到高公公，看上去老态龙钟的，却如此有计谋。

不过杨玉环还是不放心："如果这样做，被人识破了怎么办，岂不有损皇上的名声啊？"

"娘娘放心。"高力士说，"只要皇上认可了，那些大臣们不认可也得认可。其实问题不在这，奴才所担心的，关键是娘娘的生母。"

杨玉环听了又一惊，母亲早不在世了，为何提起她？

高力士笑着说："这没关系。"他想了一会儿，说，"我是说，杨玄璬是娘娘的生父吗，那么，谁是娘娘的生母呢？"

"啊，有了。"高力士突然兴奋起来，好像有了主意，欣慰地说，"杨玄琰本来便是娘娘的生父。他虽早已作古，但做娘娘的生父，最好是死去的人，可避免生出些枝节来。再说，现在的养父杨玄璬，有四位子女，除娘娘外，还有三位姐姐和一位弟弟。这给娘娘增加了人脉。而这三位姐姐，既聪明，又伶俐，娘娘一旦被封为贵妃，可仰仗娘娘之力，加以提携，可做高官，可封为国夫人。她们深得娘娘恩典，就会效死护卫娘娘。"

高力士这番话，杨玉环还是觉得一片迷糊。好在有高力士这样精心安排，可以说是天衣无缝，她感到非常放心。

"哦，"高力士又想起了什么，兴奋地说，"现在还有您的叔父——杨玄珪，也得安排。"

"他？"杨玉环惊疑地问。

"不错，是他。"高力士说到这里，脸上略露几分得意，"杨玄珪可为光禄卿，银青光禄大夫，不知娘娘意下如何？"

杨玉环觉得，这些都是朝廷大事，高公公说的，能当真吗？

高力士却不理杨玉环的心情，完全按自己的设想往下说："只有这样，你一家九门均可显贵。这些人虽并非至亲，但这无关紧要。他们均要仰仗娘娘，才得有今天的富贵荣华，还愁他们敢不为娘娘效力？"

高力士好像把应该安排的事，已经安排完了，像是完成了一件大事，让杨玉环也很感动。

杨玉环这次与高力士谈得很愉快，于是高力士常来杨玉环宫中，一起商量，看还有没有漏掉的亲戚。

这天，高力士想起件事来，赶到杨玉环这里，说："封妃的事，还需要一个人帮忙。"

杨玉环不解地问："谁？"

"宰相李林甫！"

二

宰相李林甫出身低微，他走上仕途，确实经历了不少坎坷。

李林甫小名哥奴，生于皇室宗族，是唐高祖李渊从父弟平王叔良的曾孙。其父的官职不大，为扬州参军。不过，若按辈分，李林甫还是唐玄宗的远房叔叔。其舅姜皎，是少数几位能出入皇宫可以参加唐玄宗私宴的、深得皇上宠幸的近臣。

李林甫从小贪玩，声望不高，被人看不起。住到东都洛阳后，精力充沛的他，沉迷于打猎、打球、马逐鹰犬。累了就舍马，两手撑地，倒立歇息。后来听说受到一位丑和尚点化，于是赴京去找堂叔。那年，他正好二十岁。

李林甫的堂叔，任库部郎中，因李林甫从小纵荡，不好好读书，是烂泥扶不上墙，觉得无法提携。

可是，李林甫这次来，与以前不同。他诚恳地向叔父说："我知道以前错了，今日来找您，是来接受您指教。"

每当家里有宾客来，他就负责杯盘装饰，张罗接待。李林甫果然洗心革面，认真做好每一件事，杯盘收拾、摆放得无不整洁得当，周到细致。

叔父看在眼里，心里暗暗嘀咕，是什么原因让他有如此大的变化呢？见他能改邪归正，十分高兴，浪子回头金不换啊。

李林甫从小便没有爹娘，这让叔父滋生怜悯之心，有意提携。他在同行中，常常介绍和称赞李林甫，没过多久，同僚中知道李林甫的人甚多。李林甫生性聪明，善音律，脑子活，学习进步很快。在叔父的庇护下，李林甫很快步入仕途。开始为千牛直长，因为踏实能干，开元初年为太子中允，也许是和尚的话一直激励着他，加上他善于寻找机会，故升迁很快。

时源乾曜主政，因与姜皎是姻亲，源乾曜的儿子替李林甫向父亲求情，希望他提拔李林甫为司门郎中。源乾曜知道李林甫的过去，素来瞧不起他："郎官应得才望，品行端正，哥奴哪是当郎官之才？"不过，源乾曜后来根据实际情况，任命李林甫为谕德，接着又升为国子司业，即负责管理学子。国子学是朝廷的最高学府，让腹中墨水不多的李林甫管理国子学，似乎有点滑稽，但他非同一般的勤奋努力，将国子学管理得井井有条，成绩斐然。他不善言辞，常常自登课堂给诸生历数司业时事。在儒学人才充斥的京城，为扬长避短，他一直多干少说。因他工作能力强，效率高，很快得到了御史中丞宇文融的欣赏并引为同道，历任刑部、吏部侍郎。吏部侍郎相当于现在的组织部副部长，掌管人事，权力颇大。

当时裴光庭是吏部的"一把手"，他一再强调，选人的措施至关重要，出不得差错。

他这话是告诉李林甫，他的"入循资格"不可取，得停下来。可是，李林甫怎么会怕裴光庭，根本没把他的话当回事，仍然按自己的办法选人。大臣们都认为，李林甫违背了传统用人方法，对他非议较多。

本来，裴光庭是个懦夫，管不住李林甫。因他娶了武三思的女儿，才得到这个职位的。那时，高力士与武三思便有来往，直至武三思死后多年，高力士还时常去武氏家看望。

李林甫在官场混得如鱼得水。但他想接任侍中，却毫无办法。

他想扭转这不利的局面，就想到了裴光庭的夫人武氏，便将她搞定。因为，她可以跟高力士搭上关系。

这个武氏并不是个本分的女人。她经不住李林甫的诱惑，几个照面，就被李林甫搞定了。特别是裴光庭去世后，武氏更是无所顾忌，把自己的后半生，全依赖于李林甫。李林甫有什么要求，她都会同意。

于是，李林甫向她说："我现在是吏部侍郎，裴大人是吏部尚书同中书。现在。他的位置空下来了，我不敢奢望当宰相，但吏部尚书一职，理应非我莫属。"

这吏部正副职有何不同，武氏当然知道。听了李林甫这么说，同意出面相助。

李林甫见身边的女人没有推却，便万分感谢："凭我这名望、地位，很难取代裴大人，只有靠你了。"

这个女人接触官员较多，知道李林甫说的是真心话。她连连点头，愿意帮忙。

其实，这事难度较大，其利害关系，也非同一般。武氏点了头之后，沉吟一会儿，觉得这事不动高层人物，是不行的，于是在李林甫耳边轻悄悄地说："你是要我去找高？"

高即是高力士。

听了武氏的想法，李林甫知道，这个女人总算明白过来了，顿时心花怒放。

没等武氏找到高力士，宰相萧嵩便向唐玄宗推荐了韩休。

当天，高力士亲自把这个绝密的消息，告诉了武氏，他要武氏尽快把这个消息，告诉李林甫。

李林甫听了武氏的话，懊丧不已。

这样一来，李林甫飞黄腾达的梦想又成为了泡影，于是，对萧嵩恨之入骨，处处与他作对。

没过多久，李林甫飞黄腾达的机会又来了。

开元二十一年（733）十二月二十四日，萧嵩突然提出，要辞去宰相职务，唐玄宗几经劝说，萧嵩仍然坚持。唐玄宗无奈之下，只好下旨免去萧嵩宰相职务。

开元二十三年（735）一月二十八日，唐玄宗下诏，任命李林甫为礼部尚书，同中书门下三品，接替了萧嵩的职务。

李林甫的愿望终于实现了，不过，这是高力士、裴光庭之妻武氏、太监袁思艺共同努力得来的。其中高力士贡献最大。

既然自己帮李林甫入相了，高力士暗想，他也得给自己帮忙。将来贵妃娘娘的事，少不得他帮忙。于是安排贵妃娘娘与李林甫见面。

杨玉环对李林甫没有好感，但高公公提议他们见一面，她无奈地说："真的需要与李林甫见面吗？"

高力士说："贵妃娘娘不想见李林甫是吧？可是，册封贵妃，他是首辅宰相，封妃的事，少不了要他从中说话。"

听了高力士的话，杨玉环只好同意。

果然，高力士请杨玉环和李林甫，一起来到沉香亭饮茶。

其实，李林甫与杨玉环曾见过面，不过，她在皇上身边，李林甫像没见过一样，不敢造次。

杨玉环不清楚李林甫的为人，不愿意与李林甫说话，只是暗暗打量。今天，因皇上不在这里，大家都随便了些。杨玉环见李林甫的相貌，贼溜溜的眼睛，令人反感。她想，这人奸诈，一定办不出什么好事来。

李林甫为人高傲，知道娘娘杨玉环是唐玄宗的红人，不敢得罪，也不会对她殷勤，只是礼节性地向杨玉环行过礼，淡淡地向杨玉环客气了几句，便没有话了。看来，高力士精心策划的这次活动，效果不佳。

天宝二年（743）八月，秋高气爽，在这美好的时光里，杨玉环陪着皇上，或是观赏歌舞，或是骑马游乐，他们天天形影不离。

唐玄宗与杨玉环一起骑马，特别喜欢与她并辔而行。可是，她的马技不高，唐玄宗不放心，便让高公公牵着马辔。

娘子上马，高力士便恭敬地弓下腰，趴在地上："请娘子上马。"

娘子踏着高力士的背，跨上马背。

杨玉环下马，高力士亦是弓腰伏地："请娘子下马。"

娘子便踏着高力士后背，从马上下来。

今年秋，唐玄宗从骊山回到京城后，身边少不了杨玉环。高力士见了，暗自高兴。皇上这样宠爱娘娘，册封贵妃之日，就不会远了。

宰相李林甫对于册封贵妃的事，认为这是皇上的家事，他不会过问。

现在，唐玄宗让李林甫独揽大权，李林甫要想稳住手中的权力，就得想方设法讨好唐玄宗。

其实，册封贵妃一事，唐玄宗主意已定，就是没有告诉杨玉环。其原因是，唐玄宗想封杨玉环为皇后，但想到册封武惠妃的事，朝廷的阻力相当大。现在，唐玄宗对册封皇后的事，只好作罢。于是册封贵妃的事，提上了议事日程。

三

天宝二年（743）入冬后，直到年末，一直没有下雪。到了天宝三载（744）春，唐玄宗下旨，将"年"改为"载"。

即天宝三年，改为天宝三载。他之所以这样做，是觉得这一年无雪，再不应称年。

将"年"改为"载"后，唐玄宗索性将刑罚也一律废除。除死刑流放外，以下刑罚一律废除。

杨玉环与唐玄宗从骊山回来，没想到高力士突然来到兴庆宫，郑重地向杨玉环说道："明年七月，娘娘就要册立贵妃了，娘娘一门亲族，将会陆续进京，这就热闹了！"

杨玉环听到高力士讲这话，不觉暗自惊喜。她看了看这位城府极深的老宦官，是传达皇上的旨意，还是想哄我开心？杨玉环知道，册封贵妃是大事，还是谨慎为好："高公公这话，是真是假？"

"哈哈，老奴为娘娘高兴，你还提防我。"精明的高力士热情地说，"老奴的话，可不是随便说的。"

听了高力士的话，杨玉环却感到奇怪："皇上怎么没向我说？"

高力士见娘子还不放心，坦然一笑："这个请娘娘放心。"

听了高力士的这句话，杨玉环还是觉得不是真的。但转念一想，册封贵妃，谅高力士不敢妄自胡说。

高力士接着说："老奴的意思是，如果娘子册封贵妃，得把兄妹亲戚接进京，娘子就有可以依附的力量了。"

兄妹亲戚？杨玉环一时不知说什么。

"如果娘子的这些亲戚进京，得造些府邸，仅这一项，就要好好安排。"

造府邸？杨玉环更是大惑不解。她觉得封妃比什么都重要，其他的她没心情想。

突然，她想到梅妃，如果自己封了妃，应该对她有个了结。她想起武则天的办法，将梅妃泡在酒缸里。可又一想，觉得这样太残忍了。

一晃，二月已尽，到了三月，满城传说，陇右使节皇甫惟明即将进京。他是回京向朝廷禀告军情，在城里待的时间不长。

杨玉环第一次知道皇甫惟明，是在天宝元年末，皇甫惟明在青海大破吐蕃，捷报传来，举城振奋。

去年四月，他大破吐蕃于洪济城。两次捷报传来，大快人心。全城乡亲，双手合十，在大街小巷念着皇甫惟明。

皇甫惟明这次回京，她是从近侍们的谈论中得知的，英雄，人人敬佩啊。

她还得知，皇甫惟明进城之日，好多人会来到大街，迎接英雄。

其实，在边关打过胜仗的，并不止皇甫惟明一人，如河西节度使王倕也曾破过吐蕃，王忠嗣战败奚、契丹。可她觉得皇甫惟明的声望最大。

令她惋惜的是，身边的侍卫们，对皇甫惟明的看法褒贬不一。有的说，在节度使中，安禄山在边疆曾大破夷狄，战功最大，皇上也最为信任。皇甫惟明功劳虽大，但没有得到皇上的器重。

杨玉环想，安禄山虽说是干儿子，但他是胡人，我们汉人，应该爱戴同族的英雄。可是皇上他……

想到这些，她总是一脸迷茫。

也有人说，皇甫惟明本应在朝中任高官，因与宰相李林甫政见不合，才被放任边疆。人们在言谈中，对这位不得志的英雄深表同情。

还有人说，以往的武将，谁也没有这样痛快地打败过吐蕃。比如，他的前任肖炅，仅破吐蕃一次，河西副节度使崔希逸，虽破过几次吐蕃，但那只是击退吐蕃的骚扰而已。现任宰相李林甫，任右副节度使，却是一事无成。唯有皇甫惟明一人，能够主动出击，并获全胜，所以百姓对他的评价，要比其他人高得多。

到了三月，皇甫惟明只带了几位随从回京。百姓们准备夹道欢迎。谁知皇甫惟明与安禄山进京的方式不同，百姓们以为，皇甫惟明也会带着大队人马进京。谁知他一切从简，百姓们夹道欢迎的计划落空了。可杨贵妃认为，这才是忠臣。

长安城中，桃花李花正在开放。春意融融，花红草绿，使游玩的人们，挤满了九街十八坊。

皇甫惟明回京，虽赶上了明媚春光，但他没有心情游乐，很快入朝谒见唐玄宗。

唐玄宗为他举行欢迎宴会，在宴会上，杨玉环终于亲眼看到了这位中年英雄。他仪表堂堂，举止稳重，出言儒雅。这让她非常意外，这就是驰骋沙场的猛将？

在唐玄宗接见皇甫惟明时，宰相李林甫也在场。当皇甫惟明禀报完边疆情况后，李林甫却认为，"以武征服吐蕃是易事"，应该"以帝德抚慰吐蕃之法"。

　　而皇甫惟明则认为，"夷狄多为禽兽之心"，"守则入寇，抚则掠民"，对此，"只有刀剑弓枪，别无良策"。

　　李林甫主张和亲，皇甫惟明坚决用武力。于是二人当着皇上的面唇枪舌剑。唐玄宗没说话，便命起驾，舌战才停下来。

　　在宴会上，杨玉环与皇甫惟明，只是礼节性地认识了一下。但皇甫惟明很会说话："臣久居僻地，今日初见娘娘，荣幸之至。"

　　边关大将，对自己这样礼貌谦恭，杨玉环十分欣赏。

　　皇甫惟明也是个实在人，说话也很实在。他向唐玄宗夸奖娘子："臣既见娘娘的芳容，盛过西明寺的牡丹，皆为艳中之最，实为万幸。"

　　以往，唐玄宗召见大臣，杨玉环只是一旁陪着皇上，从不多言，这已经成为她的习惯。但今天见了皇甫惟明，将自己比作慈恩寺的牡丹，便忍不住说："你喜欢慈恩寺的牡丹吗？我以为西明寺的牡丹最美。"

　　"既然娘娘如此说，那就是了。但臣以为，进昌坊的慈恩寺，与永乐坊的永乐寺、靖安坊的永寿寺等处的牡丹各有千秋。当然，这些地方的牡丹，均比不上西明寺的牡丹。"

　　皇甫惟明的这席话，说得杨玉环十分高兴，没想到将军对牡丹花这样了解，忍不住又说："将军观牡丹心真细。"

　　与皇甫惟明的这席话，让杨玉环对他更加欣赏。她虽然喜欢牡丹，但从未单独与人讨论观赏牡丹。在皇甫惟明离京后，她独自去观赏了一次皇甫惟明提到的进昌坊慈恩寺的牡丹。

　　三月过后，唐玄宗欲将静乐公主和宜芳公主嫁给契丹和奚的酋长。

契丹和奚都属于夷狄，一向反复无常，屡屡侵犯边境，制造事端。唐玄宗为了这两个民族能够和解，想将这两个公主嫁过去和亲。

这两位公主，都是年方二十来岁的少女，要远嫁荒蛮的漠北，在送行的宴会上，两位公主一言不发。也许是为了安抚两位公主，唐玄宗分别询问静乐公主和宜芳公主，平常有何爱好。静乐公主说喜欢打马球，宜芳公主却说喜欢骑马。不过，两位公主想到，远嫁荒凉的漠北，这些爱好就要放弃了。

唐玄宗见两位公主如花似玉，非常美丽，将她们远嫁于心不忍。特别是静乐公主，他本想将她留在后宫，另派一名女子顶替。他把这一想法，征求宰相李林甫的意见，李林甫认为，作为大唐帝国，应该言而有信。

但静乐公主，仍在唐玄宗心里挥之不去。于是他只想把宜芳公主嫁给契丹，将静乐公主留在后宫。

没想到这事让高力士知道了，立即告诉了娘子玉环。

杨玉环知道这事后，暗暗吃惊。本来，梅妃的事还未解决，又来一个静乐公主，她们二人要是串通一气，自己就更难招架了。

可是，静乐公主是唐玄宗的外孙女，也要充入后宫？这有悖伦常，她觉得似乎不可能。

可是，唐玄宗这个老色鬼，自己原本是他的儿媳，不也是充入后宫了？他什么事做不出来？

她认为，事关自己得失，梅妃得尽快处理好。

凡有可能跟随梅妃的人，一个都不能留！

那么，这个静乐公主，决不能让她留在后宫，只能将她嫁到契丹。

晚上，她向唐玄宗劝说，静乐公主留在后宫，有悖伦常。尽管唐玄宗仍有几分不舍，还是同意了她的主张。

于是，静乐公主嫁给了契丹王李怀节。

第七章　宝册在手，满门受恩得荣华

一

天宝四载（745）八月十六日，唐玄宗隆重册封娘子玉环为贵妃。

在册封的前一天，即八月十五日，正好是唐玄宗六十一岁生日。这也许是巧合，也许是他有意安排的。

杨玉环册封贵妃，因没有皇后，她将管理后宫。

唐代后宫宫女有三千人之多。正因为如此，白居易的《长恨歌》中，有"后宫佳丽三千人"的诗句，并非有意夸大，按其实情，确实如此。

不过，这些宫女中，要想有出头之日，便想方设法得到唐玄宗的宠幸。凡被唐玄宗宠幸过的宫女，都封了名位。有了名位，就不愁生活。

可是，能让唐玄宗宠幸很难。

宫女地位低下，年轻时为宫女，侍候皇家族人。到了中老年的时候，则干的是洗衣等打杂的粗活。到了老年，她们的地位更低，过着孤苦伶仃的生活，十分悲惨。

还有一些是犯罪官员的家属，被贬为奴隶，在后宫做的是繁重的、又脏又累的粗活，她们地位更低下。

后宫由皇后统领，地位最高。皇后下一级是四妃。唐玄宗根据自己所需，将四妃设为贵妃、惠妃、丽妃、华妃。她们又称四夫人，为正一品。四妃之下，则是婕妤，共有九位，她们为正三品。婕妤下面是四位美人，为四品。美人下则是才人，共有五位。武则天初进宫不久，便封为才人，为正五品。中宗时，进宫的上官婉儿，则是婕妤，为正四品。才人下有二十七名宝林，她们是正八品。后来，唐玄宗给后宫增加了一个名分，即昭仪，共有六名，和宝林一样，也为正八品。她们多是唐玄宗宠幸后的宫女，虽是最低的级别，因有了名分，与其他宫女的晚年生活完全不同。

在四妃中，贵妃的级别最高。其次则是惠妃。武氏被封为惠妃，属第二个等级。唐玄宗将杨玉环封为贵妃，可以说，他对杨玉环的宠爱超过了武氏。

不过，惠妃也好，贵妃也好，因没有皇后，加之皇上又非常宠爱，才能享受和皇后一样的生活。她们虽然名分不同，待遇却是一样。

册封贵妃的颁诏典礼，在大明宫凤凰阁举行。为了使册封仪式庄重盛大，凡三品以上的文武官员都要参加。

杨玉环封妃，唐玄宗计划连续几天大摆宴席，举行庆典册封，为杨贵妃好好庆祝一番，以表示对她的深情厚谊。

但很多大臣则认为，皇上对贵妃娘娘的册封，安排这样阔绰，过于铺张，于是纷纷劝说唐玄宗。特别是高力士，也向唐玄宗直言："皇上深爱贵妃娘娘，全朝官员无人不知；您集后宫三千佳丽之爱于贵妃娘娘一身，也是人人皆知的事实，因此没有必要再奢华了。"

唐玄宗见大臣们劝他从简，为了不违背朝廷众官员的好意，原来的计划只好作罢。

在册封中，最忙的是高力士。从杨玉环进入太真宫至今，已有五年。这些年来，贵妃娘娘所有安排，都是他一手经办的。特别是册封贵妃，他更是出了不少力。

按照大唐规定，册封程序较为复杂。首先，各皇室宗亲都参加，其次是文武百官也要在场，并对贵妃表示祝贺，等等，难以尽述。

册封贵妃仪式，由礼部主持。册封诏书也由礼部宣读，再由唐玄宗授予贵妃印玺，诏告天下。接下来是皇家宗亲、文武百官一一祝贺。

杨玉环得到册封，唐玄宗非常高兴。她自开元二十八年（740），第一次进骊山侍寝以来，便与唐玄宗朝夕相处，形影不离。他们在《霓裳羽衣舞》的美妙旋律中，经常擦出火花，真正体会到了爱的甜蜜，爱的温馨。唐玄宗觉得，有了她，便有了大唐，有了世界，有了一切。

册封仪式肃穆、庄重、热烈。贵妃娘娘坐在宝石镶嵌的贵妃椅上，当礼部宣读完诏书、唐玄宗授印玺结束，贵妃娘娘接受全朝大臣的祝贺。宰辅一级的大臣，还要走到贵妃面前献上贺词。

在册封前，唐玄宗担心的是寿王，于是在十天前，即天宝四载（745）八月初六，下令将左卫中郎将韦昭训之女封为寿王妃。

这样做，寿王得到安抚，他也放心了。

可是，即使这样，寿王的心情，还是难以平静。杨玉环本来是自己的爱妃，却被父皇夺走，让他怎么想？

其实，寿王不仅心里难受，还很害怕。害怕的是父皇得到杨玉环，为了消除后顾之忧，或者找个借口，将自己除掉。

所以，在杨玉环册封贵妃的大喜日子里，寿王却是提心吊胆，日夜不安。

昔日的武惠妃，如果她地下有知，是自己的儿媳，接替了自己的位置，不知会做何感想。

当夜，贵妃娘娘来到兴庆宫，第一次以贵妃的身份，与唐玄宗同宿。唐玄宗赐给贵妃娘娘一个镶有螺钿的小盒，里面是金簪和金步摇等首饰。

当杨贵妃放下螺钿小盒，唐玄宗将她拥入怀中。但是，唐玄宗突然想到，她现在不是娘子，而是贵妃，再不能像昔日那样随便，得按礼数来，这是对贵妃娘娘最大的尊重。

得到皇上尊重，这让杨玉环反而感到尴尬。她深深地感觉到，当贵妃与当娘子，原来有这样大的区别。

三天后，杨贵妃又接受了百官的朝贺。百官朝贺后，她久久难以平静，这一切好像在梦中。

又隔了两天，贵妃接受了家族的祝贺。母亲李氏和叔父杨玄珪特来大明宫拜见。

也是在这一天，杨贵妃还接见了她的两位哥哥、姐姐和亲属。特别是她看到两位青年男子——兄长杨铦和从兄杨锜。他们像是从乡下来的，老是低着头，不敢看贵妃娘娘。贵妃心里对他们不大满意，但出于礼貌，还是很客气。

两位公子退出后，接着是三位姐姐。按说，她们本来都是乡下人，不论是生活习惯还是自身修养，无不显露出乡下人的粗陋。然而，她们今天，却大大方方，光彩照人。这让杨贵妃非常吃惊。她们落落大方地参拜贵妃娘娘，丝毫没有乡下人那种畏怯和腼腆。

贵妃告诉姐姐，皇上已经决定，给三位姐姐赐赠府邸和使女。

接下来，唐玄宗下旨，对贵妃家族进行大封。父亲杨玄琰虽逝，但已追封为兵部尚书，母亲封为庞西夫人。叔父杨玄珪还健在，则擢升为光禄卿，为正三品。只有杨玉环的养父杨玄璬，因去世而没有受封。原因是，他若受封，必将会引起人们的追问。这样会牵连到杨玉环在洛阳时，与寿王的婚事，闹了出来，岂不贻笑天下？

贵妃的兄长杨铦，封为殿中少监，高于从四品，这是内廷官员，是殿中监的副手。唐玄宗之所以这样安排，是考虑到他没有实际执政能力，没必要担负责任，只要能享受富贵荣华就行。

杨玉环叔父杨玄珪的儿子杨锜，在杨玉环受宠前后，已授予侍御史，官阶为从六品下。现在，唐玄宗命武惠妃的小女太华公主嫁给他后，将他升为驸马都尉兼侍卿吏，官阶升至从五品以下。

他们杨家这个家族，怎么也没想到会有今天的恩遇，所有来参见的人员，无不感激涕零。

杨玉环封为贵妃，唐玄宗为她打造金殿，又将她满族加封，轰动京城。白居易的《长恨歌》中，有这样的诗句，描写得入木三分：

金屋妆成娇侍夜，玉楼宴罢醉和春。
姊妹弟兄皆列土，可怜光彩生门户。

杨玉环册封为贵妃，唐玄宗心情愉悦。杨贵妃和唐玄宗一连三天，在骊山温泉宫，沉浸在无比快乐之中。

贵妃娘娘喜欢《霓裳羽衣舞》，当她跳完一曲，便香汗淋漓。于是，唐玄宗与贵妃同浴温泉。看着眼前这位倾国倾城的绝世美人，唐玄宗被彻底征服了。

贵妃娘娘沐浴完毕，宫女搀扶着她来到梳妆间。这里有特地为她制作的大铜镜。她在铜镜前，细细打量自己的丽影，从湿漉漉的头发中流下来的泉水，落到脸上，俏丽的脸颊，更是娇艳可人。

唐玄宗见湿漉漉的贵妃，如同出水芙蓉，美若天仙，便不顾旁边的宫女们，将贵妃拥入怀中。

男人最大的幸福，不仅是事业上的成功，更是有了称心的爱人。而作为一代君王的唐玄宗，亦是如此。

九月初，杨贵妃得到消息，边关传来告急文书称，奚和契丹暴乱。听到这一消息，唐玄宗非常替两位公主着急。

果然，三天后传来消息，宜芳公主和静乐公主遇害。杨贵妃记得，李林甫奏请两位公主和亲时，皇甫惟明坚决反对。果然，事情被皇甫惟明预料到了。

两位公主遇害，杨贵妃最为震惊。当初，是自己不愿意将静乐公主留在后宫，觉得自己做了亏心事。

此时，她想到梅妃，她为什么不死？皇上不愿意放弃梅妃，她是自己最大的威胁。梅妃不得不除，否则，后宫就不会安宁。

特别让杨玉环恼火的是，她当初骂自己"肥婆"，这多么恶毒，至今不忘。一定要她加倍偿还。

将梅妃送往契丹，不，要比契丹还要远的地方，她想。

九月中旬，边关传来捷报，说是安禄山一举平定了奚和契丹，京城一片欢呼。作为英雄，安禄山的名字传遍全城。杨贵妃知道后，也非常激动。

她觉得，消灭了契丹，不仅安慰了公主，自己那点愧疚也得到了消解。

不久，在高力士的安排下，从兄杨钊来拜见贵妃。高力士曾不止一次地在她面前提到杨钊："他是武则天的宠臣张易之的姻亲，在蜀中富豪鲜于仲通家长大，从小受过良好的教育。此次是因公来京城，特意来拜见贵妃。"

当杨贵妃看到杨钊后，眼睛不禁一亮。他英俊洒脱，相貌堂堂，真的是一表人才。她以前见到杨家的人，多是相貌平平，像是端不上桌的菜。没想到杨家，也有美男子，她感到非常欣慰。

"臣愿为娘娘效劳！只要娘娘吩咐，臣一定会竭诚效力。"杨钊果然不错，第一句话便让贵妃，如同喝了美酒一样，特别舒畅。

杨钊退出后，高力士便上前向她说："奴才这样做，是特地为娘娘找一名助手，专为娘娘效力。"

杨玉环也很满意："这位看上去，倒像是个人才。"

二

册封贵妃后，比起以前的杨玉环时代，大有不同。现在，她位居一品，可以向皇上称臣了。

大唐帝国的贵妃，除了和皇上在一起外，也有自己的生活空间。她可以接见众多参谒者，用膳也有不少人侍候。如遇上有身份的官员来朝谒见，她还要在自己的府中设宴款待。

自此，大唐已进入杨贵妃时代。

杨贵妃使用的宫女多，所需的物件也随之增加。多亏高力士心细，为了满足娘娘的所需，总是尽心尽力。

一天，高力士禀报杨贵妃："为了保证贵妃娘娘所需锦缎绣绸，准备招收绣女，不知娘娘意下如何？"

杨贵妃听了高力士的禀报，高兴地说："就按高公公说的办吧。"

高力士见贵妃娘娘对自己这样信任，千恩万谢。过了几天，高力士因招收绣女的事，特地来到贵妃宫中禀报："贵妃娘娘，到了秋季，绣女招齐，老奴便可织造出娘娘所需的绣缎。"

高力士在贵妃娘娘面前，语言谨慎，杨贵妃早已习惯："高公公计划招多少绣女？"

高力士回禀："计划招收八百名，如娘娘嫌少的话，还可增加。"

杨玉环觉得，作为贵妃，今后的礼尚往来较多，锦缎确实是少不了的，于是吩咐高力士："缎绣只能多，不能少。"

大唐有不少朝贡的藩国。这些藩国，向大唐进贡的，多是大唐所没有的贵重物品。他们除了进贡唐玄宗外，也进贡贵妃娘娘。当贡品摆放在杨贵妃面前时，都是珍奇玉玩、稀有贵重物品，一一过目后，便从中挑选一些自己喜欢的。

现在，杨贵妃满身绸缎，华美靓丽，光彩照人，可见贵妃生活，极为优裕。如果出宫，便前呼后拥，偌大一个队伍。凡途中遇见大臣等人，都要伏地请安。

唐玄宗天天离不开杨贵妃，有时陪着她听曲，或在草地骑马，或在花园赏花。

唐玄宗知道，高力士为杨贵妃选了不少绣女，于是下令设织造局，经杨贵妃同意后，招收的八百名绣女，均由她掌管。

没过多久，又传来皇甫惟明血战吐蕃的消息。战争特别残酷，副将褚诩战死。

这下，朝中议论纷纷。他和安禄山，一个大胜，一个却在激战，而胜负未定。这样一来，安禄山便有优势了。

十月，唐玄宗携手贵妃来到骊山离宫。这是她封贵妃后，第一次与唐玄宗来到骊山过冬，他们用的是高大华丽的龙凤辇，旌旗蔽日。

现在，杨玉环身为贵妃，与以前的杨太真，大不相同。唐玄宗将骊山的温泉宫，做了一次大的改建，装修精美，富丽堂皇，还将温泉宫改名华清宫。

据《唐书·地理志》载，京兆府昭应县："有宫在骊山下，贞观十八置，咸亨二年始名温泉宫。天宝六载，更名曰华清宫，治汤井为池，环山列室，又筑罗城，置百司及十宅。"

据后人考证，华清宫的庞大建筑艺术，比起长安的皇宫有过之而无不及。也许是华清宫太华丽，引来不少诗人题写诗作。现摘取著名诗人张籍的《华清宫》诗，他用对比的手法，展示了盛唐的兴盛与衰落：

温泉流入汉离宫，宫树行行浴殿空。

武帝时人今欲尽，青山空闭御墙中。

如诗人李约有《过清华宫》诗：

君王游乐万机轻，一曲霓裳四海兵。

玉辇升天人已尽，故宫犹有树长生。

李约的诗中，直斥唐玄宗耽于享乐，追求奢逸，把国计民生的事，忘在脑后，导致安史之乱，使盛世大唐走向衰退。

御池极其奢华。诗人张继曾写诗《华清宫》凭吊华清宫：

天宝承平奈乐何，华清宫殿郁嵯峨。

朝元阁峻临秦岭，羯鼓楼高俯渭河。

玉树长飘云外曲，霓裳闲舞月中歌。

只今惟有温泉水，呜咽声中感慨多。

诗人以华清宫内外冷暖对比，引申到一国之君的唐玄宗，不知寒冷的滋味，又怎能对国事明察秋毫、将人民的苦乐谨记在心呢？

骊山离宫内有很多柿子树，也有很多石榴树。特别是石榴树，不仅骊山这里有，附近的村子里也有很多。

杨贵妃这次陪同唐玄宗来到骊山，心情愉悦，于是派人到附近村子里，请来一些野老，请他们讲述骊山的传说。有一位八十多岁的老者，谈了一个兄妹相爱的故事。说是骊山顶上住着年轻的兄妹二人，时间久了，忽然觉得，我们何不成为夫妻，繁育后代造福山林呢？兄妹俩都觉得应该。可是，他们是兄妹，怎么能够结为夫妻呢？于是他们向天一卦，将山顶上两个白石滚下山来，如果两个滚下来的白石，合而为一，则能成为夫妻。于是在一个皎洁的夜晚，兄妹俩在山顶上，将两块白石，滚下山来，白石顺着陡峭的山坡，往下滚着。就在离宫不远的那个山麓上，两块白石融合在一起了，于是，兄妹二人便结为夫妻。

杨玉环听说两块白石，滚在离宫附近，并合而为一，特别高兴。她觉得这两块白石，就像是陛下和自己。因为他们也是在骊山离宫融合在一起的。看来，皇上娶我为妃，就是上天早就安排好的。

她听了这个美丽的传说，觉得骊山真是美丽。她还想听骊山的故事。于是又找来老人为她讲骊山秀岭的故事。

有位老人讲了周幽王和褒姒烽火台戏诸侯的故事。周幽王为了哄褒姒开心，点燃烽火台狼烟，诸王见狼烟升起，率兵赶到，却发现被骗了。后来，当戎兵再来攻城时，再点烽火，诸王见了，又以为皇上与褒姒在寻开心，于是没有出兵增援，结果，西周亡国。

这个故事很沉重，杨贵妃听了，低头不语。不过，她觉得自己与褒姒不同。自己不恋权势，只是爱恋皇上。

现在，唐玄宗有了贵妃朝夕相伴，日子过得非常愉悦。可是，朝中政事太多、太复杂，特别是粮食问题，确实是一个让人头痛的事。每次与爱妃在骊山，总是被政事扰乱了心情。这样怎么能让他毫无牵挂地与贵妃在一起呢？

特别是边防烽烟不断，除了征战外，还有驻军给养等问题，耗费了很多时间和精力，影响与贵妃花前月下的美好时光。

于是，他想到了宰相李林甫。这些年来，他把危难之事都交给李林甫去办。李林甫也没负其厚望，样样事情处理得都非常好。

如在开元年间，因京师的粮食，只能从江南运来，大量的运输任务，造成漕运十分繁重。特别是遇上灾年，粮食运输难以为继，唐玄宗只得率领庞大的后宫和朝廷官员，移居东都洛阳，这是唐玄宗的无奈之举。

开元二十一年（733）十月，唐玄宗在东都住了很长时间，武惠妃吵着要回京师。他虽然劝了好些次，但怎么也劝不下惠妃。他不得已只好应允。

现在，唐玄宗已是十年没有去过洛阳了。为什么？李林甫为相后，把粮食问题解决了。

再是西北的十几个州，因驻有重兵，在粮食供给上，只能靠当地百姓上交地租和士兵们自己生产所得，但粮食问题还是没有得到根本解决。结果，将士们别出心裁，想出了个"和籴"的办法来。即在丰收的年成，粮食价格低，官方便用高于市场的价格，将粮食买了下来。如遇上灾年，政府便用低于市场的价格，将粮食卖给百姓。虽"高"进"低"出，政府盈利，但军队的粮食得到了较好的解决。不仅如此，这个办法，牛仙客也引用到了关中。

那时，牛仙客是李林甫的副手，他向李林甫禀报，这个好办法，应该禀报唐玄宗。李林甫觉得也是。唐玄宗听了李林甫的禀报后，当即下令，这个好办法，各地都要推行。这样，关中的粮食，当年便获益。想到这些，唐玄宗不禁夸奖李林甫："李林甫是人才啊。"

想到这些，唐玄宗决定将朝中一切大事全部交给李林甫办理。

一天，唐玄宗刚回书房，见高力士站在身边没走，唐玄宗便笑问道："高力士，你看我大唐天下怎样？"

高力士没多想，不假思索地回答道："大唐是盛世啊。"

唐玄宗听了，十分满意。他高兴地说："对。"

高力士赶忙祝贺："恭喜皇上。"

唐玄宗还在兴奋中："是的，大唐的天下太平了，朕也该好好休息，享受太平天下的幸福。"

高力士听了皇上的话，十分吃惊。作为皇上，肩负的是社

稷民生，还谈什么享受、快乐。不过，高力士明白，皇上这话
与杨贵妃有关，便不再多说。

唐玄宗见高力士没有回应，以为他还没有明白自己的话
意：这个老东西的脑子，平常特别敏锐，朕的什么想法，都难
逃他的眼睛，可今天怎么了？唐玄宗看了高力士一眼，不如挑
开说吧："朕已老了，经受不了朝中永无休止、纷繁复杂的政
事。朕打算将朝中的军国等大事，全部交给李林甫。"

"皇上，依老奴看来，"高力士听后，什么也顾不得了，
"这不可以。"

"啊。"唐玄宗见高力士语气刚直地反对，非常意外，"你
的意思是……"

高力士没管皇上的意思，他高呼起来："皇上，奴才大胆
地说一句，这样处理很不妥当。"

唐玄宗连忙紧问："为何？"

唐玄宗听了高力士的话，有些生气。本来，将朝中军政大
事，交给李林甫，自己不是随便决定的，而是经过深思熟虑的。
高力士怎么反对？

"天子巡幸，体察民情，为古之惯例。"高力士说到这里，
控制不住激动，"皇上怎么能把手中大权，交给别人？一旦那
位得到了大权，形成了自己的势力，到时再想控制住他，那就
困难了。"

唐玄宗听了高力士的话，不禁一怔："难道有如此严重？"

"是的，事实比老奴所说的，还要严重！"

唐玄宗听了高力士这番话，十分感慨："这些年来，你说

出的话，多数应验了。今天怎么了？难道朕真的是老了？"

高力士见唐玄宗像是动怒了，顿时醒悟过来：今天怎么啦？怎么忘记了自己的身份？想到这里，他忙跪下来："老奴蒙皇上盛恩，跟随近三十年，为了报答皇上，愿为陛下粉身碎骨。但是，老奴有疯疾在身，时常说话糊涂，罪该万死，请皇上治罪。"

唐玄宗见高力士惊慌伏地请罪，冷冷地说："起来吧。"

这时，杨贵妃由宫女搀扶着进来，袅袅婷婷地来到唐玄宗面前。看着自己喜欢的美人，唐玄宗什么都忘记了，张开双臂，将心爱的女人拥入怀中。

看到这一切，高力士忙向皇上告退："老奴告退了。"

"不，"唐玄宗意犹未尽，还是搂着贵妃说，"速去备宴。"

"是。"

"皇上，臣妾已有三天没有跳舞了，今日沐浴后，臣妾想为皇上献舞。"

"好。"唐玄宗高兴地说，"爱妃，朕要为你设宴。"

三

天宝二年（743）腊月，朝廷举行新年宴会。杨玉环听说平卢节度使安禄山要来参加新年宴会。满朝议论纷纷，安禄山远在边塞，却在寒冬腊月进京，难道仅仅是参加宴会吗？

唐玄宗知道安禄山要回京参加新年宴会，非常想念，总是独自说道："这胡儿怎么还没来呢？"

皇上急着见安禄山，贵妃娘娘想到的是皇甫惟明。不知他是否回京参加新年宴会？她觉得安禄山能回京，皇甫惟明也能回京。

不过，杨贵妃看到皇上对待两位将军却有不同。

安禄山每次进京，皇上的接待的规格都特别隆重，天天不是大宴，便是小宴，有时还亲自为他把盏。

而皇甫惟明进京向皇上禀报边疆战事，皇上只是设便宴招待，没有像对待安禄山那样，举行隆重大宴。

后来，杨贵妃知道这位营州的杂胡，也很有才。他不仅通晓七种少数民族的语言，而且威震四方。

皇甫惟明不同，他忠于皇上，心系大唐，至死不渝，值得敬佩。

安禄山，三十六七岁，还是位混血儿，体形巨大，身子很肥胖，曾有人将他比喻成一只大海蟹。

更让她好奇的是，安禄山是胡人，所率领的部队全是胡兵，并且训练有素，英勇善战，威震一方。因他有功，大唐帝国授为封疆大吏的胡人，他算第一个。

她后来才知道，安禄山的父亲也是胡人，而母亲则是突厥人。年轻时他也会说番语，曾当过经纪人。开元初年，安禄山逃离突厥，投奔范阳节度使张守珪。因他屡建战功，后被升任为平卢兵马使、营州刺史而崭露头角。天宝元年，他又被提升为节度使，控制着北方的军事、财政大权，从而成为朝中重臣。

后来，新年宴会，安禄山没来，但元宵节时则来了。

元宵节第二天，京城的节日气氛还未退尽，安禄山和他的队伍，从春明门进城。长安人很少见到这样的队伍：一队队士兵，不仅肤色不同，头发、体型以及眼珠颜色也不相同。队伍中，打着形形色色的旗帜，有的旗帜上有飘带，有的则是用布缝制成圆筒，在空中随风飘动。这景象，可让长安城的百姓大开眼界。

唐代开国一百多年来，进城的队伍也有不少，可从未见到过这些杂胡。他们像要占领长安似的，拥入城中，乱糟糟的，连队形也没有。

当天下午，安禄山要谒见皇上，唐玄宗在边殿召见。边殿两旁，也有不少大臣。贵妃娘娘与唐玄宗并排而坐。

当安禄山走进边殿，如在街市一样，昂首挺胸，阔步前行，毫无拘束。

贵妃娘娘虽说是义母，这也是第二次见面。安禄山旁若无人地走进大殿，杨贵妃见他那肉球似的身子，活像头大象，怎么也想不到，他能带兵打仗，而且屡打胜仗。

当安禄山走进边殿时，两旁的文武大臣，也暗暗惊讶，感觉他的眼神很恐怖。

然而，安禄山却毫不在乎，径直向唐玄宗面前走来。

"哈哈！杂胡来了！"唐玄宗满面春风，好像见到的是久违的老朋友，特别兴奋。

安禄山的脸很肥大，下巴两边的肥肉，沉甸甸地往下坠着，如果头部动作稍大，都让人担心会掉下来。

按说，安禄山来到唐玄宗面前，按照朝廷的规矩，应该给皇上行君臣之礼。可这杂胡没有，而是绕过唐玄宗，来到贵妃娘娘面前，张开双手，那肥胖的身子，猛地一扭，伏地便拜。因他是胡人，行的是胡礼，大臣们暗暗替他担心。

"杂胡！"唐玄宗高兴地骂了一声。他这一声骂，全体大臣都听得出，其实不是骂，而是喜欢，高兴之至。

安禄山给贵妃娘娘行完礼后，才给皇上行礼。

唐玄宗严肃地问："为何不先拜朕？"

安禄山伏地未起："陛下，臣自幼只拜母而不拜父。因母亲可以确认，而父亲却不知道是谁，所以，胡人的礼节是以母为先，娘娘是我的义母，理当先拜她，请陛下恕罪。"

唐玄宗听了，不知是觉得胡人的礼节奇怪，还是觉得安禄山那种憨厚执着的性格可笑，总之"哈哈"大笑起来。满朝官员见皇上开心地大笑，也禁不住跟着大笑。

不过，安禄山没有笑。

唐玄宗愉快地看了看安禄山，笑着问："安卿年岁几何？"

安禄山见唐玄宗高兴，于是接着逗道："年岁之事，奴才还未来得及问母亲，她便去世了。"

没想到安禄山这么回答，惹得唐玄宗又大笑起来。两旁的大臣，见皇上大笑，也跟着大笑起来。

唐玄宗觉得，杂胡笨拙可爱，特别怜惜："安卿是自幼就肥胖吗？"

安禄山认真地回答说："陛下所言极是。安禄山自幼肥胖。听说出生时，就相当于六七岁的孩子。所以，奴才的岁数，母亲也不一定知道。"

安禄山的这番话，古怪离奇，引得唐玄宗又笑了起来，而且笑得十分开心。

也许，杨贵妃是受到唐玄宗的影响，所以跟着笑，觉得这个安禄山，活活一个痴儿，憨态可掬。

皇上和贵妃娘娘，笑得很开心。两旁的大臣，也跟着唐玄宗一起笑。整个大殿，笑声一片。

安禄山见陛下与众大臣都非常开心，他的兴致是越来越高，胆子也越来越大了。

唐玄宗高兴，便下令设御宴招待安禄山。

按大唐规定，皇上设宴招待外臣，先要垂询所辖地区基本情况，外臣须向皇上一一回答。

然而，唐玄宗为安禄山设宴，却将这个规定给免了。

御宴设在边殿的庭院里，绿草红花，稀世盆景，特别是攀缘的藤蔓，像是一排排绿色的屏风，以致庭院不仅幽雅美丽，而且空气清新。

唐玄宗移驾至宴前，坐在御座上。他的右侧坐的是杨贵妃，左侧坐的是安禄山。

宴会上的气氛较宽松，席间人们纷纷向安禄山问这问那。因为安禄山是胡人，所带的将士也多是胡人。这胡兵如何管制、有哪些生活习惯等问题，确实让大臣们很感兴趣。所以，大臣向安禄山问这问那，问个没完。

因为有几年没有办这样大的宴会，所以，大臣们十分高兴，以至庭院内气氛很热烈。

不过，最为热烈的是席间跳的胡旋舞。原来，唐玄宗为了让安禄山高兴，特地为他安排了这个节目。

为胡旋舞伴奏的多是笙、鼓、琵琶、方响、拍板等乐器。舞蹈的形式也很随意，或是三两人为一组，或是十多人在一起。人多的则为圆舞曲。这些舞蹈，节奏稍快，气氛激烈奔放，高潮迭起。有的则温柔婉转，气氛缠绵。而现在演出的，则是北方的一种胡旋舞，舞步刚健敏捷，雄壮激昂。白居易曾写《胡旋女》诗，称赞胡旋舞：

> 胡旋女，胡旋女。
> 心应弦，手应鼓。
> 弦鼓一声双袖举。
> 回雪飘摇转蓬舞。
> 左旋右转不知疲，
> 千匝万周无已时。
> ……

胡旋舞结束时，谁也没有注意到，安禄山不知道为什么离席，来到大殿中央。唐玄宗和贵妃感到意外。

这时，音乐骤起，安禄山踏着狂放的旋律，独自跳起胡旋舞。别看安禄山身躯肥大，下巴、胸脯等处坠着肉。他跳起舞来，却十分敏捷。那肥大的身子，如同陀螺一样，转得特别快。他急速旋转，似乎像个肉球，或向前"滚"，或向后"滚"，或两边移动，十分精彩，赢来阵阵霹雳般的掌声。

唐玄宗是第一次看到安禄山跳胡舞，便为他精湛的舞蹈赞叹不已。

安禄山跳完舞后，场上响起一阵阵高呼声。唐玄宗为他举杯，以示奖赏。

贵妃娘娘也很高兴，当人们夸奖安禄山时，杨贵妃妆扮好，走进大厅，接着跳起了《霓裳羽衣舞》。

杨贵妃的《霓裳羽衣舞》，与安禄山跳的胡旋舞，风格完全不同，但观看的人们，还是觉得杨贵妃的《霓裳羽衣舞》好，倍加赞赏，传遍全朝。

自此，当人们提起杨贵妃，首先想到的便是她的《霓裳羽衣舞》。

第八章　恃宠而骄，贵妃任性首遭贬

一

杨贵妃一人得宠，杨氏满门沾光。

天宝七载（748），唐玄宗以长幼为序，分别将杨贵妃的三位姐姐接到京城，并下诏，封为国夫人。大姐为韩国夫人，二姐为虢国夫人，三姐为秦国夫人。

唐玄宗喜欢热闹，饮宴时，便与三位国夫人同吃。谁知她们能说会道，逗得唐玄宗非常开心。此后，唐玄宗每次饮宴，必请三位国夫人作陪。否则，唐玄宗便会感到少了点什么。

不过，这三位姐姐特别精灵古怪，她们见皇上喜欢热闹，便尽兴发挥。因此，深得唐玄宗好感。于是，皇上陪酒的请柬，天天飞到她们府上。

人到老来，喜欢听好话，唐玄宗也是如此。三位国夫人，每次陪同唐玄宗饮宴，曲意逢迎，唐玄宗十分快乐。

皇上的厚爱，便成为这三位国夫人的大靠山。她们在大街上，雍容华贵，盛气凌人，让百姓眼红不已。

要说，这三位国夫人，不仅脑活嘴乖，还各有所长。她们在陪皇上饮酒时，便各自利用自己的特长，争风吃醋，相互争宠。

虢国夫人身材娇小玲珑，她便以此为本，极力展现自己的小巧娇美，且聪明伶俐，性情活泼。特别是说起话来，风趣幽默，妙趣横生，只要有她在，唐玄宗便笑声不断。

秦国夫人也不错，她心眼活，酒量大，陪皇上饮酒，能让他尽兴。所以，唐玄宗特别喜欢她。

三位姐姐争着讨皇上喜欢，让贵妃娘娘颇为忧虑，很难放心。

不过，唐玄宗虽然离不开这三位姐姐，但对她们，与贵妃并未同等看待，宠爱的只有贵妃一人。

皇上宠爱杨贵妃，三位姐姐觉得，只要皇上爱贵妃娘娘，她们的地位就有保障。

杨家因出了贵妃，族人在京城都有了府邸，真是满门皆富贵。特别是三位国夫人，出入皇宫，无人阻挡，无不让人羡慕。

因此，京城长安流传这样一句话："生男勿喜女勿悲，君今看女做门楣。"

寒冷的冬天终于过去了，春节也过完了，转眼便是初夏。大明宫沉香亭外的那片杏林里，杏儿挂满了枝头。

这天，明媚的阳光洒满杏园。熟透的杏儿，经阳光照射，闪着光亮，让人垂涎欲滴。

唐玄宗和杨贵妃来到沉香亭，饶有兴趣地看着太监们在树下摘杏。高力士最忙，他既要指挥太监摘杏，又要将熟透的杏子，用清水洗净，盛在银盘里，送到沉香亭："请皇上和贵妃娘娘尝尝。"

唐玄宗选了一个熟透的红杏，递给贵妃娘娘。贵妃娘娘接过红杏，谦恭地道谢："谢谢皇上。"

可是，她将皇上给的红杏，拿着没吃。唐玄宗觉得奇怪："爱妃是在想什么呢？"

真让唐玄宗猜中了贵妃的意思：原来，她想那三位国夫人姐姐，觉得有她们在，才热闹。

其实，杨贵妃并不喜欢她的这三位姐姐。她们给皇上陪酒时，个个甜言蜜语，风情万种，使她颇有不满。可是，皇上身边没有她们，觉得少了什么，便问："三位国夫人呢？"

杨贵妃见皇上过问，忙说："请吧。有三位国夫人姐姐，和我们一起尝杏，才快乐呢。"

唐玄宗听了，高兴地"呵呵"一笑，非常赞成贵妃的主意，命高力士快去请三位国夫人来沉香亭尝杏。

三位国夫人收到皇上与贵妃的口谕，非常高兴，马上赶到沉香亭。韩国夫人和秦国夫人乘软舆赶来。虢国夫人却骑着她的西域宝马"雪里红"，一路扬鞭催马，奋蹄而来。

大唐规定，进宫官员，到了丹阳门后，文官下轿，武官下马。但虢国夫人的这匹"雪里红"不同，因皇上御准，可以不下马。于是，虢国夫人骑马，扬鞭过门。没想到"雪里红"使劲一跃，将虢国夫人摔在地上。诗人张祜在《集灵台·其二》中，这样写道：

虢国夫人承主恩，平明骑马入宫门。

却嫌脂粉污颜色，淡扫蛾眉朝至尊。

张祜的诗，讥讽虢国夫人风骚骄纵，"骑马入宫""朝至尊"，自恃美艳，不施脂粉，足见她轻佻，也可见唐玄宗昏庸。

虢国夫人在地上挣扎起来，"雪里红"却吃着路边的芍药花。

沉香亭内，韩国夫人和秦国夫人已经到了，陪着皇上和贵妃，说说笑笑地剥着杏皮，正吃得高兴，谁知园门前传来惊呼声。大家一齐向园门这边看来，只见"雪里红"啃起园边的芍药花来，虢国夫人着力拉着缰绳，但"雪里红"毫不顾忌，仍有滋有味地啃着芍药花。

韩国夫人一见，便急了起来，大声叫道："快拉开'雪里红'呀，那马还在啃花呢！"

虢国夫人见韩国夫人姐姐，手上拿着吃了一半的杏子，嘴里还嚼着那半个，禁不住笑着说："它是啃芍药花，又不是啃杏子。"

正巧，唐玄宗刚好将杏塞进嘴里，听到虢国夫人的话，差点被杏子噎着，吓得虢国夫人伸长了舌头。唐玄宗看到虢国夫人娇俏的神态，心中不禁柔情万种，被杏子差点噎着的不悦无踪无影。

其实杏子并非杨贵妃所爱，她真正喜欢的是荔枝。她小时候曾在南方生活过，知道川南的荔枝，较为有名。荔枝的肉白嫩，味道甜美。也许是杨贵妃小时候，家境不大宽裕，很少吃到荔枝，因此就特别爱吃。唐玄宗为了讨贵妃的欢心，于是下令地方向京城长安进贡荔枝。

大唐诗人白居易对荔枝有过研究。他写过《枝楼对酒》诗，描写新熟的荔枝，色泽鲜艳，令人想要品尝：成熟了的荔枝颜色就像鸡冠子，刚打开的酒，散发出琥珀的香味，令人垂涎欲滴，摘下一把成熟的荔枝倒上一杯酒，如此美味和美酒可惜只有我一人品尝，将读者带入一个丰盛的场景：

> 荔枝新熟鸡冠色，烧酒初开琥珀香。
>
> 欲摘一枝倾一盏，西楼无客共谁尝。

荔枝树冠团团的，像是一顶伞盖，树叶青而厚，如同冬青树叶。荔枝花为白色，且细小，春天盛开，隐藏在小阔叶之中。荔枝初夏成熟，果皮呈圆形，白色的果肉如同冰雪般剔透。荔枝核像是枇杷，荔枝肉香甜可口，吃起来味道特别好，笔墨难以形容。

宋代文豪苏东坡被贬岭南，当他尝到荔枝后，情不自禁地挥毫，写了首《惠州一绝·食荔枝》，为荔枝留下了墨宝：

> 罗浮山下四时春，卢橘杨梅次第新。
>
> 日啖荔枝三百颗，不辞长作岭南人。

唐宋两代，多把犯罪的官员流放岭南，于是把岭南视为畏途。因此，苏东坡被流放到岭南，因"日啖荔枝三百颗"而愿"长作岭南人"了，可见荔枝的魅力！

白居易曾对荔枝味道有过研究：

荔枝生巴峡间。树形团团如帷盖，叶如桂，冬青；华如橘，春荣；实如丹，夏熟。朵如葡萄，核如枇杷，壳如红缯，膜如紫绡，瓤肉莹白如冰雪，浆液甘酸如醴酪。大略如彼，其实过之。若离本枝，一日而色变，二日而香变，三日而味变，四五日外，色香味尽去矣。

出产荔枝的地方，离京城最近的，要算四川。要把四川产出的荔枝进贡到北方的长安，因路途遥远，需要不少时日。因此，贵妃娘娘想吃上最新鲜的荔枝，保鲜便是第一问题。

从岭南至京城长安，相隔千余里，如果让当天摘下的荔枝当天送至长安，完全是不可能的。即使用"千里马"，也是难以完成的。

因此，贵妃要吃上新鲜的荔枝，这遥远的路程，便是个棘手的问题。

爱的力量是无限的，再难，唐玄宗也要让贵妃娘娘吃上最新鲜的荔枝！

为了实现这一愿望，唐玄宗下旨，将最好的马，全部集中到沿途各个驿站，养好精神，喂足草料，让马保持最充沛的体力，听候调遣。每个驿站，还要挑选体力上好的信使，随时听候使用。

于是，从四川山上摘下来的荔枝，当即交给等候在山上的信使。信使接过荔枝后，便快马加鞭，送到下个驿站。下个驿站的信使，再扬鞭催马，风驰电掣般地将荔枝送到下下个驿站，沿路形成了马拉松式的接力赛。于是，荔枝真的送到大明宫，交给了杨贵妃。

唐代诗人杜牧，经过华清宫时，有感于唐玄宗、杨贵妃荒淫误国，联想唐玄宗让杨贵妃吃到新鲜荔枝，写了《过华清宫绝句三首·其一》诗：

> 长安回望绣成堆，山顶千门次第开。
>
> 一骑红尘妃子笑，无人知是荔枝来。

杜牧以飞骑送荔枝为题材，形象地揭露了唐玄宗为满足贵妃一己口腹之欲，竟不惜兴师动众，劳民伤财，有力地鞭挞了唐玄宗与贵妃骄奢淫逸的生活。

唐玄宗如此宠幸杨贵妃，满朝官员也动了心思。为了争取唐玄宗的重用，大臣们想方设法弄到新鲜荔枝，以此接近杨贵妃，讨她欢心。

岭南的经略使张九皋最为敏感。他想，四川的荔枝，能让贵妃娘娘喜欢，我岭南的荔枝，更会让娘娘口馋！于是想方设法将岭南的新鲜荔枝，当天送到长安。果然，皇上将他擢升为三品京官。

广陵长史王翼也给贵妃娘娘送来精美的荔枝，不久，唐玄宗下旨，命他为户部侍郎。

自此，向贵妃娘娘献媚的官员，日盛一日，献媚杨贵妃成了一条升官的快道。

二

天宝六载（747）正月，唐玄宗下诏，宣陇右节度使皇甫惟明立即进京。

这位镇守一方的大将，接到皇上的诏令，立即进京。十三日，唐玄宗下旨，任命陇右节度使皇甫惟明，兼任河西节度使。

当杨贵妃得知皇上给皇甫惟明调职的消息，十分高兴。她喜欢皇甫惟明这位骁勇大将，不仅能驰骋沙场，勇冠三军，而且举止儒雅，谈吐庄重。

皇甫惟明虽然有几次进京，向皇上禀报边关战事，但时间很短。她甚至希望，皇上能将他调回朝廷。

她对皇甫惟明的敬重，并非偶然。皇甫惟明为人耿直，心系朝廷，忠于皇上，为人清白。很少有朝廷官员能做到像他这样。

正因为他为人耿直，见到不平事敢于直言，所以，她又替他担心。

当她知道，皇甫惟明与宰相李林甫不和，又害怕他回京，耿直进言，得罪李宰相。

还让她担心的是，那次在石堡城失利，不知皇上是否还放在心上。那次的石城之战，本不是他的责任，是他主动来顶罪的，可见他一心为了大唐，从没想过自己。

起初，他与吐蕃军作战中连战连捷，在身心俱疲之下，又决定率廓州（治化隆，今属青海）军，向吐蕃所占重镇石堡城（又称铁刃城，在今青海湟源县西南）发起攻击。

吐蕃的石堡城是战略要地，地势险要，易守难攻。开元十七年（729）三月，朔方节度使、信安王李祎，采取远程奔袭的战术，攻占了石堡城。但是在开元二十九年（741）十二月，由于河西、陇右节度使盖嘉运，不思防务，致使石堡城又被吐蕃军重新攻占。后来，几次争夺，都没有攻下。唐玄宗对此事耿耿于怀。

后来，皇甫惟明率军至石堡城后，立即攻城。吐蕃守将一面凭险据守，一面求援，吐蕃即派大将莽布支再率三万军兼程往援，并取得吐谷浑小王的配合，与守城将士里应外合，攻打唐军。皇甫惟明急功近利，只顾攻城，忽略打援，结果唐军遭到重创，副将褚誗战死，只好退兵。

皇甫惟明的战败，引起了朝廷议论。杨贵妃觉得，皇甫惟明不但身经百战，而且战功卓著，仅这一次失败，便要追究其责任，对他确实不公。

好在皇甫惟明后来进京献俘，获得了皇上的谅解。十二月，唐玄宗还对他加以封赏。

本来，事情到了这一步，石堡城的事就可以平息了。谁知皇甫惟明为人正直，见了阴谋奸诈之事，便会鼎力出击。

这次回到京城，受到唐玄宗接见，并给他加封官爵，如果他立即回营，应该是个完美的结局。

可是，没想到他对宰相李林甫的专权，愤愤不平，于是在向皇上禀报边境战事后，接着禀报："皇上，李林甫独揽大权，架空皇上，如果皇上不早早除掉，必将祸害我朝。"

好在唐玄宗此时正惦念的是杨贵妃，并没有在意皇甫惟明的禀奏。皇甫惟明见皇上没有表态，又禀报了一遍，唐玄宗还是没理。

谁知皇甫惟明，见皇上没有重视自己的禀报，于心不甘。第二天，又来到兴庆宫，秘奏皇上："宰相李林甫阴险毒辣，忌惮皇太子聪明睿智，不但阴谋构陷东宫，还用恶毒奸诈之法，剪除出入东宫的人。他手段卑劣，拉帮结派，凡不愿与他同流的人，均被陷害致死，遭其陷害的人逾百名，满朝官员无不怨声载道。李林甫虽罪恶滔天，可是这些年来，人们惧怕他的淫威，不敢上奏皇上。臣不顾自身的安危，将李林甫的罪恶，向皇上禀报。"

皇上听了皇甫惟明的禀报，沉默不语。有关李林甫陷害太子的事，早就有人禀报过，但没有证据啊。现在皇甫将军禀报，他没有发怒，也没有多说，只是把手一挥，平静地说："知道了，退下去吧。"

谁知在唐玄宗身边的太监袁思艺已被李林甫收买，替李林甫卖力。

果然，袁思艺把皇甫惟明向皇上告发李林甫的事，立即禀报给了李林甫。

李林甫听到袁思艺的话，顿时胆战心惊。在他惊骇之余，想出了一条除掉皇甫惟明的毒计。

皇甫惟明原是忠王府的属僚。李林甫料定，他回京后，必定会与太子见面，于是吩咐心腹杨慎矜，只要看到皇甫惟明进入东宫，立即向他禀报。

其实，李林甫这样大开地狱之门，矛头是对着太子李亨来的。

原来，李林甫推荐李琩为太子，没想到皇上钦定的太子是李亨。李林甫心想，这下李亨一定记恨于我。如果他继位，自己在朝中就难立足了，只有搞掉他。

可是，怎样才能搞掉太子？他想了想，只有先从太子身边的人下手。这下，与太子来往最密切的是韦坚，因为他是太子的内兄。再一个是皇甫惟明，他曾任御史、长春宫史等职。特别是李亨被立为太子后不久，他与太子的关系更是非同一般，现在，他既是边关大将，兼任陇右节度使等重任，又手握重兵，成为太子的坚强后盾。

当李林甫准备对皇甫惟明下手时，又碰上了左散骑常侍韦坚。

开元二十八年（740），韦坚任长安县令。因与太子有姻亲关系，高力士和李林甫同时推荐他，唐玄宗下诏，任命他为江淮转运使。他做事出色，较好地完成了长安的粮食转运，解决京城粮食紧张的问题，唐玄宗极为高兴，于天宝元年（742）三月，命他为陕郡太守兼江、淮转运使。

韦坚虽然在转运粮食中，取得了很大的成绩，但没有根本解决京城的粮食问题。于是他经过实地考察，向唐玄宗建议，开通渠道，得到唐玄宗的首肯。渠道开通后，果然取得了很好的效果。天宝二年（743）四月，唐玄宗任命他为左散骑常侍，官阶从三品，离宰相之位，仅有一步之遥。

韦坚这次回京，与太子李亨相见，相互寒暄后，他们往东去崇仁坊。

崇仁坊，曾是中宗的长宁公主住宅，韦氏被杀后，改为道观。太子李亨和韦坚，来到这里，没想到遇上了皇甫惟明。皇甫惟明驻守边关在西陲，而韦坚的江淮转运使驻地在南面，两人相隔千里，难得一会，于是手牵着手，走进景龙观，好好地叙叙旧。

然而，这一切，被李林甫派来监视的杨慎矜看到，于是，他立即禀报了李林甫。

李林甫一听，顿时喜出望外，这是捕捉皇甫惟明千载难逢的好机会。他们经过一番密谋，决定以皇甫惟明和韦坚私下约会密谋造反为由，由杨慎矜去禀报唐玄宗。

唐玄宗最忌讳大臣相互串通，对处理谋反等有害于朝廷的事从不手软。他听了杨慎矜的禀报，相信了韦坚与皇甫惟明私自串通谋反，当即决定，由李林甫与杨慎矜予以抓捕。

有了皇上的圣旨，李林甫毫不手软，当即将皇甫惟明和韦坚拿下，关进大理寺中。

按说，皇甫惟明与韦坚在景龙观聚会，本属微不足道的小事，唐玄宗如此果断镇压，满朝无不震惊。

皇甫惟明的事，贵妃娘娘当然毫不知情。晚上，她趁唐玄宗和大臣谈事，便躲着问高力士："皇甫惟明向皇上进言，查处宰相李林甫，这事李宰相知道吗……"

未等贵妃娘娘把话说完，高力士用左手中指，在嘴边示意：

"嘘……"

"怎么啦？"高力士那样神秘的模样，让贵妃觉得奇怪。

"贵妃娘娘莫要高声。"高力士又一次打断贵妃娘娘的话，小声地说，"奴才早就向娘娘禀报过，朝中之事，一定要做到视而不见，听而不闻。国家政务，请娘娘一律不要过问。"

高力士说这番话时，神情高度紧张，特别是那张非男非女的脸，也扭曲得变了形。那副娘娘腔，也有点嘶哑。

杨贵妃见提到李林甫，高力士如临大敌，高度警惕，更加奇怪："我只是打听一下啊。"

过了一些日子，唐玄宗在与大臣谈事，关于皇甫惟明，她又向高力士打听。

没想到高力士，回答很爽快："娘娘，皇甫将军在崇仁坊景龙观道士丹房，被李宰相派人抓进了牢狱。"

贵妃听了，不觉暗暗一惊："为什么抓他？"

"是皇上同意抓的。跟他一起被抓的还有左散骑常侍韦坚。"

"他怎么知道皇甫惟明在崇仁坊？"

"在长安城，宰相的手眼没有达不到的地方。"

"可是，为什么要抓他？"

"他和韦坚在那里私会。"高力士说，"娘娘你知道，私会意味着什么吗？"

贵妃当然不知道。

"他们谋反！"

"不不不，他对皇上忠心耿耿，怎么会……绝不会……"

"娘娘，您说不可能，可皇上下旨了。只要抓进去，便是浑身有嘴也难以说清。"

三天后，宫里处处都在私下议论，皇甫惟明和韦坚因谋反入狱，还是李林甫奏明的皇上。贵妃听到后，更加惊慌。她知道，如果是这样，皇甫惟明真的是性命难保了。

可是，皇甫惟明对皇上忠心耿耿，怎么会谋反呢？

她相信皇甫惟明不会这样做的。她觉得高力士说得不对。

尽管皇甫惟明谋反的事，已成定局，但贵妃仍不相信。他们有什么凭据，证明皇甫惟明谋反？

可是，尽管贵妃娘娘不相信，皇甫惟明谋反，已是真真切切的事了。杨贵妃仍不相信："欲加之罪，何患无辞！"

自从皇上册封贵妃后，她曾想，自己一定要做一位阳光开朗、为人正直的贵妃。但是，经过皇甫惟明的遭遇，她觉得能做到这样很难。

又过了两三天，贵妃得到喜讯，皇上下诏，贬韦坚为缙云太守，皇甫惟明为播州太守。

保住了性命，算是不幸中的万幸了，贵妃娘娘这才略松了一口气。

皇甫惟明被贬，一个月后，他的位置被武将王忠嗣替代。也就是说，河西、陇右、朔方、河东四个节度使，由王忠嗣一人担任。

这个名不见经传的边关武将，京城无人知晓，竟在一夜之中，官运亨通。人们纷纷猜测。

不过，如果查阅王忠嗣的资料，就会发现他也曾不顾生死，浴血边关，为朝廷立下了汗马功劳。一年前，即天宝四载（745）

正月，破突厥于萨河内山。即使是这样，他也不能与皇甫惟明和安禄山齐名。

尽管杨贵妃与王忠嗣不相识，也对他一点不了解，只因他替代了皇甫惟明的位置，她就对他非常反感。

四月，虽然阳光明媚，春意盎然，但朝中不乏腥风血雨。反李林甫阵营中又一名大臣，颇有名气的大诗人左相李适之被罢免。

李适之是天宝元年（742），左相牛仙客去世后，接替牛仙客拜相，并兼任兵部尚书。他见陇右节度使皇甫惟明、刑部尚书韦坚、户部尚书裴宽、京兆尹韩朝宗等人，先后被李林甫陷害被贬流放，便惊惧不安。因此，他上疏请求改任散职，唐玄宗准许了他的请求。

宰相的官职没有了，本来是门庭若市，一下变成了门可罗雀，李适之非常伤心，在感慨之余，提笔作诗《罢相作》：

避贤初罢相，乐圣且衔杯。
为问门前客，今朝几个来？

李适之罢相后，改授太子少保。

太子少保是东宫太子的属官，李适之身为太子少保，自然要与太子有来往。

在李林甫看来，这次行动虽大，但要搞倒太子，已是不可能了。他认真地想了想，想来个敲山震虎，先搞掉李适之。于是，李林甫向唐玄宗禀报：“李适之与韦坚为朋党，他也参与了韦坚和皇甫惟明谋逆案。"

李适之总想躲过李林甫，尽管他用尽心机，还是没逃过李林甫的魔掌。

李林甫索性一不做，二不休，干脆将与自己过不去的官员一网打尽。因此他又奏道："太常少卿韦斌、嗣薛王李琄、睢阳太守裴宽、河南尹李齐物，也与韦坚结为朋党。"

唐玄宗对结为朋党的案子，处罚最严。他听完李林甫的上奏，当即允许了。

于是李林甫所上奏的大臣，突降灾难。有的被流放，有的被贬罚。整个朝野，如同天塌地陷，朝野上下，人心惶惶，不可终日。

皇甫惟明被贬，杨贵妃心里老是有个疙瘩。以前，贵妃是从不关心这类事，自从皇甫惟明的事发生后，她对这类事特别关注。

不过，她的这些感受只能闷在肚里，在唐玄宗面前，不敢有丝毫吐露。

有了这样的经历，使她对高力士的"视而不见，听而不闻"，体会得越来越深，也越来越感受到，这两句话，其奥妙不可尽言。

三

杨玉环的三位姐姐，也不让她省心。

韩国夫人、虢国夫人、秦国夫人活得快乐自在，每天打扮得花枝招展。她们身穿华丽衣服，或陪唐玄宗宴饮，或乘豪车进出皇城，无人敢拦。

她们特别会迎合唐玄宗，时而娇滴滴欢笑，时而风趣谈论，逗得唐玄宗非常高兴。

她们为取得唐玄宗欢心，争相在唐玄宗面前表现，以致争风吃醋。于是，衣着、车辇等相互攀比，极尽奢华。唐玄宗对这三位夫人，也特别喜欢。凡有宴会，必请她们参加。

好在她们对唐玄宗和贵妃，从未有失礼之处。尽管如此，贵妃仍暗暗对三位姐姐存有戒心。

都是女人，面对的是一个皇上，哪怕是贵妃，有防范之心，也是理所当然。

每年夏日，是曲江边的风景最美的时候。到了七月中旬，唐玄宗意欲临幸曲江。

曲江位于长安城的东南方向。所谓曲江，其实是一段小运河。因与长安城较近，长安人便在曲江岸边开辟了游乐场所。在附近的小丘山上，还建有游乐园。从小丘山至曲江岸边，是人群聚集的地方，店铺特别多，因此这里很热闹。

没过多久，唐玄宗将临幸曲江的消息，在社会上公布了出去。在皇上临幸曲江的那天，人们都想亲眼看看皇上，天未大亮，便纷纷向曲江赶去。因此，等唐玄宗驾临曲江的时候，从皇宫到曲江的大路两旁，挤满了前来观看皇上的民众。

七月正是盛夏，酷热难挡。为了避开炎热的时刻，到了申时，皇上和贵妃娘娘才出发，他们的车在前，三位国夫人的车随后，一同向曲江而去。他们都是长安城内人们最为崇敬的皇室一族。过去，百姓只是耳闻，今天却能亲眼所见，谁想错过这难得的机会？所以才到酉时，曲江游乐场便是人山人海。

唐玄宗和贵妃娘娘的车过后，紧接着便是三位国夫人的车。人们不敢对皇上有丁点儿过激行为，都向三位国夫人的车涌来，想目睹三位国夫人的芳容。

这下，三位国夫人的车，成了众人的焦点，看到的便赞叹不已，没有看到的，却不甘心，便一路狂追，不看一眼决不罢休。此情此景，让三位国夫人格外激动，她们纷纷向追来的人们，抛出一些小物品。

这些抛出的小物品，有的是发饰，有的是精制的小盒，有的是鞋帽，上面都镶有小珍珠和宝石，较为贵重，这对普通百姓来说，非同小可。这样一来，向小车奔去的人越来越多，一路的高呼声、笑闹声、好奇声和赞叹声，不绝于耳。

当太阳向西方坠落时，炎炎赤热已经过去，一轮又圆又大的落日，依依不舍地挂在树枝上。从江上吹来的习习晚风，带来丝丝凉意，使岸边游乐园里的暑气减轻了许多。

唐玄宗来到小丘山上的游园，看见搭起了许多台子，上面拉上彩幕，官员、女官、宫女已在这里等候皇上。

小丘山的游乐园，还有无数小饮食摊，一片开阔的草坪被布置成野外宴会场。唐初，这个小丘山建有凉亭，曾有几代皇帝在这里饮酒取乐。

唐玄宗拉着杨贵妃的手，信步来到小丘山的凉亭。唐玄宗曾来过这里，景色较为熟悉。因凉亭地势较高，他让杨贵妃站在廊柱旁，随着他所指方向，极目远眺。曲江的水，好像从脚下流过。著名的秦江，在白色的水雾中，朦朦胧胧的，非常遥远。好在离他们不远，有座雄伟的怀恩寺，掩盖在郁郁葱葱的丛林里，若隐若现。只有高大的寺院围墙在绿叶掩映中露出一角。杨玉环被这大自然的美丽景色深深地吸引住了。她不知道用什么语言表达，只是连声称赞："太美了！"

唐玄宗在一旁用手指向另一方："爱妃，你再往这边看。"

杨玉环掉过头来，原来，唐玄宗指的是脚下的游乐场。人们已经坐在餐桌上，开始用餐了。由于人多，闹哄哄的。随着江风，传来阵阵乐曲声，缠绵婉转，回荡在山林中，十分动听。

他们看了一会儿，唐玄宗带着贵妃一行从凉亭下来，被一群宫女侍卫簇拥着，向草坪走去。因小路高低不平，唐玄宗便将右手搭在虢国夫人的肩上。好在贵妃还在原处，与十几名宫女欣赏寺院风光。

也许是处于兴奋中，突然想起皇上，回首看去，正好看见唐玄宗拥着虢国夫人，向草坪处款款而行。

见此情景，杨贵妃顿时大吃一惊，皇上怎么这样搭着虢国夫人的肩？不会是……

她太敏感了，似乎预感到什么，脑子顿时极度紧张，紧紧盯着唐玄宗和虢国夫人。

果然，贵妃最害怕的事情发生了：唐玄宗把娇小的虢国夫人拥到怀中，虢国夫人索性将双手，勾着唐玄宗的脖子，亲在了一起。周围的人看到皇上与虢国夫人搂在一起，顿时惊得大叫起来。这大叫声让失态的虢国夫人猛然惊醒，急忙与唐玄宗分开。

眼前发生的这件事，也许是他们一时戏谑而已。可是杨玉环却觉得虢国夫人太放肆了，让她忍无可忍。她死死盯着虢国夫人，怒火中烧，气愤至极。没想到自己的姐姐，竟这样欺负自己。她仿佛被自己豢养的狗咬了一口似的。于是带着身边的宫女，气冲冲地从小丘山下来，穿过草坪上的宴席，来到江岸边，吩咐了一声："备车！"

原来，她自己的凤辇没来，是与唐玄宗同乘龙辇来的。现在，她顾不了那么多，驾上来时的车辇回府。可是，当车正要走时，唐玄宗派人赶来，请她去赴宴。

贵妃正在气头上，没有听从，仍命驱车回府。

她没有顾及，自己没有赴宴，皇上会不会尴尬？

她也没有想到，作为贵妃，没有听从皇上的命令，只是三位国夫人陪着，皇上坐得住吗？

她更没有想到，自己这样任性，皇上会不会生气，生多大的气？

晚上，虢国夫人带着几位命妇，来到府上，因她自知对不住贵妃娘娘，于心有愧，于是专程前来，向贵妃娘娘赔不是。

可是，贵妃的心情还未平静，愤怒地向宫女吩咐："不见！"

她因心情不快，早早上床安歇了。

虢国夫人万般无奈，只好怅然回府。

这位美丽的虢国夫人，现在她知道自己闯祸了，万般后悔。

当虢国夫人走后，高力士紧接着来了。这位老宦官在朝廷这么多年，侍候过几位皇上，什么事没见过？要不是为了关心贵妃娘娘，请他也不会出面的！

要说，皇后、妃子，他也遇到过一些，可对杨贵妃，却特别在意。

缘，有时他这样解释："与贵妃娘娘天生便有缘分！"

"好些了吗？"高力士轻步来到贵妃娘娘的榻前，小心地问，脸笑成了一个弥勒佛。

贵妃听到了高力士的话，没有吱声。

高力士热心地劝说道："娘娘，今天的事，见了皇上，不可乱说。"

高力士说到这里，干咳了两声，贵妃仍没理他。

高力士知道，娘娘虽没有说话，但她在认真地听，于是接着往下说："不去与皇上共宴，就说自己身体不适，才赶回府的。不仅对皇上要这样说，见了任何人，都要这样说才是。别的事，一个字也不要提。"

"不，就要说虢国夫人欺负了我！"杨贵妃突然气冲冲地大声说道。

"哎呀呀，"高力士听了，一下急了起来，"怎么能这样说呢？不行，不行！"

"受了欺负就要说，我才不管他行与不行！"

高力士忙向贵妃解释："虢国夫人，天生就是这样的性格，虽然对娘娘有所冒犯，但天资聪慧的她，心里一定感觉错了。她懂得，自己是因娘娘福荫，才有今天，绝不会恩将仇报。"

贵妃见这位老宦官，只是替姐姐说情，没有为自己说话，于是生气地问："高公公，你是在为谁说话？"

"哎呀，这还用问吗？感谢贵妃娘娘信任，老奴当然要替贵妃娘娘说话呀！"

"那好，我问你，虢国夫人今天干了什么勾当，你知道吗？"

"老奴略有知晓。不过，虢国夫人喜欢闹着玩，你是知道的啊，这事在老奴看来，虢国夫人不过是为了让皇上开心。虽然有不妥之处，但也无伤大雅，娘娘完全不必如此动怒。老奴这些话，务必请娘娘谨记。我还要去兴庆宫见皇上。"

高力士走后不久，虢国夫人又带着几位伴女，特地来向杨贵妃赔礼。当宫女来向杨贵妃禀报时，杨贵妃怒火未消，愤怒地将手重重一挥："不见！"

贵妃不见，让满带歉意的虢国夫人，一时不知如何是好。她站在门外，等了好久，不见贵妃娘娘开门宣懿旨，只好歉疚而返。

也许是昨天睡得晚，清晨，当贵妃还在熟睡中，就被宫女唤醒。怎么这么早就把自己叫醒了？她眼还未睁开，便问。

"娘娘，皇上有旨。"宫女小声地说了一声。

啊，皇上有旨？贵妃这才明白，原来宫女唤醒自己，是提醒自己接旨。

可是，皇上下的是什么样的旨？这些，她没来得及考虑，是福是祸，只能是听天由命。

杨贵妃急忙来到室外，迎接皇上派来的使臣。

使臣见是贵妃娘娘，便开始读旨："着贵妃杨玉环，即刻迁出宫，搬至杨铦府中！"

　　杨贵妃听完圣旨，暗暗一惊。搬出贵妃府？这不可能，也许是自己听错了吧。

　　使臣读完圣旨后，见杨贵妃还是那样跪着，以为她没听清楚，又将圣旨重新复宣了一遍。

　　这次宣读，杨贵妃没来得及多想，赶忙接旨："臣遵旨。吾皇万岁万岁万万岁！"

　　她接过圣旨，感到事情严重了。当她走出回廊，见宫女们分立两旁，中间停放着一乘小轿。她的心情顿时一紧。原来这一切，皇上早有安排。

　　当她探身进入轿中，高力士过来，掀起轿帘，看了看轿里的杨贵妃，什么也没说，只是长长地叹了一声。

　　此时，作为一名老太监的高力士，感觉到这事闹大了，还能说什么呢？他放下轿帘，起轿而行。

　　他的步子很特别，"吧嗒吧嗒"的，坐在轿里的杨贵妃，知道高力士随轿前行。

　　一行走到杨铦府前，见中门大开，迎接贵妃的到来。

　　看来，这一切杨府已经知道了。

　　原来，唐玄宗已经把一切都安排好了。

　　小轿落地后，高力士掀开轿帘，请娘娘出轿。

　　杨贵妃出轿时，见高力士面无表情，与往日大不相同，禁不住叹了口气，小声向高力士说："看来，恐怕今后再难与公公见面了。"

　　高力士忙小声向杨贵妃耳边说："请娘娘宽心，奴才即使豁出这条老命，也要将娘娘请回宫中。"

这些宽慰的话，也难消除杨贵妃内心的苦闷。她无奈地摇了摇头。虽没说话，但意思很清楚：你高力士即使愿意为我努力，也恐怕没用了。

高力士知道娘娘的苦恼，又说了一句："请娘娘忍受几天，也就两三天吧。不，最多两三天！"

贵妃被贬，惊动了杨家一门。

长兄杨铦来见，杨贵妃不理。

叔父杨玄珪、从兄杨锜，以及韩国夫人、虢国夫人、秦国夫人等杨家族人，赶来看望贵妃，均被拒之门外。

她不愿意见这群杨家新贵。

贵妃被贬，杨家人心惶惶。现在，杨贵妃闭门不出，使杨铦府中笼罩着一片惶恐不安的气氛。

杨家的深宅大院内一片悲凉。人们焦躁不安地在院里来回走动，男人们哀婉叹息，女人们哭丧着脸。他们在一起窃窃私语着，不知事件将会如何发展。

他们一致认为，皇上至高无上，只有让娘娘向皇上赔礼道歉方可。不然，这样与皇上抗争，不说娘娘有生命危险，还会祸及杨家一门。

可是，杨贵妃却不愿赔礼。"向皇上赔罪？"她的气还没消，"我有什么罪可赔？假如皇上向我赔礼，倒可以考虑重回宫中。否则，绝不肯再进皇宫！"

贵妃被逐出宫，虢国夫人最为不安。她很快又来到杨铦府中。特别是一进大院，那小小的身子，便在府中不停地走动，嘴里也不停地哭着喊贵妃娘娘。全府到处都是她的哭声，让众人更为不安。

她觉得这是自己惹的祸，非常想给贵妃娘娘赔礼，可是，每次都被宫女挡住："贵妃不肯见！"

她不能与贵妃见面，于是在贵妃的房前大声地哭诉起来："娘娘千万不能跟皇上赌气啊。"

她一个人在门外伤心地哭着，贵妃不但没有被她感动，反而觉得她卑微下贱。

没有听到贵妃的声音，虢国夫人的哭诉便一直没有停下来："请贵妃娘娘放心，我们三位国夫人，一定与娘娘祸福与共。请娘娘三思，还是给皇上赔礼方可。"

没想到杨贵妃听了这句话，开口说话了："赔什么罪？"

"我们大家都恳请贵妃娘娘，向皇上认个错，皇上一定会宽恕。只要皇上回心转意，就会请娘娘回宫的。"

"我不会向皇上认错，如若皇上向我赔礼，我倒愿意重回宫中，不然，我决不回宫！"

尽管虢国夫人再三恳求，贵妃娘娘一定要向皇上赔礼，均被杨贵妃拒绝。

秦国夫人一连来到杨铦家两次，均被挡在门外，令她懊丧至极："看来，贵妃娘娘向皇上赔礼没有指望了。贵妃不肯饶恕我们，杨家就面临大难了。"

她说着又大哭起来。她这一哭，又有几位跟着哭了起来。她们知道，事情已经到了这地步，等待她们的，不会有好的命运。想到这些，哭声更大了。

第九章　力士解危，娘娘迎回兴庆宫

一

为了搞垮太子李亨，李林甫不知花了多少心血，可以说是绞尽脑汁，却没有达到目的。

自韦坚被贬后，太子李亨知道，李林甫完全是因自己才残害韦坚的。他冷静地思考后，禀告父皇唐玄宗，要休掉韦妃。

当李林甫得知太子已经休了韦妃后，不禁长叹，现在再想利用韦坚搞垮太子，已是不可能的。不过，他绝不会因此放弃自己的计划。

于是，他计划利用赞善大夫杜有邻的大女婿柳绩，嫁祸杜有邻。因为，杜有邻的二女婿便是太子李亨。

李林甫上奏杜有邻结交方士，妄用图谶，纠结太子李亨，用巫术诅咒圣上。这样一来，便将太子李亨卷了进来。

李林甫与高力士暗中勾结，外庭权归李林甫，内庭权归高力士，二人同为唐玄宗左右手。

李林甫抓了杜有邻，觉得这是搞垮太子的绝好机会，便派吉温等人审理。

吉温是武则天时酷吏吉琐的侄子，长相猥琐，性格凶残，太子文学薛嶷，曾向唐玄宗推荐，唐玄宗见他不像是好人，未予准许。

后来，吉温巴结上了高力士，经他推荐，从新丰丞调入长安御史台。这是薛嶷推荐吉温一年后的事。

后来吉温审理河南尹萧炅贪污案，尽管吉温将他往死里整，但萧炅是李林甫的人，怎么也整不倒。

李林甫救出萧炅，经他安排，萧炅为京兆尹，而吉温任万年县令，反将吉温变为萧炅的下属。再经高力士出面，二人同为高、李效力。

这样一来，这两个凶徒，在李林甫的指使下，不论是谁，只要被他二人缠住，没有一个能逃免祸灾的，只有死路一条。

这次他们将杜有邻抓捕入狱后，便先让吉温等人审理杜有邻的大女婿柳绩。他们想让柳绩供出杜有邻。拿住了杜有邻的真凭实据，再通过杜有邻扯出太子李亨。

经过柳绩的诬告，除了杜有邻等人外，柳绩又引出了著作郎王曾及王修己、卢宁、徐徵等人。因他们与太子均有联系，这样一来，太子李亨又被扯了出来。

谁知，二月二十七日，唐玄宗下诏，免除所有人死罪，杜有邻与柳绩均为外戚，只打了一顿棍子。王曾等人除遭到棍刑外，一并被流放岭南。

但李林甫没有按唐玄宗的诏令处理，指使吉温将杜有邻、柳绩、王曾、王修己、卢宁等人乱棒打死。

李林甫觉得两次都没有搞垮太子李亨，不禁有点害怕起来。特别是皇甫惟明、韦坚、李适之等人还活着，裴敦夏、李邕等人也活着，很有可能死灰复燃。如果那样，后果不堪设想。因此，必须置他们于死地，以绝后患。

李林甫思考成熟后，便付之行动。

不久，皇甫惟明、韦坚及韦兰、韦芝分别在流放地被处死。

李邕在北海被乱棍打死。

李适之自尽，儿子李霅在河南府被乱棒打死，王琚遭到毒杀……

不久，接替皇甫惟明的陇右节度使并兼河西节度使职务的边关大将王忠嗣，曾经为李林甫心腹，也难逃一劫，落入李林甫手中。

李林甫先后将皇甫等人处死，其矛头直指太子李亨。这下震动朝野，有识之士无不愤慨。

因李林甫大开杀戒，在朝廷影响之大，李林甫自己也难冷静下来。他认真梳理自己的情绪，看来，搞垮太子是不可能了。

他觉得，要想搞垮太子，只有让唐玄宗沉醉于与贵妃娘娘杨玉环的欢爱之中，完全倦于政事，使朝中的权力全部落入自己手中，再想办法。

可是，现在贵妃娘娘正与皇上闹情绪，这个计划仍然不顺。面对这样的复杂局面，李林甫觉得形势非常严峻。

如要挽狂澜于既倒，他只有把希望全部寄托在高力士身上了。高力士也确实在为杨贵妃奔走。

其实，高力士争取从杨铦府中接贵妃出来，并非为了李林甫，而是为了宫中的太监和宫女们。

唐玄宗对杨贵妃特别依恋，现在突然失去了她，便感到寂窦难耐，以致心情烦躁，对太监和宫女们只要看不顺眼，轻则鞭抽棍打，重则拔出宝剑，随意地将其杀死。

他又犯迷糊了。

高力士见皇上动辄发怒，觉得一定与贵妃娘娘有关。高力士想起贵妃娘娘在小丘山上，抛弃皇上，赌气而走，皇上生气是可以理解的，哪个妃子敢与皇上顶撞？

按照以往的情形，如果哪个妃子顶撞皇上，哪还会只是生气，岂不是一刀杀了完事？

对杨贵妃则大不相同，皇上只贬她出宫，而没有处以极刑。看来，皇上也知道，身边还是少不得贵妃娘娘。

可是，既然少不得她，为何又赶她出宫？

为稳妥起见，高力士拿定主意，还是在皇上那儿，试探一下再说。

高力士选了一个皇上没生气的机会，轻声地向唐玄宗禀报说："皇上，贵妃娘娘匆匆出宫，她的衣服锦帐之类的物品，还在宫中，是不是让老奴派人，给娘娘送去？"

这句话有着丰富的潜台词，唐玄宗听后，心里当然清楚，这正合他的心意。他真的佩服这位老奴，给自己找到这样好的下台阶的理由。今天上午，他为何烦躁？就是因为找不到一个好的理由，召杨贵妃回宫。

唐玄宗看了看躬身站在面前的高力士，便吩咐道："着御厨将午膳分出一半，赐给贵妃娘娘。"

高力士领旨，带着大小太监，将贵妃娘娘的日常生活用具及唐玄宗所赐的午膳，一共装了几大车，向杨铦府中浩浩荡荡而来。

杨府中一下又热闹了起来。杨铦知道唐玄宗这样做的用意，这些日子担心害怕的心情，一下子轻松下来。

贵妃娘娘对皇上的用意，更是明白。

下午，唐玄宗的情绪慢慢地平静了，身边的宫女太监们，心里很明白，贵妃娘娘要回宫了。

贵妃杨玉环在从兄杨铦家，终于走出了房间，虢国夫人和她的两位姐姐迎了上来，大家又开始亲亲热热地聚在一起。

晚上，高力士奏请皇上："皇上，奴才趁夜深人静，把贵妃娘娘接回宫来吧。"

唐玄宗没有说话，只是点了点头。

晚上接回贵妃娘娘，倒是有很多方便之处，但有一个重要问题，即从杨铦府上回来，皇城关了怎么办？

按规定，皇城门和各宫殿的大门，都由一位称"城门郎"的专职官员管理，这个职位为唐太宗年间所设。到了晚上，第一通鼓声响起，先内后外，各宫殿门关闭。第二通鼓响，各宫门及延明门、右延门、乾化门和皇城城门纷纷关闭。而到了清晨，开门的顺序正好相反，由外至内。值班的内侍击响鼓后，再过一刻时间，皇城城门大开。再过一刻，开承天门。再响鼓后，即为天刚亮，皇城内各宫城门，如太极宫门、兴庆宫门纷纷打开。因此，皇城内各城门开与关有时间约束。

准确地说，具体关门和开门的时间是，清晨开门的时间为卯时，晚上关门的时间为酉时。如果晚上去接回贵妃娘娘，回来时超过酉时，皇城门便关闭，进不了皇城。

　　不过，晚上关了城门后，如遇特殊情况，需要皇上批准的手谕，负责开门的城门郎验证，确属真实后，也可打开城门。

　　可是，即使有皇上的手谕，城门郎还是要登记，上报中书省，方才履行开门的手续。这还要预先通知城门郎。因此，开皇城门的手续纷繁复杂。

　　好在高力士手眼通天，办好这事，他毫不费力。

　　傍晚，高力士亲自率领太监、宫女和禁军，来到杨铦府上。

　　这是杨贵妃被贬到从兄杨铦家的第五天。

　　高力士见到杨贵妃，即行大礼禀报："今夜三更，请娘娘回宫。"

　　杨贵妃仍坐在那里品着茶。

　　"皇上下诏白天回宫，奴才担心白天人多眼杂，改为晚上，请娘娘恕罪。"

　　杨贵妃终于放下了手中的茶杯，随口问道："不知皇上对此事，情意如何？"

　　"娘娘搬出宫后，皇上每日茶饭不思，郁郁寡欢。唉……"

　　杨贵妃听了高力士的话，反而替皇上担心起来："皇上他……"

　　"唉！皇上身边没有娘娘，整天心烦意乱，可怜了宫中的宫娥彩女和太监们，动不动便受罚，轻者挨训斥，重的则是刀鞭见红啊。"

　　"皇上既然这样，为何贬我至此？"

　　"娘娘，不说这些了，皇上在兴庆宫等着您呢。"

　　"可是……"

"好了，这些事千万不要再提，皇上早就懊悔了。此事既然已经云开雾散，就谈高兴的事吧。"

高力士像突然想起什么，他伸过头来，凑近贵妃，神秘地说："娘娘，发生这事，无不让奴才深思，杨府门中，应当有一位能够入宫向皇上请罪的人。我琢磨着，令堂的陇西郡夫人不可行，令兄亦无此能力，令从兄杨锜，见此事完全是惊慌失措。叔父光禄大夫对你这事也是一筹莫展。奴才想来想去，只有监察部御史杨钊！"

贵妃听了高力士这番话，心里暗想，这老东西真的是个怪物，在这种情况下，他竟想了这些，与自己的想法竟是这样一致。自从她第一次见到杨钊，看他气宇不凡，胆略过人，将来一定要把他提拔上来，才能给自己帮忙。

高力士这样说完后，杨贵妃心里的疑云全部消散，于是按高力士的安排，走出了那间令她刻骨铭心的房间。

接出了杨贵妃，禁军在外围护卫，太监宫女们簇拥着贵妃娘娘，由崇仁坊经兴安坊，进入皇城后，再到兴庆宫。如果细细算来，贵妃娘娘回家，不仅要经过两个民坊，还要开两道城坊门，进入了皇城后，一路还要开很多宫门和宫殿门。但这对高力士来说，一点不难，一路畅通无阻！

尽管一路没有任何阻隔，但唐玄宗似乎等不及了，他不知是坐好还是站好，焦躁不安，心神不定。

贵妃娘娘走进兴庆宫，回到自己的寝宫，宫女上前给她脱下外衣，刚刚收拾停当，唐玄宗便走了进来。

贵妃娘娘低头上前迎接唐玄宗，两人见面，好像都有很多话要说，但喉头一哽，都说不出话来，只是相互打量着。那饱含渴盼的眼神，让贵妃娘娘忍不住上前投到唐玄宗怀里："皇上……"

"爱妃……"

"皇上。"

"你这个冤家，怎么丢下朕不管，是不是寻开心去了？"

贵妃被唐玄宗深情的眼神、缠绵的话语感动了，她深深地打量着皇上，虽只有几日未见，但觉得他苍老了许多。她又看了看皇上身后的高力士，往日，皇上看上去，要小他十岁。可今日看来，好像皇上要老他十岁。想到这里，她在皇上怀中，禁不住小声啜泣起来。

高力士见此情景，忙说："皇上，贵妃娘娘累了，也该好好休息了。"说着便退了出来。

唐玄宗拥着贵妃进入锦帐内，替她擦干脸上的泪痕。贵妃用她那纤纤玉手，也替唐玄宗擦拭泪水。

她真实地感受到，皇上确实在身边，似乎这场噩梦已经结束。

杨贵妃这次出宫，以闹剧开始，以喜剧结束。史籍对杨贵妃这次出宫，定为"忤旨"。但为何忤旨，没有具体内容，因此后世史籍专家们猜测纷纭。

第二天，唐玄宗大摆宴席，为贵妃娘娘洗尘。

在宴会至高潮时，唐玄宗请贵妃跳《霓裳羽衣舞》，并亲自为娘娘击羯鼓。

唐玄宗虽与贵妃小别，其渴盼之情却难以言表。自此以后，唐玄宗对贵妃娘娘的宠幸日甚。

二

杨贵妃被贬，幸有高力士为她打圆场，总算有惊无险。没想到事隔不久，又传来了一件让她终生难忘的事。那就是她敬重的皇甫惟明，早在一月前即被处死。

自从皇甫惟明被罢去陇右节度使、河西节度使，杨贵妃就为他的安危担心。后来听说他被贬至偏远的播州，以为他的这场灾难过去了，庆幸的是他保住了性命。谁知他还是难逃这场大劫！

杨贵妃是从杨铦口中得到皇甫惟明遇害的消息的，令她大为震惊。听说他的死，引发全城街谈巷议。开始，人们不相信这是真的，"卫国功臣，怎么可能会被害死呢？"甚至她也很怀疑，又问杨铦："此消息确信是真的？"

杨铦说："微臣开始也不相信，后来，官方公布于众，才知确有此事。"

听了杨铦这番话，贵妃非常吃惊。她似乎难以坐住，便命杨铦赶快出去。当杨铦走后，她觉得天旋地转……

宫女们见娘娘晕倒，忙将她扶了起来，送到床上歇息。

不知过了多长时间，杨贵妃才苏醒过来。可她仍惦记着皇甫惟明。为了弄清实情，忙命人去请高力士。

然而，令她没想到的是，高力士竟借故推托，无论如何不肯来。

这下令杨贵妃不得不想，高力士竟然这样做，难道皇甫惟明之死，也与这个老滑头有关？

她又觉得，这应该与高力士无关。因为，高力士整天服侍皇上，很少离宫，他怎么会有时间参与其中呢？

可是，高力士今天硬是没来，又觉得这事也许与他有关！

那么，他扮演的是什么样的角色？

贵妃娘娘估摸不出来。

贵妃想到这些，悲痛欲绝。

中午，宫女请她用膳，她却毫无胃口，又传高力士来贵妃府。

晚上，高力士终于来了。也许是心虚，看到贵妃娘娘，不敢抬头，用他那沙哑的嗓子向贵妃请安。

"坐吧。"贵妃也没看他，而是专心地品着茶。

高力士见贵妃娘娘赐座，便坐了下来。他见娘娘专心致志地品茶，看也没看自己一眼，便暗暗思忖，娘娘还是为皇甫惟明的事？

高力士心里十分明白，这事一定不要提及，否则娘娘会动怒。

高力士暗想，要想娘娘不陷入皇甫惟明的事里，只有讲梅妃。因为，她最忌妒的，正是梅妃。

贵妃娘娘，仍是有滋有味地品茶，而心里却在琢磨，皇甫将军死得这样惨，看你高力士今天怎么说。

高力士终于开口了，他小心地问："不知贵妃娘娘传奴才来，有何吩咐？"

杨贵妃像是没有听见似的，仍然在品茶，她要看这个老宦官如何往下说。

过了一会儿，他见娘娘没有回答，便小心地问："娘娘今天心烦，一定又是因为梅妃吧？"

梅妃？杨玉环听到这两个字，不觉一怔，他怎么扯到梅妃了？

高力士见贵妃娘娘听到"梅妃"，果然有反应。他接着往下说，一直说到娘娘生气，才能达到自己的目的。"皇上去上阳东宫找梅妃了！"他又接着说，"梅妃的事，交给奴才好了。后宫，奴才没有不清楚的事。皇上去上阳东宫临幸梅妃，娘娘不要埋怨皇上，他准备将梅妃迁到更远的地方去，以后再想皇上临幸她，那就难了。"

高力士有条不紊地讲着梅妃，像是向贵妃娘娘表忠诚。

杨贵妃鄙夷地看了看面前的高力士。虽然他脸上带着微笑，可骨子里的本质是奸佞。自己现在关注的是皇甫惟明，他却说梅妃，现在她对梅妃没有兴趣。

"娘娘，我绝对不辜负娘娘的重托，一定会把这件事情办好。"高力士见杨贵妃没说话，于是又加上一把火，凑近贵妃娘娘，小声地说，"皇上今天又要去上阳东宫，临幸……"

高力士这话一出口，以为一定会激怒贵妃娘娘。

杨贵妃听了高力士的话，不觉暗自一惊，问："皇上真是去临幸梅妃？"

"是的，是的，老奴怎敢说假话？今夜我……"高力士见贵妃娘娘追问，喜不自禁。

杨贵妃见老东西喜形于色，便明白了，他是回避皇甫将军，故意讲梅妃，于是说："梅妃我并不介意。"

"啊……"这下使高力士大吃一惊。他暗暗看了看贵妃娘娘，她非常平静，并没有发怒，顿时惊呆了，完全没有想到贵妃娘娘会这样讲。

杨贵妃见高力士乱了阵脚，便进一步说："皇上临幸谁，我即使介意，也没有用。他今天若想去上阳东宫临幸梅妃，那就让他去吧。"

"娘娘……"高力士觉得娘娘的话，不是真的。

"算了吧。"杨贵妃说，"我不会为皇上临幸梅妃而生气的。上次惹恼了皇上，将我贬至杨铦家中，差点没命。我不能再让皇上生气，否则会被皇上踢出宫门。"

"这，这……啊……啊啊……"

杨贵妃冷峻地说："你不要再提梅妃。今天我要你来，是想听听皇甫惟明的事，他是怎么死的，想必高公公知道吧？"

高力士见贵妃娘娘提到皇甫将军，顿时惊慌失措。他急忙站起身来，又坐下。"娘娘，"高力士一字一句地说，"千万不要再提皇甫惟明了。"他用神秘的口吻说，"这事一定要忍耐，忍耐，再忍耐！"

"忍耐？"杨贵妃站了起来，愤愤地问，"如果忍耐下去，皇甫惟明能够死而复生吗？"

杨贵妃的恼怒震慑住了高力士，他把自己那皱巴巴的双手举了起来，慌乱地摇摆着："贵妃娘娘，皇甫惟明的事现在虽然不能对您说，但三年或五年后，会向娘娘禀明的。一定会的，请娘娘相信奴才吧。再说，最近赐死的，也不只是皇甫惟明一人，韦坚及他的弟弟，也被赐死。被贬至宜春的李适之，在服毒之前，其儿子在河南被杖毙。还有李邕、裴敦复他们，也是杖毙而死，就是城中的杜有邻、柳绩、王曾等人，也是杖毙而亡，妻子家小被充公……"

没想到从高力士口中得知，竟有这么多冤死的人，让杨贵妃非常震惊。她感到奇怪："外面发生这么多悲惨大事，怎么没有人和我讲一声？"

"娘娘，这些大案已经震惊朝野内外，就是娘娘一人被蒙在鼓里。"高力士越说越激动，"被赐死的许多文臣武将，有娘娘认识的，也有不认识的，如果让奴才全部禀报给娘娘，我也不清楚啊。"

贵妃越听越觉得沉重，看来，他们这样大开杀戒，并不是一两个人可以完成的。死了这么多大臣，皇上知道真相吗？

此时，她面对热腾腾的茶，再也不想喝了。身边的高力士，懊丧地候在一旁。杨贵妃不想和他说话，只是用手向门外挥了挥，向他示意，你可以走了。

这一夜，杨贵妃无法平静，心情极乱，翻来覆去，难以入眠。她觉得心里很难受。

她想到了梅妃！

她后悔自己这段时间，放松了对梅妃的警惕，让她有机可乘。

那么，心里憋着的闷气，就要向这个女人发泄了。

这些日子，皇上从未提到过梅妃，她以为这个老皇帝已经疏远了她，没想到皇上心里仍有梅妃。

此刻，她又想到那句骂声，恨不得重重处罚梅妃。但又一想，觉得自己册封贵妃不久，梅妃的事，还是过一段时间再说。

想到梅妃，她折腾了一夜，几乎没怎么睡觉。她觉得，虽然不能把梅妃处死，也得让她长长记性。

早晨，杨贵妃起床，命身边的几个宫女，随自己去上阳东宫。

去上阳东宫？宫女们见贵妃娘娘动怒，害怕她在梅妃那儿闹出事来："娘娘，去梅妃娘娘的宅邸吗？"

"是呀。"

那位宫女见贵妃娘娘回答得这样果断，非常不安："娘娘，真是去上阳东宫？"

"就是去梅妃那儿！"杨贵妃催道，"走吧。"

宫女们虽然害怕，又不敢不听贵妃的话，只好听从。

贵妃带着宫女，穿过回廊，来到石砌的庭院，来到了花园。贵妃是第一次来这里，因走得急，感到双脚有点疼痛。她很少走路，恰好今天走的，都是石砌的小路，能走到这里，也确实是为难她了。

当她们走到了上阳东宫，贵妃已是筋疲力尽了。其实，出门时，宫女们建议她乘轿，如果乘轿走便门，可直接进入上阳东宫，那就省劲多了。

可贵妃没同意："从这里进上阳东宫，可以进入梅妃宅院。"

杨贵妃走进梅妃宅院前，见宫女在回廊两旁整齐地排列。特别让贵妃注意的是，这里一片井然肃穆。前排而立的宫女，一齐向贵妃低头行礼问安。这时，从上阳东宫里传来高呼声：

"贵妃娘娘驾到！"

杨贵妃昂起头，向上阳东宫前走来，宫女们紧跟其后。杨贵妃脸色冷若冰霜，刚才感到脚疼，现在也全忘了。

这时，又有一宫女高呼："贵妃娘娘驾到！"

杨贵妃也许知道，今天这样做，有可能像上次与虢国夫人赌气，惹恼皇上一样，会让他动怒。但她做好了思想准备，即使皇上发怒，也无所谓了。

为争取爱，作为妃子，哪怕是贵妃，也要力争，毫不让步。

想到这些，贵妃很坦然，也很从容。

杨贵妃走进大殿，听到殿内，传来脚步声。可能皇上要出来了，她想。

如果是皇上前来，不知怎的，她心里竟掠过一丝激动。

她努力地控制住自己的情绪，不停地告诫自己，冷静，一定要冷静！

可是，随着脚步声越来越近，走来的却是高力士。这让杨贵妃感到意外，他怎么也在这里？

高力士满脸堆笑，来到贵妃面前，行了大礼，连声说道："哎呀，娘娘这，这……"

高力士满脸堆笑，杨贵妃很反感。她冷峻地盯着高力士。也许，高力士感觉到这眼光的力量，一向能言善辩的他，说话也不连贯了。

"贵妃娘娘，"他喘着气，很吃力地说，"老奴在接到消息，便赶到这里来……"

贵妃再不想跟他唠叨，厉声地打断高力士的话："我要见皇上！”

"皇上？"高力士似乎像是听错了，"皇上怎么会在这里？娘娘，奴才领你回宫吧。"

"即使皇上不在，我也要见见梅妃！"

"哎呀，贵妃娘娘金贵，梅妃就不必见了。"

"既然来了，见见梅妃，有何不可？快传她出来！"

"这，这……"

"见梅妃有何难？难道梅妃不在？"

"娘娘，在。"

"那好，你在前面带路，我去见她！"

高力士满脸汗水，也顾不上擦，他想了想，说："娘娘，要不，还是让奴才去通报一声好。"

"不用通报了，我自己去，你在前面带路吧。"

"可是……"高力士似乎还想说什么，可贵妃娘娘已经往里走了。于是他急了，不住地用手绢擦抹额头上的汗水。没想到事情弄成这样，高力士毫无办法，只好说："贵妃娘既然执意要见梅妃，还是容奴才去通报一声。"

高力士走了，贵妃娘娘命随行的宫女，在前面带路。

眼前发生的这一切，宫女们看得很清楚，十分佩服贵妃娘娘，她们小跑似的，在前面引路。

不一会儿，高力士又走了出来，径直来到贵妃娘娘面前禀报："梅妃娘娘有恙，现在躺在榻上休息。不过，贵妃娘娘的好意，奴才已向梅妃娘娘禀报，梅妃娘娘向贵妃娘娘表示谢意，感谢贵妃娘娘关心。"

"既然梅妃有恙，我更要去看望梅妃！"

杨贵妃说着，命人将高力士推在一旁，径直往里走去。

"贵妃娘娘，贵妃娘娘。"高力士慌慌张张地随后追了过来。

杨贵妃带着宫女，鱼贯而入，两旁的宫女不敢阻拦。

整个大殿里很安静，不像是有人居住。右边有一间配殿，里间是卧室。贵妃停下脚步，宫女们也停了下来。跟在后面的高力士喘着粗气，也无可奈何地停下了脚步。

杨贵妃站在殿内大厅，四面观察，觉得配殿好像有人，想进去看看，但又很犹豫，不知如何是好。

"何人在这里？"配殿前的帷帐里，传来了喝问声。贵妃对这声音太熟悉了，是皇上的声音！

贵妃见皇上在这里，向皇上施过礼后，愧疚地说道："臣妾吵醒了皇上。"

"朕也是刚来的，正在用茶。"

唐玄宗说着，带贵妃走进配殿，见茶桌上的茶杯里，还冒着热气。唐玄宗拉着贵妃的手，一起坐下，高兴地说："你来得正好，这是四川名茶，来，陪朕饮茶。"

唐玄宗说完，拿起茶杯，品了一口，说："还热着呢。"

这完全不是她想象的那样，贵妃尴尬地坐着，见皇上邀她品茶，一时不知如何应对。她看了看房间，不觉暗暗一惊。

虽说房间里有点昏暗，但可以看清里面的大床、条桌、水壶、屏风、花瓶等陈设，摆放稍有紊乱。床上还垂着寝帐。

看来，有人在这里住过。那么是谁？难道是梅妃？皇上是在这里宠幸梅妃？对，肯定是这样！

想到这些，杨贵妃刚才不安的心情，倒是稳定下来了。她很镇定，问："皇上，梅妃呢？让她出来吧！"

她的语气极为轻柔，但脸色十分冷峻。

"她去骊山了。"唐玄宗说。

杨贵妃知道，梅妃在骊山有个宅院。可是，她不相信皇上的话。

"既然梅妃不在，皇上怎么会一个人在这里独饮？"

"朕是来喝茶的。这茶不错呢，坐下来吧，陪陪朕。"

"皇上，梅妃不是在陪您吗？"

"喏，她哪在这？"

"帷帐中呢？"

唐玄宗听了，不但没有生气，反而大笑起来，吩咐宫女说："你们将帷帐掀开！"

当帷帐掀开后，见床上的被子折好，但床上的用品却很杂乱，床脚下有凤鞋和玉簪。目光敏锐的贵妃，大笑起来："想不到皇上让梅妃光脚丫子跑了，真可怜！"

她说完，没等皇上说什么，就站起来向唐玄宗告辞，带着宫女，急速地走出宫门。尽管高力士在身后，高声呼喊着追来，她仍笔直往前走去，头也不回，她不想听高力士的一派胡言。

杨贵妃回到宫中，气还未消完，便关起门，谁也不见。高力士几次上前要求见，均被宫女们挡了回去。

她想到刚才的那一幕，不禁联想到上次沙丘山上，皇上与虢国夫人的那一幕，也许这次惹恼了皇上，也会是与上次一样的结果。但是，即使是那样，她一点也不后悔。她不愿生活在屈辱中，就让皇上贬了我吧。宫中这样的生活，倒不如贬到百姓中，与心上人相亲相爱地生活自在。

黄昏时分，贵妃的心情才冷静下来。这时，皇上特地来看望她，她仍躺在床上，没有起身。但抬起头来，向唐玄宗哭诉着："皇上，还是派人来将我迁到杨钰府上，或者将我贬到民间去，做个平民百姓。如果皇上还不解恨，就将我赐死吧，死了也比这样苟且地活着痛快！"

贵妃哭得十分悲痛，并用哀怨的目光，注视着老皇帝。

唐玄宗本想来安慰贵妃，见她这样悲伤地哭着，唐玄宗怎么说呢？只好默默地离开。

不一会儿，皇上又回来了。不过，这次是带着高力士来的。唐玄宗的又一次出现，使贵妃更觉得委屈。她又哭了起来。唐玄宗和高力士只好出去了。

不一会儿，宫女们送来皇上赏赐的礼物，有用宝石镶嵌的百宝箱，有炫目的锦绣绫罗，堆放在一起，颇为壮观。

可是，贵妃头也没回，看都不想看上一眼。第二天傍晚，高力士来了，他兴奋地告诉贵妃，昨晚，皇上给贵妃的娘家亲属，都加官晋封了。

三

唐玄宗给杨贵妃家族成员加封，唯独没有杨钊。

杨钊与贵妃娘娘是共曾祖的关系。也就是说，杨贵妃的祖父与杨钊的祖父，是兄弟关系。但杨钊的祖上，相隔有些疏远，且来往不多。不过，如果杨玉环不是贵妃娘娘，杨钊也不会找到她门下。因此，唐玄宗封赏杨贵妃家族时，杨钊没有被列入封赏名单之内。

不过，杨钊投奔贵妃娘娘，他们还是有一层关系。杨贵妃祖上虽然做的不是大官，但毕竟是进入官场。而杨钊家就不同。他父亲居住在蒲州永乐，杨贵妃的父亲杨玄琰在四川，为了求得一个差事，于是杨钊来到四川投军，为的是本房叔叔给他推荐。后来，杨玄琰去世后，杨钊还帮忙办理丧事。从这一点看，他与杨贵妃还是有些联系。

后来，杨玉环迁到洛阳叔父家，杨钊与杨贵妃一直没有往来。直至她为寿王李瑁的妃子，而随父住在蒲州永乐的杨钊，不知道杨玉环已是王妃。

后来，他与鲜于仲通大人认识后，善于在他面前吹嘘，或许是鲜于仲通看中他与杨玉环的这层关系，遂推荐杨钊做了个小官。但杨钊一直没有摆脱穷困潦倒的生活。

天宝元年（742），杨玉环以"娘子"的身份，住在兴庆宫时，他的机遇终于到来。

对于官场，千百年来流传着一句名言，"朝内有人好做官"。天宝元年（742），剑南节度使章仇兼琼审时度势，认为要想在斗争激烈的官场，永远立于不败之地，就得在朝中建立一个关系，以得到保护。

章仇兼琼身在四川，便想到当朝是否有家乡的重臣。他搜肠刮肚，于是发现了杨玉环。她现在虽是"娘子"，不是朝中重臣，但将来，一定会有个合法的身份，甚至超过朝中重臣！

为了能与娘子接上关系，他认为以"家乡父老"之名，来与杨玉环套近乎，比较容易得手。

可是，谁愿意为他去朝中做穿线人？他想到了鲜于仲通。因为，他是自己引荐进官场的。

鲜于仲通接到章仇兼琼的使命后，忙去向章仇兼琼禀报："大人，你的委托之事，我确实难以完成。"

章仇兼琼听完鲜于仲通的话，非常吃惊。可他不信，说："如果你能到长安，与杨玉环家联系上，回来后我会对你委以重任。"

鲜于仲通着急地说："我虽生于四川，可从没离开过四川，也从来没去过京城，如果办不好这事，岂不耽误了大人？"

章仇兼琼听完鲜于仲通的话，一时沉吟不语。

鲜于仲通见章仇大人着急，心想，在这紧急关头，如果想办法替大人分忧，更能加深与章仇大人的感情。

可是，这样的人有吗？他搜肠刮肚地苦想，突然想起了一个人，忙向章仇大人说："大人不要着急，我向大人推荐一人，保准合适。"

"此人是谁？"章仇兼琼迫不及待地问。

"杨钊！"

"杨钊？"章仇兼琼听后大失所望，"这人没听说过。"

鲜于仲通便把杨钊与娘子杨玉环的关系，告诉了章仇兼琼，最后说："大人，杨钊一定能够完成使命！"

章仇兼琼听后，还是不放心，他要亲眼见见这个人。

要见这个人并不难。鲜于仲通很快将杨钊带到章仇兼琼府中，他见此人相貌堂堂，不禁大喜，于是立即任命杨钊为推官。几天后，章仇兼琼向杨钊交代去京城的事："今年四川向朝廷贡奉的春䌷，由你负责好了。"

杨钊为什么会一表人才？原来还有一个民间流传的故事。张易之是有名的美男，所以被武则天收纳于后宫。

因为是武则天的宠男，自然不能娶妻。这样一来，急坏了他的母亲，这不是让张家绝后了吗？

因被形势所逼，老人家想出了一个绝招。她在屋内修了一个暗楼，里面藏匿着一位美女。只要儿子从朝中回来，便让他在暗里与这女子相聚，以这样的方式求子。

时间久了，关在暗楼里的女子，因暗楼又低又闷，便想尽办法出逃。终于有一天，这女子出逃成功，没想到真的怀上了张易之的种。

这女子逃出后，无处安身，恰好被杨珣所娶，不久生下一子，就是今天的杨钊。

其实，杨钊的真正父亲是张易之，本是个漂亮种，当然也长出了漂亮的苗。

不论这个故事是真是假，杨钊长得漂亮却是事实。

杨钊遵循章仇大人所托，过了几天，便带着四川上贡的春䌷，往京城长安进发。

因杨钊是在天宝四载（745）五月动身，一路晓行夜宿，到了六月，好不容易来到长安，终于将春䌷运到京城。

也许是上天的安排，恰好在这时，杨玉环的二姐，虢国夫人的丈夫去世，杨钊进京后，便住在虢国夫人家里。这对男女在一起，正好是干柴遇上烈火。

杨钊把运来的春绨，首先分一半给虢国夫人，余下的全部分给杨氏兄妹。当然，杨玉环也分得了一份。

杨氏兄妹们得了杨钊的好处，于是只要是陪着唐玄宗，便交口称赞章仇兼琼。

唐玄宗虽没见过章仇兼琼，但经三位国夫人介绍，对他有了深刻的印象。果然，天宝六载（747）五月，唐玄宗任命章仇兼琼为户部尚书。从当初杨钊送春绨至京，到唐玄宗下旨封官，前后只有一年多。

杨玉环是天宝五载（746）八月册封为贵妃，这时，杨钊已在京城住了两个月。她册封贵妃后，杨钊已被高力士知道，推荐给唐玄宗。因他不是杨玉环的从兄妹，唐玄宗没理，晋升未能顾及。但是，还是将杨钊授为供奉官，实职为金吾兵曹参军。

虽然如此，由于他有杨贵妃这层关系，不但可以入禁中，还常常陪侍唐玄宗宴饮。因他机灵，唐玄宗有时夸奖他："真是一位人才！"

皇上夸奖他是人才，杨氏兄妹，常常请求皇上，既然是人才，便要任用啊。果然，唐玄宗任命杨钊为王铁的判官。后来又成为王铁的副手。

贵妃的三位姐姐——韩国夫人、秦国夫人和虢国夫人，因有了贵妃这个靠山而成为宠眷。她们可以自由出入宫掖，陪酒时向唐玄宗卖弄风骚，深得唐玄宗赞赏。杨家随着杨贵妃日渐得宠，渐渐成为权贵门户。三位国夫人的行为便开始变得骄横跋扈起来。

贵妃的兄长和从兄长杨铦、杨锜，也分别晋升为鸿胪卿和侍御史。原先，他们的官职不是很大时，尚能收敛。现在他们的权势不断扩大，便高步阔视，旁若无人。三位国夫人和这两位兄长，成了京城出名的"五杨"。他们各自在京城修建了豪华府邸，资费千万金而成为京城的新贵。

贵妃的三位姐姐每次入宫，就连公主们也纷纷回避。这"五杨"带着家人到地方游玩，州县全部官员远远出迎。只要是他们委办的事，不敢违命。正因为他们是贵妃的家族，各地贿赠的物品，往他们府上车拖马拉，日夜不绝。官员们如有所求，先给这"五杨"家送上丰厚的礼品后，均能如愿以偿。因此，杨家一时权倾天下，名贯朝野。

最引人注目的是杨钊。一个名不见经传的小官，突然崭露头角，青云直上。自天宝七载（748）之后，便频频出入禁宫。

杨钊极为聪明，特别善于体察皇上，言及诸事皆让唐玄宗称心。因此，唐玄宗对他的宠信，日益加深。

杨钊性格孤傲，与族人来往较少，住处也与族人稍远，以显示他与族人之间不同之处。

杨钊是高力士发现的，因此，也是借助高力士的力量，扶植起来的。他与李林甫关系也很密切，曾有流言称，李林甫制造的冤案，多是杨钊一手操办。听说他任御史，也是李林甫一手推荐的。因此，杨钊可以说是左右逢源，扶摇直上。

自杨钊任御史中丞后，杨贵妃便有了与杨钊交谈的机会，听高力士说，杨钊这次升任，还特地来向贵妃致谢："钊平日只能在皇上身边，虽看到贵妃娘娘，但始终未有机会聆听娘娘教诲。自上次与娘娘一别，转眼便有三年，而娘娘在这三年中，地位稳如泰山，实为杨家万千之喜！"

贵妃也很高兴，笑着向他说："三年来，你也是步步高升，为我杨家兴盛，功不可没。"

杨钊见娘娘褒奖，忙说："钊算得了什么？我杨家一门的兴旺，全凭娘娘。只有娘娘的恩泽长盛，臣才能得以生存，终了一生啊。"

杨钊的话，本是心里话，也是实情，没想到让贵妃想起了另一件事来。她看看杨钊，觉得他相貌堂堂，仪表不俗，像是值得信赖的人，于是憋在心里的话，忍不住说了出来："有件事，不便与他人商量，只好劳烦于你了。"

杨钊一听，忙上前拱手请命："只要贵妃娘娘吩咐，臣甘愿粉身碎骨，为娘娘效劳！"

"怎么让你去粉身碎骨呢？"杨贵妃妃不禁一笑，说，"就是在我这后宫。"

"后宫？"

"是的，有位妃子。"

"她怎么了？"

"只要有她在，我的心就悬着。"

"娘娘说的，莫不是梅妃？"

杨贵妃就喜欢他这脑子，不用说明白，他就能知道，便微微点了点头。

"贵妃娘娘的心愿，臣知道了。请娘娘放心，臣在后宫留意便是。"

"没有那样简单。"

"啊？"

"梅妃一年前便离开了后宫，不知去向。偌大个京城，能找的地方，我都派人找过，还派人去过她的福建老家，也是寻找未果。"

"皇上知道吗？"

"我想皇上、高力士和李林甫他们，可能都知道。"

"那……"

"不过，如果就这样不理她，想必她也不会造出什么麻烦。"杨贵妃嘴上这么说，可是心里总有些不甘心。

杨钊很会见机行事。他似乎读懂了贵妃娘娘的心意，几句话说得贵妃那颗悬着的心，终于落了下来。

天宝七载（748）二月，杨钊升任财务主管大臣。为了得到唐玄宗的信任，他把库里的储藏汇集在几个仓储里，然后特地向唐玄宗上书曰，各州府县连年丰收，现在粮食布帛充实仓廪，所有物资，多得无法储存。金银库也已经装满，臣请陛下御驾到仓库及金银库视察。

唐玄宗十分高兴，立即率领大臣们视察仓库，果然粮食堆积如山。每到一处，杨钊便一一说明情况，唐玄宗大悦，当即赏赐给杨钊紫礼袍和金鱼。

四月，时任咸宁太守的赵奉璋，以二十多条罪状弹劾李林甫，奏章还未到唐玄宗手上，赵奉璋即被捕，不久便被杖毙狱中。然而，赵奉璋冤死狱中的消息，不知怎么流传于长安城。四月，本是京城赏花的季节，而这件血腥事件却震惊了民众，成为民众议论的焦点。

事情远远不止如此，这些年来，凡入伍的新兵，均被送往边境服役，难以生还。因此，适龄青壮年不愿意当兵，以致国内武备空虚。

初夏，唐玄宗命陇右节度使哥舒翰进攻吐蕃的石堡城。石堡城于开元二十九年（741）陷入吐蕃，时隔多年，不知唐玄宗为何突然降旨攻城。哥舒翰考虑到攻城牺牲太大而搁置下来。天宝五载（746），朝廷曾考虑过这事，但未形成统一意见，只好作罢。

现在，哥舒翰仍觉得时机未到，可是，李林甫却力主攻城。无奈之下，哥舒翰只好调兵遣将，全力攻城。

后来传来捷报，哥舒翰率陇右、河西及突厥阿布思三地大军发动攻城，以死伤数万人的代价，将石堡城攻下了。

以这样大的损失换取这样的胜利，大家心里都很沉重。面对这样的捷报，朝中没有欢欣鼓舞地庆祝。

十月，唐玄宗携贵妃娘娘行幸清华宫。他想在行幸前，去巡视杨钊府邸，向贵妃征求意见。贵妃早就得知老皇帝非常宠爱杨钊，但没有想到宠爱到这个地步，于是问道："不知皇上为何有这个打算？"

"杨钊相貌堂堂，朕看看也是开心的事啊。"

没想到这件事让高力士知道了，他认为千万不可。可是，他觉得不可又有什么用呢？

　　这事让高力士大为不快。皇上没有行幸过他与李林甫的府邸，却先去杨钊府邸，让他不能不琢磨，这位老皇帝的内心，还会发生哪些让他意外的事情？

　　唐玄宗要行幸杨钊宅邸的消息传开，满城议论纷纷，对杨钊倍加敬佩。

　　十一月，唐玄宗行幸杨钊的府邸，贵妃随同。这一下子轰动了京城。人们对杨钊无不刮目相看。自此，杨钊无论修多少宅邸，无人再有异议，无论他怎样傲慢，也没有谁敢责难。

第十章　贵妃再贬，杨钊有幸得御名

一

冬去春来，转眼便是天宝九载（750）新春。因边疆战争失利，给京城的新年蒙上些许阴影。新年的仪式似乎没有往年那样热烈，就连皇上和贵妃娘娘喜欢的歌舞宴会也停了下来，使新年清冷了许多。

二月，后宫又发生了一件全朝震惊的大事。

唐玄宗的御弟李成器，封为宁王。他们兄弟二人的相貌，颇为相像。他与皇兄也有共同的爱好，即喜爱音乐，通晓音律，尤其擅长玉笛。因此，唐玄宗和这位弟弟的关系尤为密切，感情也很好，唐玄宗举行宴饮，有时也热情邀请他。

宁王的玉笛声，清脆婉转，贵妃十分欣赏。宁王吹出玉笛声，如珠落玉盘，清澈悦耳，她听后感到神清气爽。

贵妃娘娘佩服宁王的玉笛技艺精湛，于是想到，自己如果会吹玉笛，闲暇时吹上一曲，该有多美啊。她不知学吹玉笛难不难，自己能否学会，想到这里，很想试一试。她忍不住来到宁王府，向宁王求借玉笛，宁王见是贵妃娘娘喜欢玉笛，当即应允。

过了几日，唐玄宗知道了这事，大为不悦，于是便向贵妃询问玉笛的事。唐玄宗向贵妃深究玉笛的事，而且非常介意。杨贵妃觉得委屈，于是带着几分气，回答皇上："不就是一支玉笛吗，为何如此多疑？"

见贵妃生起气来，完全没有往日的温柔，唐玄宗心里也不痛快："因笛子是用嘴吹之物，只有自己能用，一般不会轻易借给他人。你告诉朕，是宁王主动借给你的吗？"

"不，是我主动向他借的。"

"区区一支竹笛，为何如此受人喜爱？"

"臣妾见宁王吹笛，声音脆而动听，便有兴趣借来一试，这有什么大不了的？"

谁知唐玄宗不管其他的事，只追究借玉笛的事："这笛是不是宁王主动借给你的？"唐玄宗咬着这事不放。

"我向他借的！"

"我看不是笛子的音色优美，是你被年轻的宁王迷住了！"

杨贵妃听后，觉出皇上这话好笑，便回敬一句："像皇上被梅妃迷住了一样吗？"

杨贵妃虽见唐玄宗面带怒色，却不相让。眼前这位老皇帝，对借笛的事非常在意。

唐玄宗的脸上堆满嫉妒的愤怒，她先拿梅妃说事，后又扯到交权给李林甫的事，几乎不顾皇帝的尊严，唐玄宗顿时气得满脸发紫，急忙转身，独自离开。

唐玄宗生气离开，杨贵妃都看在眼里，委屈在心头。作为女人，她受到了最难忍受的委屈。

唐玄宗被气走，她似乎感觉将要发生什么，更觉得委屈，一串串泪珠，从脸上滑落下来。

正当贵妃伤心时，唐玄宗的宣诏使来到。贵妃知道，有事将要发生了。然而，在这生死未卜的紧要关头，她的心情反而平静了。

"皇上口谕，着贵妃娘娘速搬至杨铦府中！"

"臣妾遵旨谢恩。"

宣诏使刚一离开，两旁的宫女就上来扶起贵妃，替她着急："娘娘……"

上次被贬至杨铦府中的情形，宫女们记忆犹新。想到娘娘那段心痛的日子，现在又要重现，她们忍不住哭了起来。

贵妃一句话也没有，她无声地坐着，向宫女们挥了挥手，竟让她们去整理衣物。

这是贵妃第二次被皇上贬到杨铦府中，但她毫不后悔，心情很平静，什么话都不想说，只是深深地叹了口气。

她明白，皇上是一国之君，要有自己的尊严。可是，作为贵妃，一位中年女人，难道不要尊严吗？

不过，皇上与贵妃，男人和女人，应该有上下之分，这是全朝官员的共识。

不，皇城长安，整个大唐，都是如此。

杨贵妃不怕，只要觉得有理，就要大胆地据理力争，虽然又被贬出皇宫，也不后悔。

上次是天宝五载（746），贵妃娘娘因虢国夫人与皇上亲近而产生醋意，被皇上贬出宫。此次事情不同，是贵妃向宁王借笛，唐玄宗产生醋意。但不管是谁生醋意，倒霉的都是贵妃。谁叫她是女人呢？

贵妃娘娘遭贬的消息，很快传出去了，这下，平日里走贵妃门路的朝臣们，慌了手脚，都往贵妃处跑，着力劝说贵妃赶快去向皇上认罪。

"我有什么罪？"贵妃对这些"好心大臣"的劝说，一概拒绝。

这些大臣见贵妃态度仍然坚决，纷纷沮丧而去。

打发了那些朝臣后，一位年轻的宫女走到她身旁，小声地告诉她说："娘娘，衣物收拾完了。"

一切准备就绪，杨贵妃走出宫，见门外停放着十几乘小轿。贵妃走上前去，坐进轿里，正要起轿，谁知高力士赶来了。

"哎呀呀，"高力士大为震惊，"娘娘这是怎么了，我一点也不知道啊？"

"你去问皇上吧。"

"您这就去，杨铦知道吗？他府中收拾得怎样？"

"我不知道。"

"这，这，这……"高力士非常着急，他让贵妃稍等一会儿，自己再去禀报唐玄宗。不一会儿，高力士又匆匆忙忙地跑来，到贵妃轿旁说，"要不，我送娘娘去。"

一晃，贵妃在杨铦家已经三天，外面没有一点消息传来。贵妃知道皇上生气，她的心也冷了，几天没出门一步。

眼前的局势，宫女们为贵妃的命运担忧。与其说她们是担心贵妃娘娘，不如说是担心自己的命运。因为，皮之不存，毛将焉附？

接着，杨姓家族纷纷赶来。他们也像上次那样，慌慌张张地来到杨铦府中。特别是秦国夫人、韩国夫人、虢国夫人，神色紧张地来到杨府。她们与平常最大的不同是，一反过去衣着华贵，而是一身布衣，脸上也不施脂粉，说话也没有过去那般骄横。

她们来到贵妃娘娘的房前，贵妃却不肯开门相见。

她们感到事情的严重，如果贵妃娘娘有个三长两短，自己的命运也会更加糟糕！想到这些，三位夫人顿时大哭起来。

哭了一会儿，虢国夫人首先止住了哭声，一边抹着眼泪，看了看杨家人，个个哭丧着脸，只知道害怕，不知道贵妃的事如何挽救。

杨家老少人等心情都是一样，觉得没有贵妃，未来凶多吉少。

如果杨钊来了就好了。他们都觉得，要解除杨家的危机，只有杨钊了。

这时，杨钊和杨铦闻讯赶回来，见府中乱成一团，三位国夫人和杨家一群人都是哭哭啼啼的，贵妃又闭门不出，杨钊顿时忍不住长叹一声："完了，杨家这次全完了！"

不过，杨家所有人见杨钊来了，仿佛看到了希望，哭声也没有了，一齐把目光投向了他。韩国夫人说："我们是妇道人家，在朝中说不上话，你是朝中的御史中丞，朝中除了宰相李林甫和王铁等几位少数重臣，你也算得上是朝中显要，只有你才有办法啊。"

杨钊苦笑了一下，无可奈何地说："这事又不是朝廷中的事，我也没有办法啊。"

三位夫人一听杨钊这样说，忙问杨钊："我们杨家，多是妇孺老人，没有说话的地方。不管有多难，解决问题，只有依靠你了！"

杨钊苦着脸说："这事只有贵妃娘娘才能解决。"

"她？"

"解铃还得系铃人啊。"杨钊说，"只有贵妃回宫，问题才能解决。不然，我们杨家全完了！"

"怎样才能让贵妃娘娘回宫呢？"虢国夫人着急地问。

杨钊略思考了一下，说："只有请高公公了。"杨钊刚一说完，连连摇头。"高公公不会去的。"他说着眉头一皱，说，"要不找吉温？"

"吉温？"杨家的人听了大吃一惊，"请他？"

要说也是，全城没有对吉温不熟的，这人无恶不作，奸险狡诈，残忍毒辣，怎么请他？

杨钊见大家，都用惊异的目光看着自己，便笑着说："眼下，其他大臣是不愿冒这个风险的，愿意去找皇上的，只有吉温！"

三位国夫人和杨姓族人，觉得杨钊的话，倒是有几分道理，纷纷默许，于是催促杨钊快去找人。

贵妃这次来到杨铦府中，不像上次那样心烦意乱，特别是听到室外杨家人，为她命运担忧的话，而她却很坦然。要不是大院里有很多人在担忧，她甚至还想开怀畅饮，再跳一回《霓裳羽衣舞》。

上次被送到杨铦府中，贵妃的确自省过，对自己哪些地方言行不当，有忤圣意，产生过悔意。这次她心地很坦然。因为她知道皇上的习性，他不是将自己贬出皇宫了吗？正好可以利用这个机会，治治这个老皇帝！想到这些，贵妃信心更足了。

贵妃被逐出宫的消息，在朝中渐渐传开了，杨钊找到吉温时，他已猜出其意。他连连摇头："这事只有请宦官帮助为宜。"

杨钊听了非常吃惊，忙问是何原因，吉温大为叹惜，说："凭我现在的身份，怎么能进宫面见皇上？"

这下，杨钊明白了吉温的心事。原来，吉温为户部郎中，地位太低。如要进宫面见皇上，需要一名宦官引见。

那么，哪位宦官为好？

直接引见吉温面见皇上的宦官，一定要在后宫很有地位，一般小宦官难胜此任。

那么，只有高力士和袁思艺了。

袁思艺虽是太监，但地位显赫，为内侍临正三品，与高力士差不多。

杨钊知道吉温是李林甫的人，高力士是不会做这事的。那么，找袁思艺，确实有很多有利因素，因为袁思艺熟知唐玄宗与贵妃娘娘的关系，而且说话也知分寸。

吉温见皇上的意图，不是纯粹为救贵妃，觉得这是接触皇上的机会，缓和皇上与贵妃的关系，一定会让皇上高兴的，正好与他一心向上爬的意愿吻合。

经过杨钊前后协调，袁思艺将吉温带进宫，让他面奏皇上。吉温在皇上面前，把自己的聪明才智，发挥得淋漓尽致。他为了触动皇上心中要害，便在唐玄宗面前正话反说。于是大胆向唐玄宗上奏："皇上，贵妃愚昧，见识低下，思虑尚欠周密，言行有违圣意，可直接用乱棒毙罚，何必将她逐出宫，让天下人笑谈？"

吉温知道，皇上将杨贵妃贬出皇宫，只是一时之愤，并非真意，更不会舍得处死贵妃。于是他用激将法，用尖利的语言，来刺激唐玄宗。这也是拿杨贵妃做赌注，万一唐玄宗在盛怒之下，真要这样做了呢？那事情就闹大了。

好在吉温这一招，果然奏效。当吉温退出后，唐玄宗对吉温刚才"棒毙"的话，非常震惊，便立即召来高力士，命他速去杨府，接回贵妃。

在杨贵妃出宫的第四天，听说皇上恩准回宫，杨铦府上顿时欢天喜地。三位夫人也纷纷换上华装，请来乐师，因三天没有歌舞，现在忍不住地歌舞起来。

高力士领旨，让太监张韬光，带一小队太监，去杨铦府接人。

当张韬光来到杨府，宣布皇上的口谕，谁知贵妃哽咽不止。张韬光请娘娘动身，杨贵妃哭诉起来："臣妾犯下该死的罪，怎么回得了皇宫？皇上没赐臣妾死罪已感激万分，怎么……"

贵妃早就吃准皇上离不开自己，却将自己贬出宫，感到满腹委屈。现在皇上派了群小太监，来接自己，不如撒撒娇不走。

张韬光见杨贵妃如此说，他不知贵妃被逐出宫的详情，她不愿回宫，一时不知怎么办。

杨贵妃继续诉说："皇上的大恩，臣妾早应该表示感谢，可臣妾手头的珠宝珍玩，全是皇上送的。如用这些复送皇上，怎么能向皇上表明心迹？"她说到这里，略思一下，说："臣妾头上一缕青丝，是父母所给，不如将这送给皇上，以表示诚意。"杨贵妃说到这里，拿出剪刀，捋过一缕青丝欲剪。张韬光看得清清楚楚，急忙赶了过来，可还是迟了，贵妃流着泪将手上的发丝交给了他。

贵妃娘娘刚剪下一缕长发，张韬光惊吓得脑门冒出冷汗来。儒家认为，身体发肤，是父母所受，丝毫不能损坏，其程度甚至与生命等同。三国时，曹操在部队行军时下令，损坏百姓庄稼者斩。谁知他本人因坐骑受惊而踩坏庄稼，按令则应斩首。众臣劝之，为了示信，他拔剑自刎，荀彧、程昱等急上前夺下宝剑，最后曹操割发，以发代替脑袋。

果然，唐玄宗接过贵妃的头发，顿时惊慌失措，双手捧着长发，微微颤抖，悔悟不已。

唐玄宗觉得，贵妃不肯同张韬光回宫，而是以发代志，说明问题的严重性。他怎么能没有贵妃呢？于是下令高力士，速去杨铦府接回贵妃。

第二天，高力士将杨贵妃从杨铦府接回皇宫，皇上亲自上前迎接。二人虽然分开只有四五天，但觉得非常漫长，当四目相对时，没来得及说一句话，便紧紧拥在一起。一旁的高力士见状，已是满脸老泪。

当二人分开后，贵妃还是泪如泉涌。唐玄宗吃惊忙问：

"爱妃怎么了？"

杨贵妃拭了拭脸上的泪水："臣妾不知该怎么向皇上悔罪。"

唐玄宗见贵妃说罢，又仍哭着，忙劝说道："爱妃不用讲了，你的心情朕知道。"

杨贵妃又看了唐玄宗一眼，欲言又止。

"贵妃如有话说，但讲无妨。"

"与皇上分别才五天，皇上像是老了些。"

唐玄宗听了，只是皱了皱眉。

贵妃这次出宫，历史上称为"忤旨"。诗人张祜感慨作诗《宁哥来》：

日映宫城雾半开，太真帘下畏人猜。

黄翻绰指向西树，不信宁哥回马来。

诗中以简洁的语言、细腻的描写，展现了杨玉环的情感。"宁哥"，当然是指宁王李成器，意为贵妃与宁王以笛传情。其实，真正的史实是，贵妃在开元二十八年（740）到骊山侍寝时，宁王已病入膏肓，不久谢世，贵妃哪有机会以笛"暗送秋波"呢？也许这事是后人杜撰的吧。

贵妃第一次受贬结束时，唐玄宗设宴请诸杨。而这一次，唐玄宗只赏赐杨钊和秦国夫人。为什么没有其他杨姓，这当然不是疏忽，其中缘由只有唐玄宗自己知道了。

经过这次考验，唐玄宗才知道，自己无论如何已离不开贵妃。而贵妃也同唐玄宗一样，深知自己离开皇上，如同断线的风筝，毫无依托。这样一来，二人真正地理解了彼此不离不弃的重要性。因此，他们的感情反而得以升华，成为真正的爱情。于是在天宝十载（751）七月七日，他们在骊山温泉宫长生殿内，为爱情密誓。可见两人，已经是难舍难分了。但是，他们为什么选在七月七日密誓？对此，唐代小说家陈鸿曾在《长恨传》里记述唐玄宗与贵妃七七密约："上凭并肩而立，因仰天感牛女之事，相密誓心，愿世世为夫妇。言毕，执手各呜咽。"

不言而喻，牛郎织女是追求自由爱情的神话，白居易曾以此入笔，在《长恨歌》诗中叹曰：

> 钗留一股合一扇，钗擘黄金合分钿。
> 但教心似金钿坚，天上人间相会见。
> 临别殷勤重寄词，词中有誓两心知。
> 七月七日长生殿，夜半无人私语时。

二

贵妃二次回宫，在皇上心中的地位，已经非常稳定了，她的三位国夫人姐姐，也觉得靠山巩固了，于是大摆国夫人的风头，名噪长安。

四月，宋浑因犯受贿罪被贬谪至湖阳，朝廷上下非常震惊。他是投靠李林甫才得到御史大夫高职，满朝都知道，他是李林甫的第一亲信，也是最得力的亲信。只要有李林甫为靠山，宋浑绝不会被贬。现在，李党被贬，按说是不可能的事，却又真正地发生了。

全朝上下流言纷纷。有的说是户部郎中吉温投靠了杨钊，受杨钊之意，为了剪除李林甫的势力，出面弹劾了宋浑；有的说是吉温脱离了李林甫，为了能够顺利投靠杨钊，便在皇上面前参了宋浑。不过，不管怎么说，李林甫和杨钊产生间隙已成定论。

贵妃回宫后，情绪稍有变化。从前，唐玄宗在她心里，是至高权力的庞然大物，是她引以为豪的男人。其时唐玄宗却成了弱不禁风的老人，任凭其摆布。

唐玄宗也感到，自己现在软弱无力，觉得空虚，只有紧紧拥抱着贵妃，才感到自己还是有气力的男人，才感到男人的尊严。

贵妃感到和皇上在一起，从前是那样情意缠绵，现在皇上倒像是迎合自己。特别是贵妃用膳非常挑剔，凡是不中意的膳食，她从不动筷子。而皇上像是做错了事，战战兢兢地拿着筷子，在一旁惶恐不安。此后，每逢贵妃用膳，宫廷上下为了迎合圣意，想方设法让贵妃进膳满意，以讨皇上的欢心。久而久之，这成为宫中常规礼节。

以前，贵妃每当被皇上搂在怀里，都会有触电的感觉，尽情地享受二人世界。现在，贵妃被皇上揽进怀中，没有激情，没有冲动。她仿佛只是依偎在一个赋有权力的躯体上。她作为女人，一个精力旺盛的女人，没有得到应有的幸福感而且烦躁，不论什么事情都不满意，甚至不顾场合地使性子。

这是老夫少妻的必然结果。贵妃才三十多岁，精力旺盛着呢。可是，唐玄宗毕竟是六十多的人了。这样一来，也许是情感失落，贵妃整天也是蔫耷耷的。

但是，他们发现，只要跳《霓裳羽衣舞》，他们就能找回自己，回到从前。

每当他们午觉醒来，高力士早将梨园的乐手、舞娘安排好。唐玄宗与杨贵妃携手来到这里，奏起《霓裳舞衣曲》，杨贵妃听到这拨动心弦的舞曲，便情不自禁地跳了起来。

贵妃美丽的舞姿让唐玄宗浑感震撼，并为她击起羯鼓。

音乐产生的共鸣，使唐玄宗猛然间像变了一个人似的，不仅精神抖擞，且面泛红光，以手击鼓，充满了活力。

他们似乎感觉到，这熟悉的节奏、急剧的鼓点和美妙的舞步，高度统一，彼此的心一起跳动。

还有什么，能让他们这样激情喷发呢？当然是《霓裳羽衣舞》。这熟悉的乐曲舞姿，一遍又一遍，似乎回到第一次相见时的感觉。当舞曲奏完，杨贵妃情不自禁地扑到唐玄宗怀里，二人紧紧相拥，两颗心也在剧烈地跳动。

他们深情相拥，也感动了高力士。他站在一旁，向李龟年挥手示意，乐曲继续。在这美妙的乐曲中，皇上和贵妃紧紧相拥，在场所有的人都非常吃惊，皇上变年轻了！

真的，《霓裳羽衣舞》让他们变年轻了，特别是唐玄宗，终于找回了自信。

当时，因天下太平，唐玄宗的生活越来越奢侈，于是长安人纷纷仿效。那些有钱人大建宅第，一幢比一幢豪华，使长安城流行"豪宅热"。他们以豪华住宅为荣,无所不用其极。

三位国夫人也按捺不住,迫不及待地加入这一热潮中。首先虢国夫人建造了一座豪宅,被誉为长安第一豪宅。韩国夫人不服:"姐妹三个中,我是老大,一定要超过她。"韩国夫人的豪宅建起来后,果然如此。这让虢国夫人不服,于是打算放弃新建的豪宅再建。为给豪宅选地基,在长安城中,终于看中一块空地。不过,有人告诉她,这块空地,是任过宰相的韦嗣立家的。虢国夫人听了,心韦嗣立已经去世,我还怕谁?虢国夫人带着建房的人马来到韦府,韦嗣立的二儿子韦济接待,虢夫人说明来意后,没等韦济表态,就一挥手,建筑大军便动手干了起来。韦济气得只能在一旁怒吼:"你们这是在光天化日之下抢劫啊!"

天宝九载(750)五月,唐玄宗下令,赐爵安禄山为东平郡王。

这下满朝文武大臣,十分震惊。皇上无缘无故给安禄山赐王爵,个个大惑不解。

后来有大臣推测,也许是安禄山尊杨贵妃为义母,那么,他理所当然是"皇子",皇子当然应当封王啊。

唐玄宗觉得"干儿子"一旦封王,便成为诸王之列,他在道政坊的住宅,与身份不配,便特地下令,用官费在亲仁坊为安禄山建造一座豪宅。

此时,达官显要、巨贾富户,正好在长安掀起大建豪宅热。但是他们都是自己掏钱,就连虢国夫人也是这样。可安禄山不同,他的豪宅是用国库里的银子建造的。

不仅如此，唐玄宗还特地命宫中督建太监："要不惜财力，将房屋建成全城第一。安禄山的眼界很大，房屋建得不够豪华，会笑话我的。"

五个月后，即天宝九载（750）十月，唐玄宗和杨贵妃在骊山行宫召安禄山来骊山。当安禄山赶至奉新县戏水处，唐玄宗令杨钊率三位国夫人和杨铦、杨锜在这里迎候。唐玄宗和杨贵妃则在会昌县望春宫等候。他们接到安禄山后，唐玄宗带着安禄山和"五杨"一起回骊山行宫，一路上旌旗蔽日。

唐玄宗留下安禄山在骊山住了一个多月，于十二月初回宫，正好是春节。过了正月十五，安禄山建的新宅竣工。这幢豪宅可不得了，回廊曲径，高台低池，草绿花红，如同人间天堂。安禄山搬进去后大摆庆贺宴，特请唐玄宗及诸大臣一起赴宴。

唐玄宗正准备去打球，听说是安禄山宴请，便改为赴宴了。自此，唐玄宗命"五杨"天天陪同安禄山，又令梨园弟子供安禄山作乐。除此之外，唐玄宗用膳时，发现哪道菜新鲜好吃，便命人快马送到安府。

杨贵妃作为干妈，疼爱干儿子，也不比唐玄宗逊色。唐时有给小孩"洗三澡"的风俗，即小孩出生三天后，用清水给孩子洗去母体沾带的污垢，以保证孩子健康成长。杨贵妃与唐玄宗参加完安禄山的宴会后，突发奇想，她要给干儿子安禄山"洗三澡"。

正月二十三日，杨贵妃一早便支开了唐玄宗，然后命太监，去传安禄山进宫。当安禄山来到贵妃住处时，看到院子中用锦绣搭成一个大摇篮。他觉得奇怪，回头见贵妃和宫女们，已站在台阶上，忙上前拜倒在地，向干娘贵妃行礼。

令安禄山没想到的是，干娘贵妃突然一声令下："脱掉他身上的衣服！"

几位女官听后，一齐冲到安禄山身边，二话没讲，将安禄山扑倒在地上，扒掉他的衣服。

安禄山是员猛将，这区区几位女子，怎会将他扑倒？可能是在贵妃面前不敢造次，或者因这里全是美女，那几位女子身上刚喷过香水，身体香香的，早让安禄山醉了，于是任她们脱去！再说，这些女子在宫中也非常寂寞，更难得见到成年男人，受那股好奇心驱动，个个非常卖力。不一会儿工夫，安禄山被脱得一丝不挂，于是女官们抱来锦绣床单，抓手抱腿，用床单将他包住，放到院子中央的那个摇篮中。

安禄山聪明，他悟出义母这样做是找乐子，便用心配合，装出一副小儿娇憨的模样，两只大手，也像小儿那样，在空中乱摆；两条肥腿也像小儿那样，在空中乱蹬乱踢；嘴里也像小儿一样，大声地哭，活脱脱一个不懂事的憨儿，惹得在场的宫女们大笑起来。有的笑得差点背气；有的捂着肚子喊"哎哟"。还有个宫女，笑得喘不过气来，不停地骂着："这个该死的！"突然，有个宫女笑着来到贵妃身前，向贵妃喊着："娘娘做的好事啊！"说着，笑倒在地。

安禄山本是两镇节度使重臣，又是统兵几十万的猛将，此时被宫女们脱得赤条条的，还要装作小儿逗着让这些宫女开心，他这样做，肯定是冲着杨贵妃来的。

这些宫女，从未见过一丝不挂的成年男人，虽说有些害羞，倒也觉得好玩。

贵妃在一旁也是大笑不止。她忍不住走近摇篮，见被锦绣床单包着的安禄山睡着了，她知道干儿子是假装睡着的，更加开心。安禄山真的很聪明，如果他不这样配合，效果就差多了。

孩子睡着了，宫女们向贵妃娘娘索要洗儿礼的赏赐。其实贵妃早就让太监们包好洗儿的赏钱。当宫女们抢起赏钱时，院子里兴高采烈的笑声，一阵高过一阵，特别热闹。

消息传到唐玄宗那里。

唐玄宗正在阅卷，听到贵妃那边传来的笑声震天动地，便问身边的小太监："宫中发生了什么事？"

"皇上，是贵妃娘娘给义子安禄山'洗三澡'呢。"

唐玄宗一听，也忍不住笑了起来："走，去看看！"

唐玄宗到了，看到被戏弄的安禄山，也大笑起来，于是向贵妃说："爱妃给儿子'洗三澡'，朕身为父亲，也应该给赏钱。"皇上、贵妃连连发赏钱，这些宫女也沾了光。

直到正午，给安禄山"洗三澡"才结束。

这事确实离奇，很快传遍全宫，成为人们茶余饭后的笑谈。

打这以后，安禄山进出内宫，跟出入自己家中一样方便。若唐玄宗不在，安禄山便毫无顾忌地陪贵妃用膳。有时玩晚了，他干脆在宫中过夜。据说，杨贵妃可能已经发展到"红杏出墙"了。

安禄山以干儿子的身份，不断接近唐玄宗和贵妃，而另外一个人，因唐玄宗喜欢道教，慢慢成为唐玄宗的宠臣。

开始，是太白山人李浑等人报告高力士，宣称他们看到一位神仙，神仙告诉他们，中山有仙人指示，金星洞内藏有玉版石记，即圣主福寿之玉符。唐玄宗立即遣御史中丞王锐入洞，求取仙人指示之玉符，不久，王锐取符而归。

唐玄宗见石记非常高兴，认为玉符为祖宗护佑大唐所制。现在，大臣们又开始琢磨为祖宗上尊号。六月，唐玄宗下旨，先为前几位皇帝上尊号。他的父皇睿宗尊号为"玄真大圣皇帝"。

一年前，唐玄宗曾为自己上过"开元天宝圣文神武皇帝"的尊号，并对此尊号极为满意。贵妃对唐玄宗一长排字尊号，却感到难以理解。不过，她觉得这位老皇帝，本身便是一位难以理解的人。她被那些难以理解的事情，弄得心神不宁。

天宝九载（750）八月，唐玄宗下诏，授安禄山为河北道采访处置使。同月，给杨钊赐名国忠。贵妃知道，皇上给从兄赐名，这是高力士促成的，而且这个"国忠"，也是出自高力士之手。皇上给杨钊赐名国忠，可见他在朝廷的地位和作用，不可动摇，也是无比显赫的。

杨国忠从小不喜欢读书，行为放荡，因整天饮酒、赌博，被乡人鄙视。不过，他会算赌账，使他锻炼出速算的特长。大约到了三十岁还是个光棍，因在家乡待不下去，便到四川从军，企图在军中混出点名堂来。当时的益州长史张宽，虽因事处罚过他，但性格宽容的张宽，以功行赏，提拔他当了新都尉。不久，他不知用了什么手段，结识了蜀中富户鲜于仲通。

杨国忠结识了鲜于仲通后，娶了一名妓女为妻，生了几个儿女。正因为他与贵妃家有些联系，从此青云直上。

三

唐玄宗生活奢靡，为了满足他的需要，时任御史大夫并身兼二十余职的王𫟅，极力搜刮天下百姓，果然得到唐玄宗的重用。在这之前，杨慎矜、韦坚和宇文融等也是靠搜刮民财，以满足唐玄宗的私欲而得以宠幸。而精于算计的杨国忠，比他们更精。

天宝九载（750）三月，唐玄宗提拔王𫟅为御史大夫兼京兆尹，还加总监、裁察史等共领二十余职。唐玄宗在华山设祭祀坛场，便命王𫟅去华山开一条路来。王𫟅此时地位如日中天，就连李林甫对他也是另眼相看。

李林甫是首席宰相中书令，其权势自不必说。他有个儿子李岫，在朝中为将作监，官阶为从三品。王𫟅的儿子王准在朝中任卫尉少卿，为从四品。本来李岫要高王准一等，可是王准每次与李岫相遇，对他总是冷嘲热讽，有时甚至辱骂，李岫却总是回避。

王𫟅有个弟弟王铆，在朝中任户部郎中，这是个有野心的人。江湖术士任海川说他"有帝王之相"，于是，他便将术士杀死以灭其口。谁知这事传到韦会耳里，韦会便密报王𫟅，王𫟅听后便命贾季邻将韦会逮捕入狱，晚上，贾季邻悄悄地将韦会吊死了。

韦会何许人也？原来，唐中宗的女儿定安公主，先嫁给王同皎，因王同皎被武三思所杀，定安公主改嫁韦濯。韦会便是韦濯之子，任朝中王府司马。按说，他也算得上皇上的外孙。

定安公主是唐玄宗的堂妹，韦会无缘无故被王锘派人杀死，因他们在朝中权大，定安公主不敢作声，只好含着眼泪将儿子埋葬。

原来，定安公主与王同皎也生有一子王繇，王繇是唐玄宗最喜爱的女儿永穆公主的丈夫，也是唐玄宗的驸马。他明知王锘害死了弟弟，也不敢禀报唐玄宗，这事只好不了了之。

王锘谋逆之心日趋膨胀，天宝十一载（752），与好友刑绰密谋，定于四月，率领万骑禁军暴动。不料消息泄露，当唐玄宗得知时，愤怒地将举报信往桌上一拍，召王锘上前观看。王锘一看，吓得冒出一身冷汗来。恰巧，唐玄宗命他受理此案。

王锘与弟弟王锘虽说是同母异父，但二人感情如同亲兄弟，他知道，一旦将弟弟王锘交给唐玄宗，必死无疑。于是先密报弟弟王锘回宫，他估计弟弟离开家后，再派长安尉贾季邻等人去抓捕王锘。贾季邻本来是王锘的死党，韦会就是他杀死的。他知道主人的用意，于是故意拖延时间后，才带领人马往刑绰家赶来。

可是，他却在途中碰到逃往刑绰家的王锘。王锘悄悄地向贾季邻说："我是刑绰的老友，他现在谋反了，你们如果把他逼急了，会信口瞎说的。搞得不好，会把我牵扯进去，你们不要相信他的胡言乱语。"

贾季邻点了点头，心领神会，带兵往刑绰家奔去。

王锘支走了贾季邻后，觉得自己在城中已无藏身之地，于是向终南山跑去。

当贾季邻赶到金城坊刑绰家中，恰好薛荣带领人马，已经将刑府包围。刑绰带领十多人，带着兵器全力突围，双方厮打非常激烈。

这时，王铣和杨国忠各领着一队人马赶来。原来，唐玄宗对王铣不放心，命杨国忠来助战，实为监督。

刑绰见王铣带兵到来，便向同伴大呼："不要伤了王大人手下的人。"

杨国忠经人指点，只在外围观阵。

这时，高力士带着四百骑兵赶来，这些骑兵非常勇猛，薛荣和高力士两队人马，与刑绰一伙激战，最后将刑绰斩首，将韦瑶等人活捉。

王铧往终南山没跑多远，也被抓了起来。

王铧为了不牵连哥哥王铣，在审讯中，说其兄不知道此事。杨国忠向唐玄宗说，他们作为亲兄弟，不可能不知道此事。

唐玄宗觉得有理，于是向杨国忠说，你去让王铣写份检讨书之类的东西，他就没事了。

看来，唐玄宗有意放过王铣。

杨国忠将唐玄宗的话，转告王铣时，他低头想了一会儿说："我不想让弟弟一个人先死。"

杨国忠将王铣的话奏给唐玄宗，这下唐玄宗大怒："朕本想赦免他二人性命，竟这样不知回头！"

经过审讯，王铣打死任海川、吊死韦会的事，全都暴露出来。唐玄宗才下定决心重办。

当王铣明白了圣意后，觉得不妙，忙去找李林甫。

李林甫看着昔日的得力助手，只是叹了口气，说："现在晚了，皇上的旨令已经下达了。"

杨国忠和陈希烈一直到晚上才审完案。唐玄宗下令乱棒打死了王鉷。王鉷自尽，其妻子和儿女都流放到偏远的地方。

当初，王鉷搞垮杨慎矜而显达，后来巴结李林甫，再次陷害杨慎矜而致其死亡。时隔五年，他也被灭族，这是恶人的必然下场！

王鉷被诛，李林甫没了王鉷这位得力的助手，整天蔫不唧的。也许是害怕，向唐玄宗请求辞去朔方节度使职务，专心朝政。其实，他是想集中精力对付杨国忠和陈希烈。

就在王鉷被赐死后不到一个月，即天宝十一年（752）五月十一日，唐玄宗任命杨国忠为御史大夫、京畿关内采访等职，并将王鉷所有的职务全部交给杨国忠。这下，杨国忠的权力非同一般，他自己也觉得可以对付李林甫了。

天宝十年（751）四月，剑南节度使鲜于仲通讨伐代南诏大败，因他是杨国忠的恩人，也是杨国忠的心腹，四川也是杨国忠的发迹之地，于是杨国忠将这事隐瞒下来。鲜于仲通明白，自己不是军政人才，请求辞去剑南节度使职务。后来，唐玄宗命杨国忠出任剑南节度使。

杨国忠为剑南节度使，却不去四川，只在京城遥控指挥。结果，四川的事务弄得一团糟。四川官员纷纷上奏，要求杨国忠去四川主持事务。

唐玄宗也舍不得杨国忠离开，正在为难之际，李林甫看出唐玄宗的心事，认为可借此将杨国忠赶出京城，于是向唐玄宗建议，剑南节度使本来弊端很多，杨大人应该去四川就职。

于是唐玄宗下令杨国忠离京去四川就职。

杨国忠临行前含泪向唐玄宗说："臣不知日后还能不能与陛下见面了。"

唐玄宗听了一惊："为什么？"

杨国忠说："我不在京城，臣与李林甫有过节，他一定会陷害微臣。"

"你先去一段时间再说。"唐玄宗安慰地说。

杨贵妃也不同意杨国忠去四川，因为，杨国忠在朝，她杨家一门才有了靠山。

可是，唐玄宗没有改变主意，只好向杨国忠许愿："你把四川的紧急军国大事处理好后回京，朕就任你为宰相。"

杨国忠一听，脸上的愁云顿时消失。

这时，唐玄宗带杨贵妃去骊山华清宫，李林甫带病勉强陪行。没想到李林甫到离宫不久，便病倒了。唐玄宗前来看望，几个家仆挽着李林甫出来迎接。

李林甫送走唐玄宗，颤抖着回来躺在床上，心情十分沮丧。他知道自己的日子不多了。

第二天，李林甫请来杨国忠设宴招待。他让两个家人扶着陪酒。三杯过后，李林甫向杨国忠请求："我死之后，代替我位置的一定是你，请你照顾我的家小。"他话未说完，就泪如雨下。

杨国忠听后，嘴里应付着，心却吓得"咚咚"直跳。他知道李林甫是个笑里藏刀的高手，杀人如同踩死只蚂蚁。他这情形谁知是真是假？一旦中了他的圈套，后果不堪设想。

可是，第三天，李林甫真的死了。时为天宝十一载（752）十一月二十八日。

唐玄宗召回李林甫的儿子，隆重安葬，并追赠李林甫为太尉、扬州大都督，还赏了一些器物之类的陪葬品。

杨国忠现在大权在握，对李林甫非常痛恨。他觉得生前没有搞倒李林甫，现在他死了，一定不能让他安息。

可是，李林甫在唐玄宗心中的地位非常高，加之他的势力也非常大，怎样搞，他心里没底，于是请来陈希烈，与之商量。

陈希烈听后，也觉得这事非常难。杨国忠想到李林甫结盟谋反的事，认为可以去找安禄山。

陈希烈也非常赞同。因为安禄山的势力很大，有他对付李林甫就足够了。两人意见一致，便派人去与安禄山联系。

安禄山也很痛恨李林甫，他不仅同意杨国忠的意见，还建议说："这事干脆由我来出面。"

杨国忠听后非常诧异："你？"

"是的，我派几位原来在阿布思手下的将士，在圣上面前直接证明，李林甫与阿布思谋反的经过。"

杨国忠和陈希烈高兴地说："此计甚妙！"

当阿布思手下的将士向唐玄宗奏明李林甫与阿布思结盟谋反的事时，唐玄宗非常震惊。那些将士又奏："李林甫和阿布思还结为父子关系。"

唐玄宗在大惊之余，想到当初哥舒翰也证明确有其事，于是令御史台调查此事。

李林甫的女婿，时任朝廷谏议大夫的杨齐宣，看到形势不对，想到李林甫作恶多端，结怨天下，现在他虽已去世，但仇人们必定会找他的家属出气，为了保全自己，于是也证明确有此事。

自己的女婿证明，还有什么证据比这更有力？唐玄宗终于彻底相信了。天宝十二载（753）二月十一日，唐玄宗命削除李林甫所有官爵，在朝为官的子孙一律除名，全部流放岭南或黔东。所有的财物一律没收入国库。杨国忠建议："他还有陛下赠与的陪葬品，也应收缴。"于是经唐玄宗批准，刨开李林甫的坟墓，把陪葬品及口中的珠宝、身上穿的紫金衣统统没收。这样一来，李林甫脱得几乎是光着身子，再改用普通百姓用的小棺材，重新下葬。

一代奸臣，生前谁敢不敬畏？现在却如此凄凉，可见恶有恶报。

刨棺后的十六天，即天宝十二载（753）二月二十七日，唐玄宗下旨，封陈希烈为许国公，杨国忠为魏国公。

第十一章　情醉霓裳，引来安胡反长安

一

首席宰相李林甫去世，不到一个月，唐玄宗便命杨国忠代替李林甫的位置，为首席宰相。

当时的大唐，一下进入了杨国忠时代。

他想到李林甫曾暗中加害自己，这口恶气已出，又想到第二个对手安禄山。

可是，安禄山与李林甫不同，他势力强大，特别是唐玄宗对他宠爱有加，就是有三个杨国忠，也奈何不了他。

杨国忠任首席宰相，安禄山也看不惯他。他常向手下将士鄙夷地说："这个无赖，如果不是借助杨贵妃，右相的位置怎么会是他的？"

杨国忠把自己和安禄山的优势，进行了认真对比。他认为，安禄山是在外有优势，而自己最大的优势，是在皇上身边。我杨国忠虽然收拾不了他，但皇上收拾得了他。

那么，一定要把皇上这张牌打好。

他经过几天的苦心琢磨，特别是对安禄山近年的行踪，来了个"人肉搜索"，得出的结论是，安禄山要谋反！

于是，他在与唐玄宗议事时，向唐玄宗禀报了安禄山将要谋反的事。

唐玄宗听了一惊。安禄山要谋反？他想都不多想，便连连摇头："他出身低微，不会谋反。"

唐玄宗不相信安禄山会谋反，杨国忠毫无办法。因此，他觉得仅靠自己一个人的力量，很难搞倒安禄山，要找一位同盟者。于是他想到了哥舒翰。

哥舒翰，突厥族突骑哥舒部落人。天宝年间，与吐蕃在苦拔海激战，屡破吐蕃，擢授右武卫员外郎。天宝六载（747），唐玄宗又命王忠嗣提拔哥舒翰为大斗军副使兼迁左卫郎将，因王忠嗣为宰相李林甫所忌，故诬陷王忠嗣"欲奉太子"，唐玄宗以哥舒翰取代王忠嗣。

杨国忠通过一番权衡后，决定拉拢哥舒翰。天宝十二载（753）八月三十日，经杨国忠安排，唐玄宗下令：哥舒翰任陇右节度使，兼任河东节度使。

有了哥舒翰，杨国忠开始行动了。天宝十三载（754）初春，杨国忠来兴庆宫，拜见唐玄宗。谁知唐玄宗已经携杨贵妃于二月去了骊山离宫，至今未回。他觉得皇上与贵妃巡幸离宫，还不足一个月，没回来也是常理，只怪自己心急。

可过了一个半月后，皇上和贵妃还没回长安，杨国忠觉得，超过点时间不算奇怪。谁知这一等，便等了两个月，皇上还没回来。

原来，李林甫罪大恶极，死后重处，满朝一片欢腾，满朝大臣好像搬掉欺压在头上的大山，觉得轻松了许多，办事效率大为提升。唐玄宗心情愉快，觉得朝中有杨国忠主持，他也该轻松一下了，于是和杨贵妃或在梨园，或在乐坊，或在骊山，沉醉于歌舞之中。

转眼到了四月底，唐玄宗携同杨贵妃回到长安，杨国忠闻言，立即来到兴庆宫，面见皇上。

杨国忠来到兴庆宫门前，谁知被侍卫挡在门外："皇上吩咐，现在任何人不准进宫。"

好在有个小太监认识杨国忠，便向他暗暗眨了眨眼，偷偷溜进宫去了。

原来，皇上确实有事。

当初，唐玄宗听信李林甫的建议，边关尽可能使用胡人。到了天宝十一载（752），边塞关口十大节度使中，安禄山、哥舒翰、高仙之、安思顺等人的士兵都是胡人。在这些胡人节度使中，安禄山为范阳、河东、平卢三镇节度使，安思顺为朔方节度使，哥舒翰为陇右节度使并兼任河西节度使。高仙之为安西节度使。因此，全国十个节度使中，有四个是胡人为将。从军事总体布局来看，边关雄兵多为胡人掌管。全国四十多万兵力，安禄山拥有二十万，哥舒翰拥有十五万，高仙之拥有六万多。可以说，胡人拥有近百分之九十的兵力。当初，安思顺为大斗军使，哥舒翰为大斗军副使。但哥舒翰精通汉文，能通读《左氏春秋》，而安思顺在这方面不如哥舒翰。因此哥舒翰瞧不起安思顺，二人产生矛盾。后来，哥舒翰受到王忠嗣看重，提升速度反而比安思顺要快得多。安思顺受到冷落，当然不服，于是二人矛盾不断加剧。因为安禄山、哥舒翰和安思顺，都是高力士力极力推荐的，才有了今天，唐玄宗于是派高力士来调解，但他们的矛盾太深，尽管高力士用尽了手段，还是没有办法解决。

高力士调解没有成功，使唐玄宗有些着急。他觉得，边关大将如果产生矛盾，一旦外敌入侵，怎么协同作战？

唐玄宗在心烦意乱之时，那位小太监匆匆进宫，向唐玄宗禀报，说杨宰相被挡在宫门外。

杨国忠来了？唐玄宗顿时高兴起来，烦心的事，正好与他聊聊。于是，着小太监去请杨国忠。

杨国忠进宫，向唐玄宗见过礼后，唐玄宗赐座，便向杨国忠介绍：为调解边关三位主将的矛盾，高力士主张在长安城东驸马崔惠童的别墅，由崔驸马举行宴会，调解安禄山、哥舒翰和安思顺的关系。为此，唐玄宗特下令粮食署的官员，捉了一只野鹿。当着他们四人，宰后收好鹿血，让他们举行"热洛河"仪式，以结同心。尽管这样，高力士还是没有调解成功。

杨国忠听后，顿时生出一计。他故意长叹一声，却闭口不语。

唐玄宗把事情介绍得这样仔细，就是想听听杨国忠的意见，听到他长叹便知他有了主意，唐玄宗心急地问："爱卿为何叹气？"

唐玄宗这样问，正中杨国忠下怀。于是，他回答道："陛下知道这是为什么吗？"

"爱卿请讲。"

"据我所知，安禄山企图谋反！"

"啊！"唐玄宗听了，顿时一惊。但他马上意识到，安禄山出身低微，现在成为朝廷重臣，还不满足吗？想到这些，他连连摇头："安禄山是朕一手提拔的，现在是郡王，他还有什么不满足的？"

"不。"杨国忠说，"陛下，现在已有确凿证据！"

尽管杨国忠再三告知，唐玄宗还是不相信。

杨国忠虽然不死心，因手中无有力证据，只好作罢。后来，他事事留心，寻找安禄山谋反的证据。好在哥舒翰已经收编到了自己帐下，他想通过哥舒翰寻找证据。

尽管杨国忠做了不少努力，但还是没有得到确切证据。但他脑袋灵活，突然想出一个办法。

天宝十三年（754）三月的一天，他向唐玄宗说："陛下，安禄山谋反，确实是事实。"

唐玄宗听了，还是摇头予以否定。

"陛下如不相信，臣有一计，可以检验安禄山是否谋反。"

"不知爱卿有何计？"唐玄宗心想，杨国忠屡次提到这事，未必全是一派胡言。他觉得宁可信其有，不可信其无。

杨国忠说："陛下现在下一道圣旨，命安禄山马上单人独骑入朝。如果安禄山没有谋反之心，单独入朝，便会毫不介意。如果有此企图，他绝不敢独自入朝。"

唐玄宗见杨国忠说得十分肯定，便按杨国忠的建议，向安禄山下了一道旨。

安禄山很快接到圣旨，仔细琢磨，悟出了其中奥秘，便立即动身，于天宝十五年（756）正月初三来到京城。谁知唐玄宗下完旨后，在大年之际，携杨贵妃去骊山离宫了。安禄山来到长安，听说唐玄宗去了骊山，他想都没想，往骊山赶来。

唐玄宗在离宫接见了安禄山。安禄山见过礼后问："不知陛下召微臣有何旨意？"

唐玄宗看了看面前的安禄山，觉得有些愧疚，只是笑了笑，命设宴为安禄山接风。

其实，安禄山已经看出皇上的尴尬，心里明白是怎么回事，于是哭着向唐玄宗诉说："陛下，臣是官微身贱的胡人，如果不是陛下厚爱，臣怎会有今天？臣每想到陛下隆恩，虽粉身碎骨，也难报陛下大恩于万一。杨国忠用心险恶，想方设法加害于我。我在辛勤戍边，他却在皇上身边加害于我……"安禄山越说越哭得伤心，越感到委屈。

唐玄宗也非常感动，觉得难为他了。他转过身，看了身旁的杨国忠一眼，冷冷地问："安禄山只身赴京，不知宰相有何话说？"

杨国忠满脸通红，无言以对。

尽管如此，太子李亨还是向父皇说："安禄山必反无疑！"

现在，唐玄宗对任何人的话，都听不进去了。他准备下旨，封安禄山为宰相，便命翰林供奉、太常卿张垍起草诏命。

杨国忠知道后大吃一惊，忙向唐玄宗上言："安禄山虽然功勋卓越，但他是胡人，不通汉文，朝臣们虽不多言，但四夷之国知道后，必笑我泱泱大国，缺乏人才。"

唐玄宗听后觉得这话也有道理。他琢磨了一会儿，便把诏书压了下来，任命安禄山为左仆射。但他觉得这样还不够，于是又提拔了他的两个儿子，一个为三品官阶，一个为四品官阶。他向杨国忠嘱咐："朕按你的计策检验了安禄山的忠心，今后再不要提这事了。"

杨国忠满脸羞赧地点了点头，口称"万死"。事已至此，他还能说什么呢？

杨国忠的计策被安禄山识破，唐玄宗对安禄山深信不疑，杨国忠在家里琢磨着，仍不死心。

天宝十五年（756）五月二十五日，安禄山向唐玄宗请求："胡人喜欢养马，自己正是胡人，也有养马的习惯。请皇上任命微臣为闲厩使，臣一定尽力报效皇上。"

唐玄宗想都没想，便答应了他的请求。

杨国忠知道这事后，急得几乎跳了起来，满朝大臣也觉得，安禄山这是为谋反准备战马。可是，却无人敢再向唐玄宗禀报。

太子李亨知道这事，万分焦急。他知道此事非同小可，急忙阻止父皇。可是唐玄宗不听太子上言。

安禄山在得意之余，越发狂妄，索性来个一不做，二不休。五月二十七日，再次奏请唐玄宗，要兼任群牧总监。

唐玄宗又同意了安禄山的请求。

当时大唐共有四十八监牧马，安禄山身任两职，可管理天下马匹，也可管选马备马。

这下，满朝大臣非常震惊。仅仅两天，连续向皇上要求两职，皇上都恩准。他身兼数职，怎有时间管理马匹的事？这明显是为谋反准备战马。可是，对朝中舆论，唐玄宗仍然置之不理。

唐玄宗的宠爱让安禄山更加猖狂。他觉得，自己要干大事，一个人忙不过来，还差一个忠于自己的副手，他想到御史中丞吉温。如果有了他，一切具体事情都可以让他来做，岂不是两全其美？

想到这些，安禄山毫无顾忌地向唐玄宗上奏，请求吉温任兵部侍郎兼闲厩副使。唐玄宗立刻照办。

杨国忠想方设法要搞倒安禄山，没想到还助了他一臂之力，非常懊悔。然而，安禄山却非常得意。这次进长安，没想到唐玄宗对自己还是那样宠爱。现在起兵谋反，虽然已是万事俱备，但安禄山还是非常担心。自己的行动，即使瞒过了皇上，但朝中那么多大臣，不会没有人察觉。长安现在成为危险之地，想到这些，他觉得皇城如同地狱，只有范阳，才是他真正的安全之所。于是，安禄山决定立即返回范阳。

安禄山刚准备起程，突然想到，自己对不住他的这帮兄弟。自己已经得到这么多职务和名誉，而范阳的将士们，却没有得到任何封赏。如果他们没有得到功名，将来怎肯为自己出生入死？想到这里，安禄山掉转马头，又向唐玄宗上奏："臣手下将士，跟着臣讨契丹和同罗等国，立有汗马功劳，请陛下不拘一格，给将士们一些名位，臣回到范阳，代陛下授予。"

唐玄宗听了，还是立即批准。安禄山谢恩，自己造了份名册和所封的名爵，唐玄宗一一照批。

现在，安禄山要得到的，基本得到了，他得马上回范阳。三月一日，他向唐玄宗面奏："臣范阳责任在身，须立即离开京城回到范阳。"

唐玄宗见安禄山如此忠于职守，非常感动，于是命高力士在长乐坡，设宴给安禄山饯行。

安禄山一行来到长乐坡时，高力士已经在那里等候。高力士请安禄山入席，没想到安禄山紧绷着脸，不是很高兴，于是小声地问："王爷还有不如意的事吗？"

安禄山没作声，只是摇了摇头。高力士见此情形，不好再问了，只命侍从给安禄山倒酒。安禄山喝了几杯后，便起身告辞。

高力士回到京城，向唐玄宗禀报饯行的经过，特别提到了安禄山不高兴的事。这下，唐玄宗感到意外。安禄山这次来，所奏之事，朕已应允，他为何还有不高兴的事？

高力士忧心忡忡地说："依老奴看来，也许是陛下准备提拔他为相，诏书也拟好了。但后来被取消了，心中可能为这事不高兴。"

"是为这事？他怎么会知道此事？"唐玄宗想了一会儿，还是没有想出原因来，于是命人去请杨国忠。

杨国忠来了后，唐玄宗把高力士为安禄山饯行的事，告诉了他。杨国忠听后，沉吟了一会儿，说："这事只有高、我和张垍知道，如果安禄山知道，泄密的只有张垍了。"

过了好一会儿，唐玄宗才点了点头，认可了杨国忠的意见。

张垍是原宰相张说的二儿子，身材魁梧，仪表不俗，唐玄宗非常喜爱，便将他最爱的女儿嫁给了他。

唐玄宗对这位女婿十分宠爱。有一次唐玄宗在他家，闲谈时向他说，陈希烈曾多次上奏，要辞去宰相职务，你看朝中官员，谁适合任宰相？

张垍从未考虑过这些事，一时不知怎么回答。

唐玄宗微微一笑，说："也许还是爱婿合适啊。"

张垍一听，暗暗高兴。从此，他就盼望着当宰相了。

可是，皇上现在令他拟安禄山为相，而不是自己，心里便产生了抱怨情绪。

因皇上拟诏任职的事，属于绝密，外人是绝对不会知道的。再说，杨国忠也是利欲熏心的人，更能了解张垍这类人的心理，所以他一猜便是一个准。

没想到爱婿居然是个利欲熏心的人，唐玄宗非常生气，就在安禄山走后的第二天，贬张垍为卢溪司马，贬张垍的弟弟张埱给事中为宜春司马。

安禄山告别高力士后，骑着快马急向潼关奔来。他顺利到达潼关后，才松了口气。出了潼关，他担心杨国忠派人堵截，便弃马乘船。为了保证行船速度，他命船夫上岸拉纤，十五天换一班纤夫，船飞速前行，沿途州县也不停靠，昼夜兼程。

沿途的郡县官员觉得异常，纷纷上奏唐玄宗。他们没想到皇上对安禄山百分之百信任，便将上报的官员捆了起来，连同奏章，一起押送给安禄山，听任安禄山处置。安禄山当然不会轻饶他们，其下场是可想而知的。

在血的事实面前，人们变得聪明起来，虽然知道安禄山必反无疑，从此再没有人敢向唐玄宗反映安禄山谋反了。

全朝上下，只有唐玄宗一个人被蒙在鼓里。

二

天宝十四载（755）十一月九日，安禄山反于范阳。

安禄山有十五万大军，号称二十万，连夜从范阳出发。虽军马众多，出发时军纪严明，悄然无声。

第二天早晨，安禄山骑马出蓟南城，检阅全军。士兵个个奋勇向前，号令一下，如同泄洪的潮水，铺天盖地而来，所到之处，旌旗蔽日，尘土飞扬，鼓声惊天动地。

因这些年大唐天下太平，百姓多年未闻战鼓声，更不识兵革，当安禄山的大军涌来，惊天动地。特别是河北本是安禄山的辖区，安禄山的兵锋所到之处，守城将士个个闻风而逃。那些郡守县令，有的弃城逃窜，有的干脆大开城门恭迎大军，有的留城抗拒，终究寡不敌众，不幸当了俘虏。

安禄山大军从范阳进军时，对所占州县也做了精心部署。范阳由范阳节度副使贾循驻守；平卢节度副使吕知海，驻守平卢；高秀岩驻守大同。

当时太原称北京，副留守杨光翙，是杨国忠的心腹，安禄山命何千年和高邈，率二十名奚兵，宣称献俘，杨光翙不知有诈，果然大开城门，正好被何、高二将劫持，占领了太原。太原溃散的官宦，逃回长安，报与唐玄宗，唐玄宗闻言不信。恰好受降的城池，也有快马来报，安禄山已反，正举大兵向长安袭来，唐玄宗仍不相信，认为这是与安禄山有仇的人，故意设计陷害。

可是，逃进长安的官吏，天天不断，他们纷纷向唐玄宗哭诉，安禄山大军势不可当，现在已经占领了不少城池。

难道安禄山真的谋反了？唐玄宗觉得太意外了。

此时，唐玄宗和杨贵妃带着杨国忠等几位宰相，正在骊山的离宫天天沉溺于《霓裳羽衣舞》中。正好有几位大臣赶到骊山向唐玄宗禀报，安禄山已经反于范阳，唐玄宗感到非常震惊，急忙召集宰相杨国忠、韦见素等人商议对策。

杨国忠得知安禄山谋反的消息，竟幸灾乐祸。他暗暗看了看满脸惊慌的唐玄宗，好像是说，你不是坚信安禄山忠贞不贰吗？现在才相信安禄山谋反，已经迟了。

唐玄宗何尝没有观察到杨国忠那副幸灾乐祸的脸色？但事已至此，他顾不得那么多了，面对当前严峻的形势，想听听杨国忠有何见解。杨国忠却轻飘飘地说："安禄山只是个人谋反，他的将士们不会愿意跟随他走上绝路。依臣愚见，不出半个月，便会有人将安禄山的首级拿来见皇上。"

唐玄宗听后，沉吟片刻，点了点头，觉得杨宰相的分析不无道理，脸上的惊恐之色缓和了许多。他想到下午与杨贵妃还要跳《霓裳羽衣舞》，为了稳定人心，便命特使毕思琛去东都洛阳告知金吾程千里去河南招募士兵抵挡安禄山。办完这些事后，便回京城。

安排完这些后，唐玄宗便去见爱妃杨玉环，他身边不能没有杨玉环。

朝廷上下听到安禄山谋反的消息，个个大惊失色，特别是那些宰相，见事态已经如此严重，而皇上却还与贵妃娘娘在离宫沉溺于歌舞之中，大家你看我，我看你，谁都说不出话来。

国家面临大难，作为朝中大臣，不能坐以待毙啊。于是有几位老臣商量了一会儿，斗胆来到骊山，参见唐玄宗。

果然，第二天，唐玄宗和杨贵妃带着大臣们回到长安，第一件事便是将安禄山的儿子太仆卿安庆宗斩首，将其妻荣义郡主赐自尽。溯方节度使安思顺与安禄山关系较深，便立即剥夺了他的兵权，调任户部尚书，安思顺的弟弟安元贞调为太仆卿。

唐玄宗理顺人事安排后，又特别提拔在以往多次战役中表现杰出的溯方右厢兵马使、九原太守郭子仪为朔方节度使；任命右羽林将军王承业，为太原尹。因河南地处安禄山西进要冲，于是特别设河南节度使，命卫尉卿张介然为节度使，负责陈留等十三郡。同时下令，凡属地处于敌前一线的县郡，均设置御防使。十一月二十二日，特命荣王李琬，为天下兵马大元帅，勇将高仙芝为副帅，统率各路兵马东征。十二月一日，高仙芝率领五万精兵从长安出发，屯驻陕西，又命宦官边令诚为监军使。

安禄山大军所向披靡，一路挺进，非常顺利。十一月十九日，安禄山到达博陵南郡，何千年押解北京（太原），副留守杨光翙来到，安禄山便以"依附奸相杨国忠"之罪将其斩首。安排好守城官员后，兵锋直指洛阳。沿途有唐将相拒，或迎战唐军，皆抵挡不住安禄山的大军，以致叛军势如破竹，无人抵挡。即使猛将封常清率兵拒敌，因是刚刚招募的新军，缺乏战斗经验，安禄山派铁骑冲去，常军大败，只好退守葵园。安禄山挥兵攻至，又败，再退守上东门，再攻再败，只好率领残兵西走陕西。

同样，河南尹达珣面对大军，抵挡胡兵，力不能支，只好投降安禄山。接着，安禄山率兵直下，河北各郡闻风而降。

消息传到长安城，唐玄宗伤心地说："河北二十四郡，就没有一个义士忠于朕的？"

他的话刚说完，忽然接到传报：河北平原郡颜真卿，派手下李平送信来到长安。

唐玄宗接过颜真卿的信，非常感慨地长叹了一声："朕不认识颜真卿，更不知道他的模样，却在关键时刻，能为朝廷效忠，真是具有胆略的义士啊。"

李平从长安回到颜真卿帐下，向他传达了皇上的御旨，于是联络河北各州县招募兵士，共同抗敌。一些忠臣义士，见河南留守李澄、御史中丞卢奕、采访判官蒋清等先后被害，人人痛恨安禄山，士民人心思唐。因此，在颜真卿的号召下，纷纷前来参与平叛，扰乱敌军后方，并斩杀敌军大将段子光等多名将领。敌军后方顿时大乱。

朝廷上下极为平静。十二月七日，唐玄宗下达命令，他准备御驾亲征。当即下达命令：除朔方、河南、陇右兵马留守城堡外，其余军队由各节使，自率领本部兵马，限二十日内赶到长安。

十二月十六日，唐玄宗命太子监国，宰相们都留在京城辅佐太子，自己正式率军出征。

宰相们见唐玄宗要亲自出征，纷纷劝说。唐玄宗动情地向诸宰相说道："朕在位将近五十年，对于政事已经疲倦。

本来在去年金秋，便准备传位，只因水灾、旱灾接连不断，朕不想将不太平的大唐江山交给新皇帝，于是蹉跎至今。原打算在今年五谷丰登时，再将江山传给太子，不料现在安禄山谋反，这真是始料未及的事啊。现在，朕之所以亲自出征，就是要将安胡平定后，再将大唐江山传给太子。"唐玄宗说到这里，感到十分悲怆，"只有到那时，朕才不为天下事操心了。"

宰相们听了唐玄宗的一席话，对他肃然起敬，有的甚至泪水涟涟。

然而，此时的杨国忠，心情却与其他宰相不同，他思考的是自己。原来，他听唐玄宗说让太子监国，心里那个急呀。"怎么办？"他惶恐地心问口，口问心，不知如何为好。

原来，杨国忠知道太子对杨家不满，如果是他监国，杨家会有好果子吃吗？一定要阻止太子监国！

但是用何理由阻止？他想："要想阻止这事，只自己一个人的力量是远远不够的，得把杨家的人都聚在一起，只有这样，力量才强大些。"

杨国忠好不容易熬到唐玄宗安排完，忙赶了出来，径直往三位国夫人那里去，他要把三位国夫人的力量发动起来。

杨国忠找到了三位国夫人，把皇上马上要御驾亲征、留太子监国的事，说给她们听。三位国夫人听了，一时感到惶恐不安。她们也像杨国忠一样，不停地问"怎么办？"，杨国忠懊丧地说："太子对我们杨家恨之入骨，如果是他监国，我们杨家就完了。"

韩国夫人说："看来，只有阻止皇上御驾亲征，才是唯一的办法。"

杨国忠也非常赞同。可是，阻止皇上御驾亲征，一般人是不可能做到的。眼下大敌当前，国家正值生死存亡的关键时刻，谁敢向皇上这样谏言？

虢国夫人说："唯一的办法，就是去找贵妃娘娘！"

杨国忠当然赞成："我也觉得这个想法最好。"

秦国夫人和韩国夫人也积极响应："我们现在就去！"

杨贵妃听完三个姐姐的哭诉，沉吟了好一会儿，为难地说："这事的确难办。"

"可是，我们……"

贵妃说："三位姐姐请放心，再难办的事，涉及我们杨家利益，我也得想方设法来办。"

杨国忠听了，非常感动："让娘娘担风险了。"

正说着，唐玄宗走了进来，大家立即向皇上见礼。可是，贵妃却跪在地上，没有起身。唐玄宗见贵妃长跪不起，忙上前关心地问道："爱妃快起来。"

"臣妾不能起身。"

"爱妃这是为何？"

"臣妾有一事相求。"

"请讲。"

"请陛下不要亲征。"

唐玄宗听了贵妃的话，不觉一怔："你……"

"陛下，上阵杀敌，本是年轻皇子们的事，也是朝中文武大臣们的责任。他们食朝廷俸禄，国家到了关键时刻，就应该出力报效，怎么能让陛下上马亲征呢？再说，陛下年纪大了，经得起沿途颠簸吗？"

贵妃的哭诉，情深意厚，句句打在唐玄宗的心上。只有贵妃，才会对自己这样体贴，这样关心，这样爱护，让他感动得双眼泪下，忙上前扶起贵妃，看到贵妃满脸泪水，忙用袖口轻轻地擦拭，手竟有点颤抖。

是的，唐玄宗此时也是满腹心酸："其实，朕何曾想御驾亲征？现在安禄山大军铺天盖地而来，形势逼人啊。如果朕不御驾亲征，军心民心不稳，朝廷人心慌乱，这样下去……"

唐玄宗说到这里，已是泣不成声。

杨贵妃见皇上动了感情，在这关头，再加一把火，才能让皇上回心转意。她仍是依偎在唐玄宗怀里，继续哭诉着："陛下，你御驾亲征，臣妾一人孤零零的怎么办？你真的忍心丢下臣妾不管吗？"贵妃说到这里，见唐玄宗还没有回答，又跪了下来，哭声更加悲痛了，"既然陛下执意要走，就让玉环先死在你面前吧！"她说着，突然从地上起来，低头欲向面前的石柱撞去。众人忙将贵妃拉住，一起跪在唐玄宗面前。杨国忠含着泪说："陛下，剿灭反贼事大，您快点走吧。"

可是，唐玄宗看到贵妃哭得几乎晕了过去，他怎么能抛下贵妃而去呢？他心软了，决定收回成命。

贵妃仍然依偎在唐玄宗怀里，唐玄宗紧紧搂抱着她，彼此感到手肘在抖动，这是爱的传递，是两颗心在碰撞，是不离不弃的感知，是爱的宣泄……

这时，高力士来到这里，见皇上与贵妃难舍难分地相拥，深为感动。

可是，眼下大军压境，满朝文武大臣正等着皇上发令，一刻也不能耽误，于是向唐玄宗奏道："请皇上速去兴庆宫，众臣在那里恭候皇上旨令。"

高力士的话，使唐玄宗从情感中挣扎出来，忙让高力士引路，依依不舍地告别了杨贵妃。

唐玄宗通过封常清的三道奏章，知道洛阳丢失，觉得敌军势大，千万不可轻易出动。

原来，封常清丢失洛阳后，带着残兵败将，来到陕郡，高仙芝接待。高仙芝曾经是封常清的上司，后来又成为共同镇守边疆的战友。因此，封常清见了高仙芝后，便直言相告："贼兵势大，而我军都是未经训练的新军，难以取胜。陕郡既无屏障，又是要冲，现在重兵压境，坚守很难。潼关是京师门户，守住潼关，则可保京师无虞。若潼关失守，京师后果，不堪设想。依弟之见，可放弃陕郡，退守潼关！"

高仙芝一想，觉得有理，便决定放弃陕郡。

封常清又说："我是败军之将，必须回京师面见圣上，陈述形势。"

高仙芝点头同意。

当封常清到渭南时，碰见朝廷御史，传达唐玄宗圣旨，免除封常清职务，以普通士兵到高仙芝军中服役。

封常清遵旨，只好回转，来到高仙芝军中。

这时，监军使边令诚，坚决反对丢弃陕郡："圣上命令我们坚守陕郡，你们怎么能丢弃而去潼关？"

高仙芝看了看边令诚，心想，你只是个宦官，不懂军事，还在这里瞎指挥？

边令诚感觉到这两个人敢小看自己，咬牙切齿地说："你们敢看不起我？到时候有你们好看的！"

于是，他于十二月二十八日回长安，面见唐玄宗，将封常清败失洛阳后，来到陕郡，宣扬叛军威风，动摇我军军心，接着又弃陕郡城，添油加醋地诉于唐玄宗。

可是，皇上没有发怒，而是低头不语。这让边令诚有些意外。他看到皇上脸色特别难看，心想，再加一条，皇上准会发怒，于是，边令诚又向唐玄宗报告，两将克扣军饷。克扣军饷是唐玄宗最恨的事，这下唐玄宗果然气得眉毛也竖起来了："真有这事？"

"老奴句句属实！"

唐玄宗本来对高仙芝和封常清没抱多大希望。现在，一个失败，一个弃城逃走，两个重镇都被他们丢失。想到这里，唐玄宗非常生气，便立即下令边令诚速去军中将二将斩首。

当刀斧手将封常清押上刑场时，封常清从怀里拿出一份备好的奏章，递给边令诚："我死后，请边公公一定把这份奏章交给皇上。"

边令诚无声地接过奏章，收在怀中。

封常清见边公公将奏章揣进怀里，觉得放心了，不禁仰天长叹："臣死不足惜，陛下千万不要轻看了安禄山，一定要好好看看臣的奏章啊。"

边令诚亲眼看到封常清被斩首后，才慢慢打开奏章，原来是对敌军的形势分析和今后的抗敌方略。他不知道这些是否有价值，但有一点，他是明白的。如果把这交给了皇上，皇上按其实施，自己的日子就不好过了。他冷笑了一声："哼！"便将奏章丢进火中。

接着，边令诚带着一百多名马斧手，在辕门外将高仙芝拿下，宣读了皇上谕旨，高仙芝听了不禁长叹："我从陕郡退守潼关，全是为了确保京师。"说到这里，高仙芝向边令诚厉声喝问，"说我克扣军饷，你有何证据？"

高仙芝的话音一落，士兵们气愤地喊了起来："高将军冤枉！"

"这是对高将军的诬蔑！"

"高将军无罪！"

边令诚见势不妙，急忙命令动刑。

唐玄宗信任宦官，而怀疑边关大将，这不能不说是个悲剧。更加可惜的是，两员大将被唐玄宗听信诬陷而斩首，成了宦官的刀下鬼。

高、封被斩后，潼关没有大将驻守，唐玄宗于是命哥舒翰接任。

哥舒翰于天宝十四年（755）三月，即安禄山谋反时中风，在家养病已有半年。见唐玄宗下令驻守潼关，因病重再三推辞，但唐玄宗不听，无奈之下，哥舒翰只好带领八万大军前往潼关。

然而，安禄山大军已经抵达潼关了。

第十二章 唐玄宗出逃，帝妃情断马嵬坡

一

天宝十五年（756）五月，唐玄宗免去吴王李祇陈留太守、河南节度使职务，回朝任太仆卿。任命虢王李巨，除接任吴王的两个职务外，又统领谯郡太守何履光、岭南节度使、黔中节度使赵国珍、南阳节度使鲁炅，五月十五日挥军南阳。安禄山驻守南阳的两员将领武令珣、毕思琛闻风而走，于是南阳解危。

郭子仪、李光弼一军，在九门、沙河、嘉山等地，经过数场血战，频频得胜。武令珣、毕思琛丢盔弃甲，于黄昏时逃到博陵。

自此，唐军声威大震。李光弼挥军追击，随后将博陵紧紧包围起来。除将安禄山的守将斩首外，部下均投降唐军，至此，河北十余郡被郭子仪等收复。

不仅如此，安禄山大军后方屡遭颜真卿率军骚扰。因此，安禄山前军有郭子仪、李光弼大军阻截，后方有颜真卿大军冲击，两军形成夹击之势，使安禄山的军队不能安定。从大局上看，安禄山处于被动状态。

早在一月，安禄山在洛阳自称"大燕"皇帝，每天在宫中饮酒作乐，醉生梦死。然而，正当他春风得意的时候，郭子仪等唐将出兵，打破了他的美梦。

安禄山非常害怕，于是把严庄、高尚叫来，一顿大骂："才几天，你们连连大败，局势万分危急，你们不是多年前劝我造反吗？你们不是说，反唐保证万无一失吗？好，我依从你们。现在，你们的保证在哪里？现在该怎么办，你们说吧！"

严庄、高尚站在那里大气都不敢出。

安禄山厉声地喝问严庄："潼关怎么还没夺下来？"

严庄战战兢兢地答道："潼关有哥舒翰二十万大军驻守，占据了有利地形，加之后方有颜真卿骚扰，我们根本无法突破。"

"一个大病中的哥舒翰，你们就不能想个万全之策吗？"

高尚说："我们如果攻城，会被郭子仪占领范阳，截断了后路。从两军局势看，我们只有汴梁、郑州几个州，而唐军却在四面八方，将我们包围起来，现在哪有万全之策？"

安禄山一听，似乎眼前一片漆黑。他绝望地对他俩臭骂起来，吓得严庄和高尚，跪下口称"万岁饶命"。

安禄山此时什么也听不进去，看见这两个没用的东西心烦，于是高声地吼了起来："滚，都给我滚！"

严庄、高尚抱头鼠窜。

这时，从潼关回来的田乾真，见安禄山大发严、高二将的脾气，站在一旁没有出声。待严、高二人仓皇逃走，非常同情，于是上前为二人说话："现在，连失几城算不上危险。严庄和高尚是陛下的功臣，左膀右臂，他们现在的状况如此，必影响其他的战将，到时，会引起人心惶惶，军心不稳，陛下，这才是危险啊！"

安禄山听了这番话，顿时大吃一惊，他看了看田乾真。田乾真是安禄山麾下一员猛将，此时，他威风凛凛，气宇轩昂，说话掷地有声，心里顿时觉得安稳了许多，便一改刚才的怒气冲冲，笑逐颜开："还是阿浩懂得我的心思。"

阿浩是田乾真的小名，安禄山这样喊他，是为了表示亲近。

安禄山又转身向侍从命令："快去请严庄和高尚二位大人，朕要和他们一起共饮！"

随着平叛战争的发展，人们似乎感觉到，安禄山叛乱与杨国忠有着直接的关系。大将王思礼对杨国忠的奸佞之举，似乎早已知晓，便告诉哥舒翰："安禄山谋反，与杨国忠有关，何不上书朝廷，严惩奸相呢？"

哥舒翰听了，只是默不作声。

其实，哥舒翰何尝不知道这些。

王思礼仍然为哥舒翰不平："我们在前方御敌，而朝廷中却有人想置我们于死地！"

尽管王思礼为哥舒翰鸣不平，可是，哥舒翰顾不上这些。作为边关主师，眼下的任务是一定要守住潼关，才能确保京师安全。

其实，他们之间，还有个故事呢。天宝十一载（752），哥舒翰和王思礼，都是王忠嗣手下大将，后来哥舒翰升为节度使，而王思礼却在他部下，任兵马使兼河源军使。有一次袭击九曲，王思礼却未在约定好的时间到达。当时有人认为，王思礼是故意这样的，建议斩掉。可是，哥舒翰想了想，还是将他释放了。王思礼后来问他为什么不杀自己，哥舒翰长叹一声："现在想来，我要是那样，是不是就捅了个大娄子呢？"

两人从此有了很深的感情。

如何守住潼关，事情重大。哥舒翰与王思礼商量好，固守潼关，以逸待劳，以守制战。

于是有人向杨国忠说："哥舒翰和王思礼，拥有二十万大军，驻守潼关，一旦安禄山退兵，他们回到京城，你杨宰相就麻烦了。"

杨国忠听了，觉得也是。当他想到那样吓人的一幕时，非常恐惧："怎么办？"

那人见杨国忠害怕，一时拿不出主意，便又在杨国忠的耳边，小声地嘀咕几句，谁知杨国忠听了，连声喊"妙"。刚才满脸忧愁，现在一扫而光："妙，妙啊！"

这个献计的人，就是安禄山手下大将田乾真。

数天后，杨国忠向唐玄宗上奏："潼关虽是京城第一道防线，但有哥舒翰这样的猛将驻守，加之地形险要，应该算是固若金汤。但战事未来会怎样发展，也令人难料啊。"

唐玄宗听了，不知杨国忠想说什么。

"臣考虑，"杨国忠接着说，"建议京城应设第二道防线，以防不测。"

唐玄宗听了，不清楚杨国忠是何用意，仍没有说话。

"常言道，不怕一万，只怕万一。臣觉得，万一潼关失守，敌人便会向京师长驱直入。所以微臣建议设两道防线。"

凭经验，唐玄宗觉得，哥舒翰率领二十万大军守护潼关，不会被安禄山攻破。杨国忠的担心是多余的。

杨国忠费了九牛二虎之力，没有说服唐玄宗，这不得不让他心慌。如果不把哥舒翰调出潼关，如鲠在喉。

他左思右想，觉得只有贵妃娘娘，才能说服唐玄宗。

杨贵妃一直把杨国忠当作依靠。杨国忠的话，她全力支持，觉得从潼关调出哥舒翰，不管事情有多难，也答应了。

这些天来，因战事紧张，唐玄宗心情不大好，因此两人再不像以前那样，沉醉在歌舞之中。

傍晚，唐玄宗来到后宫，杨贵妃热情地迎了上来。此时，哪怕贵妃娘娘风情万种，唐玄宗也毫无反应，仍是满脸冰霜。

"皇上怎么了？"杨贵妃见皇上像是换了个人似的，吃惊地问道。

杨贵妃的这句问话，像是把焦虑中的唐玄宗惊醒了，他害怕冷落贵妃，便将她拥在怀中。

杨贵妃知道，往日皇上的拥抱，是激动万分，而皇上今天的拥抱，连一个笑脸也没有。她知道，这是安禄山谋反，才导致皇上心神不定。

她痛恨安禄山，可又觉得这个安胡，是自己的干儿子，和他还有那么点难舍之情，因此即使要骂，她又不知怎么骂。

贵妃知道，兄长杨国忠所托之事，只有皇上心情好的时候才能提出来。为了让皇上高兴，贵妃突然想到《霓裳羽衣舞》。皇上的心情，只有在欣赏《霓裳羽衣舞》时才能变好。想到这里，杨贵妃便拉着唐玄宗说："贱妾已有好几日未跳舞了，请皇上一同去乐善坊，开心开心如何？"

唐玄宗听了贵妃的话，尽管现在情绪很低落，但怕贵妃受了冷落，只好同意了。

唐玄宗同贵妃娘娘来到乐善坊，这可忙坏了高力士。他疾步来到乐善坊安排好乐师。

现在是国家危亡的关键时期，皇上好不容易来乐善坊，乐师们很感动，满怀激情地奏起了《霓裳羽衣舞》。贵妃娘娘听到了这熟悉的舞曲，情不自禁地跳了起来。跳到第三曲后，唐玄宗被那充满激情的《霓裳羽衣舞》感染了，便来到乐池，敲起羯鼓来。可是，正当唐玄宗饶有兴趣击鼓时，乐曲突然停了下来。唐玄宗吃惊地往贵妃看去，她站在舞池中央，低头垂手，心事重重。

唐玄宗看了，大吃一惊，忙上前挽着贵妃，见她面色红润，不像是病了。她跳舞都是激情高涨，从未这样啊。唐玄宗着急地问："爱妃怎么了？"

"皇上……"

"爱妃！"

杨贵妃说着，双手抱着唐玄宗的手肘，泪流满面。

"爱妃，你有何伤心事？"

"臣妾正跳舞遣怀，没想到见皇上为臣妾击鼓，一下子触及臣妾的伤心事来。"

"不知爱妃有何伤心的事？请讲给朕听。"

"皇上，臣妾本没有什么事，听说安禄山将要进攻潼关，臣妾担心皇上的安全。"

"爱妃不必担心这个。哥舒翰身经百战，有他镇守潼关，一定会万无一失！"

"安禄山兵多将广，万一要是攻破了呢？"贵妃说到这里，转过话锋，说，"皇上，还是多加一道防线为好啊。"

唐玄宗见贵妃哭成了泪人，心痛至极。他一边帮贵妃擦眼泪，一边安慰贵妃说："爱妃不必这样替朕担心，朕同意就是。"

第二天早朝，唐玄宗批准了杨国忠的建议，同意在灞上增设第二道防线。

杨国忠见皇上应允，便在监牧小儿中挑选三千精良，在苑中进行训练……

然而，除了皇上所指定的那些外，杨国忠又私自招募了两万兵丁，任命自己的心腹杜乾运为将，驻扎在灞上。

事情安排已定，杨国忠这才放心地说："现在，我再不怕哥舒翰了！"

然而，杨国忠的这些行动，哥舒翰早就知道，王思礼气愤地说："我们在前方御敌，杨国忠却在后面布兵，岂不是将我们置于死地？"

哥舒翰何尝不知道杨国忠的用意？他想了想，觉得两军对垒，内部不能乱。特别是杨国忠奸险，不能不防。于是他上奏朝廷，请求把灞上的军队统属他指挥。

唐玄宗立即同意哥舒翰的请求。

哥舒翰受权后，便找了个借口，命令灞上的杜乾运立刻赴潼关。杜乾运一到潼关，哥舒翰便将他就地斩首了。

　　杜乾运被斩，不仅吓坏了杨国忠，安禄山也非常震惊。哥舒翰杀了杜乾运，也打乱了他的计划。好在他的心腹大将崔乾祐正在陕郡，只要时机成熟，他会暗中部署军队，夺取潼关的。

　　为了能让哥舒翰出关攻打陕郡，安禄山便暗中派人到京城活动。果然，有人在朝廷散布消息："陕郡的崔乾祐军队不满四千，且全是老弱残兵。"

　　杨国忠闻言，忙禀奏唐玄宗："皇上可趁机让哥舒翰出兵潼关收复陕郡和洛阳。"

　　唐玄宗听了，立即同意，于是向哥舒翰下令立即行动。

　　哥舒翰接到唐玄宗的命令后，非常吃惊。他知道，崔乾祐驻军陕郡不过是个骗局，切不可轻易出兵。可是，唐玄宗非要哥舒翰出兵，去收复陕郡和洛阳。这让哥舒翰急了，忙上书唐玄宗："久经作战的安禄山，怎么会如此用兵呢？他这是诱我出兵之计，如果我们真的草率出兵，正中他的奸计。"为了说服皇上，他再次上书，"敌兵远道而来，希望速战。而我军固守潼关，利在坚守。再则，敌兵所到之处，残杀无辜，民心丧失，其战局对他越来越不利。这样拖下去，敌军必败，则可将安禄山，一举擒获。所以，我们需耐心坚守，不宜出兵。"

　　哥舒翰的这番有理有据的话语，使唐玄宗沉默不语。杨国忠见状，非常着急，忙劝导唐玄宗说："崔乾祐被称为'无敌'，如果现在乘其不备，出兵陕郡，斩首崔乾祐，将震慑安禄山，鼓舞我军士气，这样难得的良机，陛下为何这样犹豫？"

　　唐玄宗听了，仍没出声。

　　杨国忠又说："哥舒翰手握重兵，倘若回师长安，皇上怎么办？如果把哥舒翰调出潼关，陛下也就安全了。"

唐玄宗是靠政变起家的，这句话果然打动了他。现在只顾抗敌，而把哥舒翰、郭子仪、李兴弼等将领是否忠诚，全忘在脑后，于是下令哥舒翰出潼关。

使臣很快来到潼关，哥舒翰已经猜出了几分。

圣旨的内容，果然与他猜测的一样。使臣还未读完，哥舒翰便立即抢过圣旨，不准宣读。

按照朝廷的规矩，如果使臣没有宣读完圣旨，接过圣旨也不算是违抗圣旨。

这次所下圣旨，因事关重大，唐玄宗有些不放心，便接二连三地派使臣来到潼关监督。前一个刚走，后一个便来到，甚至有人说，后一个可以看到前一个的背影。这样一来，从长安到潼关的使臣，一时络绎不绝。

这下让哥舒翰的压力更大了。如果遵照皇上的安排，大军一出潼关，后果不堪设想。但是，一直这样不按皇上的安排坚持下去，自己也难逃脱皇上的重罚。

李光弼非常担心哥舒翰的处境，但又不知如何说。

哥舒翰沉痛地长叹："潼关一失，就会造成京师不保，这怎么向皇上交代？"说到这里，不禁潸然泪下。

使臣还是流水般地往潼关而来。哥舒翰考虑到，再难以坚持下去，万般无奈，他只好出兵。

在陕郡的路上，哥舒翰怀着侥幸心理，希望能打赢这一仗。

可是，崔乾祐早在那里准备停当，请君入瓮。

六月七日，哥舍翰在灵宝西原，与崔乾祐相遇，经过激战，哥舒翰大败，番将火拨归仁投降了安禄山。安禄山率领大军包围了潼关。

六月九日，潼关失守。

因从潼关至京城长安，沿路设置了报警火墩。潼关丢失后，沿途的火墩点燃火警，不久，火警传到了长安。

二

潼关失守，京城失守只是时间问题了。唐玄宗立即在勤政殿召集宰相商议。

眼前形势危急，满朝大臣十分惊慌。

宰相们来到兴庆宫，商讨怎么办。

有人提出，朝廷须离开京城避难。可是，究竟该去哪儿？

朝廷往哪儿去，这可是个大事。众宰相相互打量，谁也不敢贸然开口。不过，大家心里还是有谱，但杨国忠没有开口，谁敢抢在他之前陈述意见？从职务上讲，杨国忠是首席宰相，谁敢在他之前说话。

再说，他是贵妃的兄长，在唐玄宗的心目中，他的地位，当然比其他宰相高得多。

杨国忠心想，既然商讨往哪里去，当然是四川为好。于是，他向皇上提出了这个建议。

原来，他曾想到，如果安禄山叛乱成功，去四川最好。因为，杨国忠曾兼任剑南节度使，对那里较为熟悉。

杨国忠的提议，唐玄宗当即应允。

　　唐玄宗同意去四川，还有一个原因是，他看中四川是天府之国，地处西僻，还有中阁天险，隔断了与长安的联系，有"一夫当关，万夫莫开"之险要。加之杨国忠是剑南节度使，那里正好是他的管辖之地，这些，让唐玄宗非常放心。

　　出走的方案定下来后，后宫开始忙碌收拾东西，做好出走的准备。当然，后宫人多物件多，收拾起来很复杂。好在大小事情，有太监们做，以杨贵妃为首的妃子们，只要她指挥一下就行。

　　那些皇子、公主该怎么走，也要一一安排妥善。让唐玄宗放心的是，尽管事情多，但大家并不慌乱，还是像往常那样，没有什么异常感觉。

　　这时，潼关失守的事情，在全城传开了。目前，全城虽没出什么乱子，但气氛有些紧张。

　　第二天，即六月十二日，上朝的大臣们，来到勤政殿，只到了一两位。因为人们都开始收拾东西，顾不着上朝了。

　　唐玄宗装作没事似的，当着大臣们，仍是那样信心十足。不过明眼人知道，他这是装出来的。

　　为抗击安禄山，唐玄宗下达诏书亲征。上次亲征，全朝官员听了很激动，这次下诏亲征，人们似乎没抱什么希望。但唐玄宗还是装出做好亲征的准备。

　　唐玄宗为了亲征，命京兆尹魏方进为御史大夫，兼任置顿使，京兆尹崔交远为京兆尹充西南留守，边令诚掌管宫闱管钥。

　　也许宦官边令诚斩了高仙芝等大将立功，现在，这位宦官提升了。

下午，唐玄宗又来到勤政殿，令剑南节度使、颖王李璬，在本军做准备。做完这些，唐玄宗来到北门察看，即玄武门内。玄武门外则是禁苑。

傍晚，唐玄宗命龙武大将陈玄礼，整顿禁卫军，并挑选九百匹好马，以供使用。

唐玄宗的这些安排，外面没有人知道。

第二天，即六月十三日，天未大亮，唐玄宗领着贵妃及其他妃嫔、宫女、所有王子公主，还有杨国忠、高力士、韦见素、魏方进等人，悄悄地从玄武门出来，过了禁苑西，便是延秋门，走出这里，便是郊野了。

高力士骑着马，紧紧跟着唐玄宗前行，陈玄礼率护卫军，悄悄走过玄武门，越过禁苑，再走出延秋门，来到城外郊野。他们要不动声响地离开长安。

此时唐玄宗的心情十分沉重。他骑马走过延秋门，忍不住回首看去，因天未大亮，在晨雾中，只是看到一个模糊的影子。作为一代君主，唐玄宗曾在这里掌管天下，恩泽四海，也在此寻欢作乐，享受人生。而现在却要离开这里，不知什么时候才能回来。想到这里，唐玄宗心中非常感慨，不禁潸然泪下。

诗人杜甫在唐玄宗慌张出逃后的几个月，写了诗作《哀王孙》，全诗共有二十八句，现取开头十句：

长安城头头白乌，夜飞延秋门上呼。

又向人家啄大屋，屋底达官走避胡。

金鞭断折九马死，骨肉不得同驰驱。

腰下宝玦青珊瑚，可怜王孙泣路隅。

问之不肯道姓名，但道困苦乞为奴。

　　诗中写的是诗人在长安城中，看到王公贵族的子孙们，往日娇生惯养的黄金之躯，在安史叛军欲占领长安城后的凄惨遭遇。特别是写唐玄宗仓促出逃成都，再记叙王孙亲贵避乱匿身、流落异地的哀伤，表现了诗人对他们的关切同情。

　　高力士像条忠实的老狗，面对皇上怆然出走，他没有想到自己，而是处处想到皇上。他紧勒马缰，小心地为唐玄宗引路，因担心他的安全，不时打量皇上一眼。唐玄宗此时此刻，深深地感觉到，高力士这位忠实的老奴，对自己的侍候，总是这样细心。他猛然想起天宝十三载（754），他曾向自己说过："天宝十二年以前，宰相们忠于职守，边关将士们幸承皇恩，相互激励，国家繁荣兴旺。可惜后来，皇上将权力交给李林甫，结果法令不行，灾害频发，阴阳失度，百姓不能安居乐业，其原因，我不敢说，不知皇上是否有此感受。"

　　当时，唐玄宗听了高力士的这些话，心里虽不愉快，但知道他是忠心无二的老奴，才没跟他计较。

　　他之所以忌惮这话，是因为这话说中了他的要害。

　　当初为什么要把权力交给李林甫，高力士是明眼人，这事他当然清楚。虽然他曾多次上奏，可唐玄宗不听，和贵妃沉迷于声色之中，沉迷于……

　　唐玄宗再不敢往下想了，他似乎明白，过去的事，还是有些过错，而且还被那个老奴说中了。

特别是安禄山谋反，占领了不少州县，自己才知道，消息何等闭塞。想到这里，唐玄宗忍不住向高力士感叹地说："你还记得，天宝十三载，向朕的谏言吗？"

高力士听到后，不禁侧过脸来，向皇上打量一眼，虽看不清他的脸色，他从他的语气中，猜测到皇上的心情不好。

高力士怎么回答，唐玄宗没想顾及。想到这事，后悔莫及："那个谏言真的是对极了。"唐玄宗说着，侧过脸来，诚恳地向高力士说，"今日之事，朕发现得太晚了，无不令朕伤怀。"

由于仓皇出逃，一路颠簸，唐玄宗又想到了杨贵妃，于是回身看了看贵妃。高力士见皇上如此仁慈，感慨万分。他小声向唐玄宗说："陛下，我们赶路吧。"

东边出现鱼肚白，眼看天快亮了。护卫军簇拥着唐玄宗，浩浩荡荡，往西而去。

唐玄宗在夜里悄悄出走，当天已大亮时，皇宫里不见皇上和贵妃娘娘，顿时一片混乱。那些宫女和太监，一边跑一边慌张地喊着："不好了，皇上和娘娘不见了！"

没有多长时间，消息传出皇宫。"皇上和娘娘没有了？"长安城顿时像刮起飓风一样，人们四处告之：

"皇上出走了！"

"皇上现在在哪里？"

他们以为皇上和贵妃，仍在什么地方寻乐，无不恨得咬牙切齿："安禄山马上要攻进皇城，皇上还在醉生梦死！"

自杨玉环封为贵妃后，便与皇上沉浸在《霓裳羽衣舞》中，使得皇上无心理政，把朝中大权交给宰相李林甫，好让自己有时间与贵妃寻欢作乐。特别是安禄山，皇上毫无节制地任其作为，对他几乎失去了控制。而贵妃竟将这个逆贼收为义子，这真是养虎为患啊！

百姓们想到这些，把怒火全部放在杨家身上。一个是风花雪月的皇上，一个是祸害朝廷的奸相。于是百姓们涌向杨国忠府上声讨，可是偌大的府院，空无一人。

于是，百姓们来到三位国夫人家，所看到的情景，与杨国忠家一样。

人们于是想到骊山的华清宫。

此时，说不定他们在那里跳着霓裳歌舞，快乐逍遥呢。

可是，他们哪知道，此时，唐玄宗在西去咸阳的路上，在马上一路颠簸，苦不堪言。

唐玄宗一路走来，一路忏悔。他觉得对不住，向自己禀报安禄山谋反的、忠心耿耿的众州县，对不起深信自己治国有方的百姓，更对不起与自己相亲相爱的贵妃。看着她旅途极为疲惫，心如刀绞。

太阳终于从厚厚的云层中，钻了出来，沿路洒下明媚的阳光。唐玄宗望了望天空，他觉得，若是往日，现在正是上朝的时间。那时，自己在勤政殿上的御座上坐着，与百官议事。自己的每一句话，都是治国决策。没想到现在这样落魄，不禁十分伤感。

高力士陪着唐玄宗，走过渭河的便桥，杨国忠便命人烧掉便桥，以切断追兵。火光惊动了唐玄宗，忙问高力士出了什么事，高力士回答说："宰相命人烧掉便桥。"

唐玄宗听了，不禁长叹一声，说："这桥是通向四川的必经之路，朕虽已从桥上经过，也应该让百姓也从桥上经过啊。"说完，便命高力士带人去将火扑灭。当高力士带人走后，一旁的杨国忠看在眼里，虽嘴上不好说，心里却鄙夷道："自己现在都难以顾及，还去管百姓。"

队伍匆匆赶路，一晃，走了大半天，唐玄宗感到很疲倦。他回头看了看身后的杨贵妃，她和那些妃嫔一样，不仅衣衫不整，还歪歪斜斜地靠在一起，不禁打了个寒战："老天爷呀，朕这一家，现在成了什么样子啊！"

眼看日头当顶，唐玄宗感到肚子饿了，正四处打听，恰好高力士扑完火后赶到。他正要高力士去弄点食物来，但看到眼前田野，一片荒凉，又无村庄，这吃的去哪儿弄？于是把话咽下去了。

唐玄宗虽没把话说出来，但精明的高力士，早已看在眼里。于是奏请唐玄宗："是不是安排一队人马打前站，告知沿途郡县，让他们做好安排迎接圣驾？"

唐玄宗觉得也是，忙点头表示同意，说："你来安排吧。"

在这非常时期，高力士当然要派自己身边，信得过的人，于是便安排王洛卿带着十几个太监，快马加鞭，赶上前去了。

一晃，王洛卿去了好一会儿，还没有消息。唐玄宗饿着肚子，觉得很疲乏，不禁又生感慨。以前的这个时候，已是午睡过后，正与杨贵妃在乐善坊跳舞。那美妙的《霓裳羽衣舞》，还有贵妃迷人的舞姿，带着浓浓的脂粉气，无不令他赏心悦目。

　　唐玄宗想到这里，猛然想起贵妃，又忙扭头看去，见贵妃满脸憔悴，歪靠在一旁。他再心疼也没有办法，只好继续前行。

　　一行人终于来到咸阳县城，这里距京城四十里。县城西面有一座行宫，名为望贤宫。高力士先把唐玄宗扶下马，又把杨贵妃扶下车辇。唐玄宗忙上前挽住贵妃的胳膊，走进行宫。因疲惫至极，哪里管得了许多，找个地方，便坐了下来。因高力士派王洛卿打前站，便在这里等前站的消息。

　　宫外，士兵们就地而躺，横七竖八的，四处都是，一片怨声。

　　就这样等了好一会儿，还是没有等到打前站的消息。高力士不住地往宫门打量，他非常着急啊："王洛卿该回来了呀！"

　　其实，王洛卿早跑了。

　　原来，王洛卿来到县衙，向县官讲明，皇上即将来到，请他快快准备迎接。县官听了，忙将县衙的人召集一起，谁知那些人听说安禄山谋反，哪还顾得上皇上，自己逃命要紧。那些人一哄而散。王洛卿两手空空，不敢再去见圣上，便和那些人一起溜掉了。

　　高力士见王洛卿没回，于是又派人再去咸阳县衙，可是，县衙空无一人。即便在大街上，也没碰见一人。看来，百姓们已经纷纷逃走了。

　　差不多过去了一天，唐玄宗和整个队伍还没进食，也许是饿得慌，全像霜打的茄子一样，毫无生气。

　　杨国忠见状，便独自来到大街上四处寻找，没有发现任何人。于是一想，整个县城，不可能没有一个人，一定在巷子深处。于是他从大街上溜进小胡同，刚刚转过两道弯，终于发现巷子的转弯处，有一个卖胡饼的小摊。也许是饿得慌，他什么也不顾了，首先要了几个胡饼，狼吞虎咽，手上的胡饼吃完了，又拿几个，瞬间又吃个精光，这才抹了抹嘴巴，已经吃得非常饱。他再看胡饼摊上，胡饼还有很多，便全部买下，用布包一起包好，拿着便向唐玄宗这边赶来。

唐玄宗接过杨国忠的那包胡饼，便与贵妃和妃嫔们分吃。谁知那些皇子、公主，此时看到吃的，个个垂涎欲滴，都向唐玄宗伸过手来。唐玄宗便一个个地打点。但内眷太多了，唐玄宗手中的胡饼已分完，还有不少人没有分得胡饼，有的甚至气愤不平。这时，高力士大声地说："别吵了，皇上也没有，你们吵个什么！"

高力士说完，那些争着要胡饼的人便不作声了。高力士来到唐玄宗面前，跪了下来，双手捧着一块胡饼呈了上来，语声带悲："皇上，这个是奴才的，奴才见皇上没有，自己不敢食用。请皇上……"高力士说到这里，哽咽着说不下去了。

可是，在场的不论是皇子公主，还是妃子宫女，都忍不住眼噙泪花。特别是听到小儿们饿得"哇哇"地大哭，做母亲的心如刀绞。

这时，忽然听到远处，传来说话声和匆匆的脚步声。唐玄宗正不知所措，原来是个卖胡饼的老汉，领着一群百姓，手提饭篮赶来了。

走在那群百姓前面的，就是将胡饼卖给杨国忠的那位老汉，他见杨国忠来买胡饼，凭着他的衣着，便猜测是朝廷的大官，一定是皇上来到咸阳，没有食物了。他便通知邻居们赶着做饭，呈给皇上。

百姓们本来想给皇上弄点儿好的食品，可是他们太穷了，家里稍好一些的食物，平日舍不得吃，便积攒起来。现在，百姓们将这些积蓄下来的粮食，做了胡饼或包子，用篮子装好，慌忙送了过来。

唐玄宗见在这关键时刻，百姓们送来食物，如同雪中送炭，顿时百感交集。这些天天吃山珍海味的妃子和皇子皇孙们，要是在皇宫，觉得这些东西连狗都不吃。可是今天不同，大家盯着装有胡饼和包子的篮子，纷纷伸手抢夺。不一会儿，百姓送来的食物就被吃了个精光。

但是，那些小皇子还在哭喊着："我还没吃饱！"

尽管没有百分之百地满足，但唐玄宗对这些百姓还是很感激，不觉老泪纵横。他让杨国忠给百姓们银子。

那位卖胡饼的老汉，叫郭从谨，他走出人群，向唐玄宗施礼后，慷慨地说："皇上，安禄山包藏祸心，并不是一天两天的事。当初朝廷许多人告发，皇上不但没听进去，还一味祖护，并将告发的人，送给安禄山处置，将那些忠心耿耿之人，都送给安禄山杀害了，从此再没有人敢去向皇上告发了。安禄山便肆无忌惮，秣马厉兵，以图其奸。现在，皇上顾不了大唐天子之尊，仓皇奔走于逃亡的路上……"

郭从谨此时慷慨激昂，越说声音越洪亮。人们刚才还是叽叽喳喳的，听着听着，便逐渐安静下来，鸦雀无声。特别是那些宰相，也觉得这些话，都说到他们心坎上去了，也是他们想说而不敢说的话，没想到这位农民大哥，却当着皇上的面，如此义正词严："皇上当初，总是不遗余力地寻访贤臣，大唐才有了开元之治。草民知道，皇上当初以姚崇、宋璟等人为相，屡屡向皇上进谏忠言，天下赖以为安。可是后来，朝廷以阿谀奉承为能事，以进忠言为忌讳，致使皇上没有真正了解天下事，我们这些百姓，也痛心啊。后来皇上有了贵妃娘娘，不仅丢掉了原来的英明主张，还将大权全部交给宰相，整天缠绵于华清宫和梨园……"郭从谨说到这里，停顿了片刻，又接着说，"就是我们这些草野之民，也知道皇上早晚会有这一天，天下百姓痛心啊！"郭从谨说到这里，说不下去了，顿时失声大哭起来。高力士站在唐玄宗右侧，忍不住向唐玄宗感叹地说："老奴从未见到，对皇上如此忠心的草民啊！"

送走了郭从谨，唐玄宗心里似乎亮堂了一些。这时有人送来一盒饭食，唐玄宗将饭食分一些给其他官员，给自己只留了一点，接着又吩咐士兵们，分散到其他村庄寻些饭食。天刚黑下来后，大队开始出发，半夜时分走到金城。

金城的县官不见人影，估计也是逃避，整个县衙空无一人。民宅里虽有百姓，但这兵荒马乱的年头，早被朝廷和地方官员吓怕了，均躲在家里，连偷偷出门观望一下也不敢。

县衙内虽说不见人，好在饮食器皿齐全，于是高力士安排人员，找出粮食来，着手生火做饭。这时，高力士没有看到袁思艺，经打听，他在进驿站的时候就逃走了。他再清点人数，这才发现少了不少。

驿站没有照明的灯，到处一片黑暗。好在那些妃嫔和皇子皇孙累坏了，走进驿站，便倒地就睡，到处是人，连走道上也占满了。

高力士心细，他给皇上和贵妃，另外打扫了一间稍微干净的小房，安排唐玄宗和贵妃休息。

夜里，哥舒翰手下的大将王思礼赶到，向唐玄宗禀报潼关丢失的有关消息。原来，潼关在三天前就丢失了，哥舒翰被手下一裨将，捆绑后送给了安禄山。王思礼是从乱军中杀出来的。唐玄宗听了，命他为河西、陇右节度使，并马上赴任。王思礼领命，他没有歇息，便立即收拾残军，准备东讨安禄山。

三

在金城驿站休息了一夜，第二天清晨，这支逃亡的队伍，从金城出发，往西而行。一路上，大家心情低落，快到中午时，又渴又饿，以致前进速度很慢。六月十四日，他们来到马嵬驿站，官吏们早已逃走，驿站空荡荡，没有一人。原想有了驿站，便可以喝口水，找点粮食充饥，现在全落空了。因此，大家的心情也是越来越坏。

随行的六军将士们，躺在驿站前的草坪上休息。想到这几天，一路又饿又渴，心力交瘁。现在躺下来，全身像散了架似的，不想动弹，还窝了一肚子火。

往日在京城，生活滋润，哪曾受这番罪？就算吃了这么多苦，穿上这身虎皮，也可以想得开。现在，妻儿住在京城，没人看管，万一安禄山攻进城后，她们怎么办？安禄山的部队，他们是知道的，无论走到哪，都是奸掳烧杀。自己的老婆，会不会遭到那帮畜生侵害？这么一想，心中窝的那团火，不禁燃烧起来。他们愤怒地站了起来，挥舞着手中刀枪怒吼起来。

"我们今天落到这般下场，都是因为那个奸相！"有位士兵高喊着。

喊出的这一句话，说在士兵们的心坎上，就像快要燃烧的火，被浇上了油，一下子爆发起来。士兵们愤怒地呼喊起来。

龙武大将军陈玄礼见状，觉得是时候了。他立即派人，去后队找东宫的李国辅，把自己的想法告诉他。

李国辅听了大吃一惊："这不是要政变吗？"

李国辅本名李静忠，长相不佳，加之从小又被阉割，好在后来，不知是什么机会，进入宫中。因他略懂计算和有善写的特长，就当上了高力士的仆人。因高力士任总管，便命他管理宁波厕院的簿籍。后来，命运又给他一次机会，王锇推荐他去服侍太了李亨。李国辅年约四十，有一定的社会和政治经验，为人灵活，不久便得到太子李亨的重用，甚至成为大太监头目。太子与杨国忠矛盾日益尖锐，他对杨国忠当然也是和太子一样的态度。

陈玄礼身为禁军大将，不便与李国辅直接联系。好在他熟悉宫中的情况，他知道这位李太监，在宫里的势力强大，有时甚至可以左右太子。所以，要想争取太子的支持，只得动用太子身边的宠信，才好周旋。当李国辅知道陈玄礼欲诛杀杨国忠，他略沉吟了一会儿，便立即去找太子。

李国辅向太子禀报，六军统帅陈玄礼，意欲诛杀杨国忠。可太子听了，并没有表态。因为他在后队，与唐玄宗相隔较远，并不知前面发生的事。再说，政变可不是闹着玩的，作为太子，在不知情的情况下，确实不便表态。

唐玄宗在长安出发前，将出逃人员分成三路：一路在前面开路，负责安抚、食宿等事宜；一路居中，唐玄宗及其妃嫔和皇子皇孙等，由陈玄礼带兵随后护卫；最后一路是太子李亨断后。三路人马之间，应拉开距离。可是到了咸阳后，因派王洛卿前去弄食物，好长时间没来，焦急的人们便纷纷打量，结果队形便乱了。好在食尚局送来饭菜，大家吃了后，队伍才平静下来。尽管唐玄宗做了调整，但队伍还是不如出发时那样整齐。

陈玄礼与太子联络后，又派人去与高力士联络。他在诛韦后时，便与高力士是战友关系。后来在交往中，他们的友谊极为深厚。其实，他早知道高力士对杨家的态度。他在皇上身边，天天少不得要与杨氏兄妹接触，他城府极深，平日心思没有一丝流露。此时，陈玄礼觉得，高力士的身份特殊，要想圆满完成大事，不先与他商量是不行的。

好在高力士没有让陈玄礼失望。

陈玄礼做好了这些外围工作后，便立即召开六军将领会议，将领们得知要杀死杨国忠，纷纷摩拳擦掌，义愤填膺："就是这个奸相，作恶多端，以致天下大乱，百姓流离，不杀此贼，国不能保啊！"

陈玄礼听了，点头称是，说："我很久以前便有这个愿望，现在是时候了！"

众人齐声说："陈将军，那就这么决定吧！"

陈玄礼点头同意。人们立即操刀提枪，做好行动准备。

可是，怎么才能顺利杀死奸相？大家围在一起商量，怎么接近杨国忠。这时，杨国忠骑着马从驿站院子里刚一出来，没想到就有二十多个番兵围了上来，向他诉苦，直到现在，他们还没吃饭，请求杨相给饭吃。

就在这些番兵围着杨国忠要饭吃时，忽然有人高声地喊道："杨国忠谋反了！"

这一喊，引起了其他士兵的注意，也跟着喊了起来。他们一边喊，一边挥舞着刀枪冲了过来。

杨国忠本来是要见杨贵妃的，没想到遇上这么个局面，一下子愣住了。眼看有几个士兵手握钢刀，快要冲到自己面前了，他这才知道大事不好，掉转马头向驿站西院跑去。可是已是迟了，不知道是哪位士兵，向杨国忠放了一箭，正中马肚，那马吃痛，于是两只前腿使劲一跃，这时又飞来一箭，正中马鞍，杨国忠从马上落下来，没等他翻过身来，愤怒的士兵已冲到杨国忠身边，一时闪闪刀光，捅到杨国忠心窝。士兵们见杨国忠躺在地上，奄奄一息，但还在抽搐着，不知谁为了解气，将他的首级割了下来，用枪尖挑着，立于驿站院前。其他士兵为了解气，争相割着杨国忠的尸体。不一会儿，杨国忠身上的肉，全给割完了，只剩下个骨架儿，挂在枪上。

随后赶来的士兵紧紧包围了那二十多个番兵，一怒之下，也将他们一个个杀死，也许是为杨国忠殉葬。

尽管杀死了奸相，士兵们并不解气，一起往西院冲来。这里有三位国夫人和杨国忠的儿子，他们见一群愤怒的士兵，手握兵器冲进院里，知道大事不好，于是各自逃命。但是迟了，士兵们都不说话，见了他们，挥刀便砍，他们一个个顿时倒在血泊中。户部侍郎杨暄，拔腿想溜，也被一个士兵抢上前来，向后背猛地挥一刀，便应声倒下。

西院乱哄哄的砍杀声，惊动了御史大夫魏方进，忙从房间跑出来，只见杨国忠血糊糊的头颅，被挑在枪尖上，顿时大吃一惊，慌忙向士兵们大声地问："你们怎么杀害杨宰相？"

士兵们没有回答，纷纷走上前去，挥刀向魏方进砍去，将他杀死。

宰相韦见素，也听到外面乱哄哄的，于是走出来，见遍地尸体，不禁大吃一惊，正要说话，突然身后一棒打来，将他打倒在地，其他士兵们，围着韦见素，你一拳我一脚地打着，没想到有位士兵，认出是韦宰相，忙大声地制止："不要打了，是韦宰相！"

"不要伤害韦大人！"

当士兵们停下来时，韦见素忙跑进驿站。

这下惊动了唐玄宗。

唐玄宗正在驿站的厅堂，为贵妃揉搓着小腿。因为她从未这样劳累过，长时间骑在马上，双腿已经受不了。唐玄宗给她揉搓着腿，并好言安慰她：离四川不远了。

此时，贵妃满腹委屈，哽咽着依偎在唐玄宗怀里，一动不动。这下难为了唐玄宗，给依偎在怀里的女人揉脚。可是，他不能委屈了爱妃，特别是她的每一滴泪水，都像是滴在他心上。

唐玄宗虽给贵妃搓揉了好一会儿，但贵妃一直在哭，唐玄宗心痛，虽然实在很累，给贵妃娘娘搓揉的手却一直没停，也许他觉得这样做能让贵妃消除些忧伤。

这时屋外传来乱哄哄的声音，唐玄宗不禁一怔。他要平安到达四川，所以沿途的安全，令他非常担忧。便问高力士："外面为何有吵闹声？发生了何事？"

谁知高力士听了唐玄宗的话，很平静地答应："奴才出去看看。"

高力士走出驿站，来到陈玄礼面前，传达了唐玄宗的命令。谁知高力士的话还未落音，院子里的士兵顿时一片怒吼声："贼本尚在，我们不能退兵！"

这些愤怒的吼声，似乎有很强的爆发力，让高力士连连后退。

陈玄礼当即跪下禀报："禀告高大人，杨国忠谋反，已被我们就地正法！"

陈玄礼没等高力士说话，又接着禀报："现在杨国忠不在了，贵妃再不宜供奉，请陛下割弃恩爱，杨贵妃也要就地正法！"

高力士听后，忙转身进来，不敢向唐玄宗禀报，西院将士们的意图，只是说宰相杨国忠，被士兵以谋反的罪名，就地正法。

唐玄宗一听，倒抽一口凉气。怎么也没想到爱妃的兄长被杀，不知她会何等伤心，爱妃是否能够承受得住。那么，安慰爱妃，迫在眉睫。唐玄宗欲回身进去安抚贵妃，却被陈玄礼高声喊住："皇上，杨国忠谋反，臣未向皇上禀报，便将他正法，请皇上恕罪。"

唐玄宗转过身来，打量着跪在面前的陈玄礼，怎么也没想到，他竟有如此胆量。不过，眼前士兵气焰高涨，若没有他，这些士兵难以镇住，于是便好言抚慰，说："镇压反贼，何罪之有？"

"谢皇上！"

"好了，陈将军，快去整顿军队，继续前行。"

"皇上，罪臣还有一事请求。"

杨国忠被杀，唐玄宗心里非常惦记贵妃，他说完正准备进去，没有想到陈玄礼又有一事请求，只好返转身来，只见陈玄礼等将士，全跪下不敢抬头。唐玄宗似乎感到有些不妙，心里不禁一颤："不知还有何事？"

站在唐玄宗一侧的高力士，明白陈玄礼会讲什么，他比唐玄宗更加紧张。因为刚才陈玄礼，向他呈报过，他没将此事向皇上禀报。

唐玄宗此时，虽还蒙在鼓里，但听完陈玄礼的话，他便感觉到将会发生什么，一股凉气从背后向上飞过，顿时哆嗦了一下。

陈玄礼禀奏："皇上，奸相谋反被诛灭，贵妃也不宜供奉。请皇上痛心割爱，将贵妃也就地正法！"

唐玄宗听了，见陈玄礼语气坚决，不禁吓了一跳。他似乎不相信这是真的："你说什么？"

没等陈玄礼回答，众将士齐声，将陈玄礼的话，复述一遍。

唐玄宗听完，如同当头一棒。刚才他虽感觉到要发生什么，但没想到这么严重，竟敢动到贵妃身上。

"不行不行，绝对不行！"

是的，这怎么可以呢？后宫三千宫娥，乃至所有妃嫔，都可以不要，也决不能没有贵妃。

唐玄宗脑子一下子全乱了。自从开元二十八年（740）十月，将她召至骊山温泉侍寝开始，至今已十载有余，恩爱至深。特别是朕现在老了，没有她为伴，没有她的《霓裳羽衣舞》，朕的日子怎么过？总之一句话，绝不能没有贵妃！

"皇上，"陈玄礼等将士，见唐玄宗没有应允，于是又齐声请求，"皇上，请快快答复众将士的请求，万一将士们爆发，末将难以控制。"

唐玄宗怎么也没想到，将士们快要控制不住了。这么多将士一旦爆发，形势将非常危险。怎么办？他两手相互拍打着："这到底该怎么办？"

情况万分焦急，好在唐玄宗没有慌乱，觉得大局稳定下来就好了。因此，他信心十足："一定要救出贵妃！"

唐玄宗见面前的将士们，个个怒目圆睁，他稳定了一下情绪，说："将士们不要慌忙，待我进去自行处理。"

唐玄宗说到这里，急忙走了进去。

唐玄宗进来，默默地将贵妃扶了起来，紧紧地拥在怀里。

贵妃早就听到外面的话，感觉自己被推到悬崖边，期盼皇上能够救自己。唐玄宗走进来，她仿佛看到了希望，扑向唐玄宗。

唐玄宗见贵妃投向自己，于是张开双臂，将贵妃紧紧抱在怀中。

贵妃依偎在唐玄宗怀里，一动不动。在这险象环生的关键时刻，她非常害怕。作为女人，在这生死关头，她是多么需要夫君唐玄宗的保护……

现在，皇上终于将自己拥在怀中了，她真正地感到生的希望。她希望自己这只颠簸的小船，能在这狂风暴雨中，行至属于自己的安全港湾……

此时，唐玄宗虽将贵妃揽入怀中，但他的注意力全在驿站外。外面怒吼声响成一片，形势越来越危险。但不论有多危险，一定要保护好爱妃。他想。

驿站外的呼声，铺天盖地，高力士呆呆地站在那里，不知如何是好。他亲眼看到，皇上前几任爱妃，都是非常让人痛心的结果。他曾暗下决心，决不能让杨贵妃步其后尘。特别是眼前的贵妃，是自己在无奈之下，选到皇上身边的，他也曾努力，让杨贵妃与皇上幸福，白头到老。可是今天形势逼人，贵妃难逃一劫，他心痛啊……

驿站外面，呼喊声越来越激烈，如同滚滚洪水，撞击着唐玄宗脆弱的"堤坝"，他能抵挡得住吗？

京兆司韦谔，安顿好父亲韦见素后，来到驿站，看到将士们愤怒冲击驿站，非常震惊，众怒难犯啊，危险迫在眉睫！如果皇上再不果断决定，一旦这些愤怒将士的要求得不到满足，后果不堪设想。于是来到唐玄宗面前，满脸泪花地跪下向唐玄宗诉说："皇上，众怒难犯，现在已经控制不了局面，何去何从，请皇上速速定夺啊！"

"贵妃深居宫中，她怎么知道杨国忠谋反的事呢？"唐玄宗环顾他一眼，悲切地说。

一旁的高力士，听了唐玄宗的话，心想，现在到了这样危急时刻，是保皇上，还是保贵妃？其实，为了大唐江山，这不需要思考，只能委屈贵妃啊。想到这里，他顿时老泪纵横。

驿站外的将士，已到门前。韦谔仍在继续哭求唐玄宗早做决断："陛下，贵妃虽深居后宫，确实没有罪。但已经处死她的兄长奸相杨国忠，如果她仍在皇上左右，请陛下想一想，将士们怎么能够安心呢？"

这，让唐玄宗没有退路了。

唐玄宗松开贵妃，来到驿站门前，听到士兵们的呼声，泪流满面。他知道，这个决定非同小可，关系到爱妃的生死，这决心怎么下得了呢？可是，韦谔的话，也是事实，不能不重视……

正在唐玄宗犹豫不决的时候，将士们冲进了驿站，纷纷在唐玄宗面前跪下，请皇上以国家为重，处死贵妃。

看着一片黑压压的人群，唐玄宗不知所措。这时，高力士在一片高呼中跪下，每一次磕头，脑门都磕到地上了："请皇上想一想，眼前的形势，只有让士兵们安心，皇上才能安心。"

韦谔继续跪在唐玄宗的脚边哭求着，而且哭声越来越悲怆。

韦谔的哭诉声震人肺腑，现在，高力士也在为六军将士说话了。

高力士也开始劝说皇上，这让唐玄宗非常痛苦。高力士也这样说，看来，眼下的危局，难以挽救。

可他怎么舍得杨贵妃呢？

于是，唐玄宗来到杨贵妃身旁，二人哭着拥在一起，那哭声感人肺腑，十分凄凉。

尽管唐玄宗和杨贵妃，仍是紧紧地抱着，谁也舍不得松手。但士兵们处死杨贵妃的呼声，铺天盖地，一阵高过一阵。

一旁的高力士明白，这些士兵，不达到目的，是不肯罢休的。他哭丧着脸向唐玄宗说："请皇上早些决断。"

唐玄宗听了高力士的话，只好含泪抽回紧抱贵妃的手，转过身去，悲泣地向高力士说："请处置吧！"

也许是他不忍看这里将要发生的事情，说完便离开了。

高力士得令，走向跪着的将士们，传唐玄宗口谕。

韦谔忙起身，告诉陈玄礼："高公公已传达皇上口谕。"

在陈玄礼召唤下，六军将士虽然停止了呼唤，但一齐向驿站涌来，像放了闸的水，汹涌流向驿站。

贵妃听到皇上向高力士下达了口谕，她知道自己的依靠已经没有了。这是为什么啊？他们为什么要将我置于死地？杨贵妃平静地看着向自己奔来的、手握钢刀的将士，万分迷惑。

皇上不是个男人吗？男人对自己的女人，就应该保护啊。自己是他的女人、妃子，在这生死存亡的关键时刻，他却放弃了保护自己。

皇上是我的丈夫，作为妻子，怎么不能和自己的丈夫，相爱相亲呢？难道这样也是有罪的吗？早知是这样，还不如就在洛阳做个平民，做个平常人的妻子。

皇上，这些都是你的大臣，你的将士，你怎么不能说句公道话？怎么不能为妻子解危？杨贵妃想找到皇上，四处搜寻着，搜寻着……

可是，时间不容她多想，激怒万分的将士，已经将她紧紧围住。也许，是看在她是贵妃，而没有动手。

将士们将贵妃紧紧地围在核心，此时，杨贵妃非常冷静，跪在地上，平静地说："妾死无憾，只求见皇上最后一面再死。"

杨贵妃这样冷静，倒让将士们非常吃惊。他们看着眼前这位美丽的女人，何止是皇上，不论世间谁见到她，都会怦然心动。难怪她独占后宫，也难怪皇上，情愿将权力交给杨国忠。如果现在让皇上再与这女人花前月下，说不定他会改变了主意。

不行！不能让皇上与她相见！不少将士们喊道。

然而，高力士的心情最复杂。是自己向皇上推荐的她，也是自己最心疼她，还是自己想方设法将她推到最高位。现在，又是自己，将她送到人生的终点。每一道程序都是他的杰作，也是为美女们设下的陷阱，以致她们到死还不知道，这个老宦官，就是她们上天堂和下地狱的推手。

这时，高力士说："皇上口谕，再不见贵妃娘娘。"

高力士语气铿锵。但皇上什么时候下达了这道口谕，只有他自己知道。

于是，两个太监将已是瘫软的杨贵妃架出驿站。

愤怒的将士们，将杨贵妃押到佛堂，结束了杨贵妃短暂的人生。

对杨玉环在马嵬驿站，在乱军之中香消玉殒，大诗人杜甫写了《哀江头》诗。其后八句感叹杨贵妃的悲剧、唐玄宗独自由剑阁入山的崎岖小道，生死异路，彼此音容渺茫的悲惨情景：

> 明眸皓齿今何在，血污游魂归不得。
> 清渭东流剑阁深，去住彼此无消息。
> 人生有情泪沾臆，江水江花岂终极！
> 黄昏胡骑尘满城，欲往城南望城北。

马嵬坡事变，后有史书记载。

《通志》："马嵬坡，在西安府兴平县西二十五里。"

《旧唐书·杨贵妃传》："安禄山叛乱，潼关失守，从幸至马嵬，禁军大将陈玄礼，密启太子诛国忠父子，继而四军不散，曰'贼本尚在'，指贵妃也。帝获已，为贵妃诀，遂缢死佛室，时年三十八岁。"

杨贵妃之死，触动了不少文人，写杨贵妃的诗不计其数。郑畋《马嵬坡》诗描写了唐玄宗从四川回来，虽山河依旧，然而旧情难忘的复杂心理：

> 玄宗回马杨妃死，云雨难忘日月新。
> 终是圣明天子事，景阳宫井又何人。

晚唐诗人窦弘余有词《广谪仙怨·胡尘犯阙冲关》曰：

> 胡尘犯阙冲关，金辂提携玉颜。
> 云雨此时萧散，君主何日归还？

伤心朝恨暮恨，回首千山万山。

独望天边初月，蛾眉犹自弯弯。

诗人以叙述的笔法，写安禄山反叛，唐玄宗携杨贵妃仓皇出京，贵妃身亡，唐玄宗归来无期和唐玄宗在蜀凄婉之情。

尾声 红颜薄命，引来诗人唱悲欢

大唐贵妃杨玉环尸陈佛堂，陈玄礼所领六军愿望满足了，唐玄宗赦免了他们，于是在一片"万岁"的欢呼声中，六军簇拥着唐玄宗，继续前行。

而和唐玄宗朝夕相伴的杨贵妃，却永远留在了这里。

马嵬事变，惊世骇俗，震惊天下。与高力士接触过的郭湜等人，对马嵬事变进行了详细记载。

但是，马嵬事件也引起了后人的特别关注，在民间广泛流传。这个罕见的大唐帝妃爱情故事，特别是马嵬事变，不仅成为经久不衰的文学创作题材，也成为民众热切关注、久谈不厌的话题，以致马嵬事变的故事，不知出现了多少个版本。但有一点是相同的，杨贵妃成为一个远胜于王皇后和武惠妃的历史人物。

美姬遇害，红颜薄命，无不引起后人感叹，所有咏叹杨贵妃的诗，均为精美之作，脍炙人口，家喻户晓。晚唐光化年间诗人苏拯有诗《经马嵬坡》，以浪漫的手法，诉说了贵妃之死：

一从杀贵妃，春来花无意。

> 此地纵千年，土香犹破鼻。
>
> 宠既出常理，辱岂同常死。
>
> 一等异于众，倾覆皆如此。

后唐诗人罗隐，也写诗《马嵬坡》，叹惜贵妃早死，旧时恩爱难再：

> 佛屋前头野草春，贵妃轻骨此为尘。
>
> 从来绝色知难得，不破中原未是人。

大诗人白居易的《长恨歌》采用虚实结合等手法，生动传神地记述了马嵬事变，极富艺术感染力。本文摘其中一段：

> 六军不发无奈何，宛转蛾眉马前死。
>
> 花钿委地无人收，翠翘金雀玉搔头。
>
> 君王掩面救不得，回看血泪相和流。

唐玄宗与杨玉环的爱情，在这场动乱中幻灭，心爱的贵妃，芳龄才三十八岁，魂归离恨天，落得"马嵬坡下泥土中，不见玉颜空死处"的悲哀和"鸳鸯瓦冷霜华重，翡翠衾寒谁与共"的凄凉与孤独。

除此以外，白居易在《长恨歌》诗的结尾，也为之感叹："在天愿作比翼鸟，在地愿为连理枝。天长地久有时尽，此恨绵绵无绝期。"就是说，我作为写这首《长恨歌》的人，总会有完尽的一天，而唐明皇和杨贵妃的故事，却是绵绵不已，永无断绝！可见，诗人写唐玄宗与贵妃的深厚感情，也感染了自己。

马嵬事变，对大唐后人震动很大。晚唐诗人李商隐，因贵妃魂断马嵬，引起他无限怜惜，他写马嵬诗二首，在其二中，写了唐玄宗李隆基的无能，以致他与贵妃的爱情以悲剧结束：

> 海外徒闻更九州，他生未卜此生休。
> 空闻虎旅传宵柝，无复鸡人报晓筹。
> 此日六军同驻马，当时七夕笑牵牛。
> 如何四纪为天子，不及卢家有莫愁！

诗中的"四纪"，即古人以十二年为一纪，唐玄宗在位四十五年，所以称四纪。南朝乐府歌词《河中之水歌》："莫愁十三能织绮，十四采桑南陌头。十五嫁为卢家妇，十六生儿字阿侯。"而李商隐的诗，则是诗人回想唐明皇当年，暂驻马嵬，空闻金沱声，不见宫室繁华。短短几夕间，物是人非，斗转星移，岂料玉颜已成空，胞兄不正，三军怒斩其妹，那夜的天，正如那晚在长生殿嗤笑牛郎织女的天，谁料一个"四纪天子"，竟然连牛郎织女也不如。

张祜，字承吉，唐代清河（今邢台市清河县）人，他颇有诗才。在马嵬事变近四十年后，所作的《分王小管》诗云"金舆还幸无人见，偷把分王小管吹"，对大唐一代贵妃杨玉环，死于马嵬，也大发感慨。

唐代大史学家李肇，在《唐国史补》（卷上）中写道："杨贵妃生于蜀，好食荔枝。南海所生，尤胜蜀者，故每岁飞驰以进。"字里行间，充满了对杨贵妃的哀思。

杨贵妃本人不仅能歌善舞，也极具才情，曾作有《赠张云容舞》诗："罗袖动香香不已，红蕖袅袅秋烟里。轻云岭上乍摇风，嫩柳池边初拂水。"

这首诗是贵妃为其宫女张云容所作，张云容拜贵妃为师，学习跳舞。李肇看后，对杨玉环十分痛惜。

杨贵妃不仅能歌善舞，诗也写得出神入化。特别是她写女人的舞姿，比之秋烟芙蓉，若隐若现；岭上风云，飘忽无定。好似柳丝拂水，婀娜轻柔，衬以罗袖动香，可谓出神入化。

唐玄宗和贵妃精通音律，善歌舞，《霓裳羽衣舞》是其杰作。唐玄宗谱曲填词，贵妃长袖善舞，算得是珠联璧合！其实，贵妃也擅长弹奏琵琶和吹箫。梨园乐师们和公主王子们，也都拜杨贵妃为师。如果放在今日，她就是当之无愧的艺术学院的院长。

杨贵妃应是色艺双绝、热爱生活的艺术大家。可惜，在封建专权时代，贵妃却沦为政权争斗的牺牲品，因美而被摧毁。

至德元载（756）七月二十九日，唐玄宗到达成都，居住了一年零两个月，至德二载（757）十月二十二日，唐玄宗离开西蜀行宫，带着他的旧部往京城长安而来。他们由原来赴蜀的旧路往回走，当来到剑门天险时，唐玄宗无限感慨。剑门的左右两边，均为悬崖峭壁，古有"一夫当关，万夫莫开"之称。唐玄宗身旁的高力士也为之赞叹，向唐玄宗说："剑门天险如此雄峻啊！"

唐玄宗感到天下败亡，不知是在德还是在险，想到这里，顿时一股激情在胸中涌动，于是提笔写下诗一首：

剑阁横云峻，銮舆出狩回。

翠屏千仞合，丹嶂五丁开。

灌木萦旗转，仙云拂马来。

乘时方在德，嗟尔勒铭才。

唐玄宗似乎在诗中对自己的过去有所醒悟，其"乘时方在德"，是他的新认知吧。

后来，这首诗被普安郡太守贾深刻于石壁。

唐诗人狄归昌，作《题马嵬坡》（一作罗隐诗）诗：

马嵬烟柳正依依，重见銮舆幸蜀归。

泉下阿蛮应有语，这回休更怨杨妃。

诗中写出唐玄宗从蜀中回来的冷落，他曾在马嵬坡上伤吊杨妃，境况凄凉。

十一月二十二日，他们到达凤翔，刚刚安顿好，便接到肃宗诏令，将随唐玄宗出行的六百禁军全部遣散，这时，陈玄礼看了看唐玄宗，又看了看高力士，他什么也没说，只是心情沉重地低下头来。

遣散，按现在的说法，与失业差不多吧。

作为朝中将军，面对失业低下头来，也应该想一想，自己何至于落到今天这个地步啊。

过了七八天后，肃宗便派了三百骑来，簇拥着向长安进发。

他们走了不到三天，又来到马嵬坡。唐玄宗看到旧地，当时的情景便出现在眼前，禁不住悲从心来。他下马来，用泪眼四望。

现在，唐玄宗重到马嵬坡，想起曾经那悲惨的一幕，无不悲痛万分。其实，只是掉下几滴眼泪永远不够，他应该好好自省。

白居易的《长恨歌》里，对唐玄宗思念贵妃的心情，做了精细的描写：

> 峨嵋山下少人行，旌旗无光日色薄。
>
> 蜀江水碧蜀山青，圣主朝朝暮暮情。
>
> 行宫见月伤心色，夜雨闻铃肠断声。
>
> 天旋日转回龙驭，到此踌躇不能去。
>
> 马嵬坡下泥土中，不见玉颜空死处。
>
> 君臣相顾尽沾衣，东望都门信马归。
>
> 归来池苑皆依旧，太液芙蓉未央柳。
>
> 芙蓉如面柳如眉，对此如何不泪垂。

至德二载（757）十二月四日，唐玄宗领着高力士，在肃宗的陪同下，回到长安大明宫。夜里，唐玄宗在兴庆宫秉烛而立，已是物是人非。过了几天后，唐玄宗去骊山华清宫，心情悲痛，对贵妃无限思念。

至德三载（758）十一月十日，已是太上皇的唐玄宗，从骊山又回到兴庆宫。晚上，天空明月高悬，清风徐来，万籁俱寂。唐玄宗却心情烦闷，在高力士、王承恩等人的簇拥下，来到勤政楼，忽然有人高歌：

庭中奇树已堪攀，塞外征人殊未还。

白雪初下天山外，浮云直向五原间。

唐玄宗知道，这首诗是著名诗人卢思道《从军行》诗中的四句，也是思亲的诗，又一次触动了他思念贵妃之情，禁不住老泪纵横。

也许是他觉得自己的一生，不堪回首吧。